图 1.1　长乐街，2018.2.9 | Insta @ lachesis_in_elysion

图 1.2　克里斯蒂娜的世界，安德鲁·魏斯（1948）

亲爱的安娜

卢然 著

東方出版社

致爱与自由

以及一直追寻它们的你

目录

※

长乐街的伊卡洛斯

终于，一切都完成了。代达罗斯把翅膀缚在身上试了试。他像鸟一样飞了起来，轻轻地升上云天，然后重新降落下来。他又指教儿子伊卡洛斯如何操纵。他已给他做了一对小羽翼。“你要当心，”他叮嘱道，“必须在半空中飞行。你如果飞得太低，羽翼碰到海水，沾湿变得沉重，你就会被拽进大海里；要是飞得太高，翅膀上的羽毛会因靠近太阳而着火。”代达罗斯一边说，一边把羽翼缚在儿子的双肩上，但他的手却在微微地发抖。最后，他拥抱着儿子，还给了他一个鼓励的吻。

两个人扬起翅膀渐渐地升上了天空。父亲飞在前头，他像带着初次出巢的雏鸟飞行的老鸟一样，小心地扇着翅膀，不时地回过头来，看儿子飞行得怎样。开始时一切都很顺利。不久他们就到达萨玛岛上空，随后又飞过了提洛斯和佩罗斯。伊卡洛斯兴高采烈，他感到飞行很轻快，不由得骄傲起来。于是，他操纵着羽翼朝高空飞去，可是惩罚也来了！太阳强烈的阳光融化了封蜡，用蜡封在一起的羽毛开始松动。伊卡洛斯还没有发现，羽翼已经完全散开。不幸的孩子两手在空中绝望地挥动，一头栽落下去，掉入汪洋大海，万顷碧波把他淹没了。

——G. 斯威布《希腊神话与传说》

那一晚，陶芷衡发现自己又回到了长乐街。

按照某种纯属无稽且荒谬的分类法，全世界的城市乃至一切事物，大致可以分为两类：第一类处于永不停歇的变化之中；第二类则恰恰相反，在流光闪烁的外表之下保有某种永恒常在、坚不可摧的内核。在我们的主人公看来，“大多数美国城市”笼罩在光彩夺目的资本主义迷雾之中，是前一类的典型写照；伊斯坦布尔、京都、纽约、北京、维也纳、巴黎（这二者属于我们刻板印象中的“老欧洲”）甚至柏林（“一度被撕裂的新老欧洲伤口的缝合处”）则归为后一类。可是，香港？香港就是香港，某种程度上比任何亚洲城市都繁复、璀璨，却又保守、固执，一成不变，从万花筒无穷无尽的幻象中生长出来，不会太年轻，也不会老，不会死。

十一年前，陶芷衡第一次以大学新生的身份下了飞机，好奇又胆怯地走进这座城市；七年前，她暂住在长乐街1号，那间位于二十一层的小而旧的公寓，成了她在这座城市最后的居所。

在散发着不祥的芍药香气的夜晚，在醒来就被迅速遗忘的梦里，她整夜整夜地走过长乐街，拐上更宽阔的弥敦道，如同走过大学图书馆的长廊。在排得满满当当的书架之间行走，如同在密集的窄楼间一样，她不时会陷入被无数长方形物体挤压的恐惧，想叫出声来，在长条形的空气格子间大声叫喊。在梦中，长乐街和图书馆总是构成同一段旅程的起点和终点，她不是在从公寓回学校的路上，就是走相反的方向。平淡乏味的卵黄色教学楼令人安心，因为它提示你正从梦的主路缓缓驶出，滑入现实的匝道。她必须回去，回到那个被称作“家”的安全之所。

作为一名“精神上的波西米亚人”（这个词往好听点说，大概是精神上的“无根者”或“世界公民”；难听一点说，则是不愿付出责任也无法获得认同的虚无主义者——不管从何种意义上来看，这样的称呼都是自取其辱），陶芷蘅认为，她并不曾将北京之外的任何城市视为家。但随着时间流逝，她越来越感觉到香港岁月的重量——那些日出日落，那些海水敲击海岸的不眠之夜，尤其是最后的半年——她怎么可能忘记呢？即使整个世界都改变了，即使整个香港被海水吞没，长乐街却是永恒不变的。一切格格不入的痛苦都凝成了沉默而珍贵的黑白胶卷。七年后，当她再度站在长乐街和弥敦道的交汇点时，一切就像暗房显影池下的影像般缓缓浮现出来。

这沉默也是易于打破的，是脆弱的谎言。你可知道，陶芷蘅，那个声音对她说，长乐街绝不是什么美好的出发点，那只是你被“监视居住”的居所，从一场战争迈向下一场的过渡。香港也不是你的光荣故里，因为你并没有荣耀可言，只是像重返曼陀丽的那位无名的德温特夫人一样，孤魂野鬼一般，怀着对于毁灭的追忆，心有戚戚而无法解脱。七年以来你从未获得过平静，那之后也不会——真是个恶毒的诅咒啊。

不过，如果仔细凝视这些画面，就会发现诅咒的效力之有限。不同于曼陀丽的命运，今天的长乐街 1 号仍是细高的旧式公寓楼，门面却修饰一新，颜色和线条都愈加柔和清新了，周边阴郁的气息也消散许多。公寓地下的理发店还开着，对面的老字号潮州菜馆也在，后巷里那家卖椰丝蛋挞和凤尾包的老式点心铺子和弥敦道上她常去蹭网写作业的星巴克，都一如既往留在原地。新的商业也起来了，有中学辅导班的广告，有川菜馆，有小型二手服装店，所有这一切都和理发店的“螺丝转儿”标志、外置空调机一起嗡嗡转着。街道入口，写着“长乐街”的旧路牌未改，整条街的面貌也没有大变，背后就是佐敦站的地下通道入口。时值下班时间，这条短街却分外安静，仿佛好莱坞电影里 CG 技术重建的圆形古罗马剧场，与外面弥敦道的繁华决绝地被分隔成了两个世界。总而言之，长乐街变得更美丽了。变得更苍老、更丑陋的不是这条街、这座城，是她自己。

但芷衡并不为之伤感。七年前她所做的一切，也无非是为了弃绝这种天真无用的伤感和它的副作用，虽然并不太成功。她知道长乐街不是故乡，九龙塘不是，香港不是，加州也不是。怀有复杂感情的母校，不论高中、大学还是研究所，如今都像是前世的金色梦幻。为了一个据说不值得的名字，她放弃了那条金色的光荣的荆棘路。但不论是之前还是之后的数年，长乐街依然是她无数梦境的核心，仿佛是某种神秘的精神地标，一座从不停止旋转的孤岛，孤寂，突兀，却令人敬畏。

七年前，她在这里第二次接过了翅膀，却带着人类愚蠢的骄傲再次折断了它们。

七年后，当她准备跳上小巴回酒店的时刻，手机开始振动，传来了冬的死讯。这个瞬间恰恰发生在长乐街——而她并未感到十分诧异。

冬上周在医院去世了，一个共同的朋友在Instagram消息里写道，她父母希望我给认识的人都说一声。她走得很平静。

下一辆小巴正抵站，她后退一步，敏捷地在人群中躲闪，下意识地抓紧了手机。队伍里有人好奇地回头望了望。

是巧合，但并不令人惊诧——这是她第一时间的感想。在她重新回到香港的这一周，尤其是在重访母校和长乐街的这天，一切都显得怪异，不合时宜，但“不令人惊诧”。因为，长乐街是长乐街，是一切秘密的保留地，包括太多悲伤的秘密。

或许有人会问，为什么是此时此地呢？如果不回答，他们就不停地追问下去，嗡嗡的询问声不绝于耳。她捂住耳朵，缓缓蹲下身去，试图去包里摸一根烟。她没有烟瘾，但此刻她觉得自己需要一点温暖的气息，一束明亮的火，而城市之光无法代替。月亮升起来了，安闲而冷漠地俯视着一切。一旦走出长乐街，香港立刻陌生起来，空气也浓重得不愿流动，充满有机玻璃一般的异质感。这种转变是何时开始的呢？她机械地往下想。

冬的死并不具备任何戏剧性，是心脏骤停，甚至无须那位朋友详细说明。芷衡对此一清二楚，因为她本来非常可能以同样的原因死去，完成一个完美的悲剧闭环，从而避免很多一再重复的苦难。本应死去的或许是你。不，或许多年前你已经这样死去一次，甚至不止一次，现在的你只是勉强依靠残余的记忆苟延残喘罢了。但她们的命运在岔路口分开，她活了下来，必须目睹朋友的死亡，而不能尖叫着从名为生命的荒谬之梦中惊醒。

真替她的父母难过。她回复道，同时意识到在现实中她们从未见过面。对方是那样一种你不会也不敢主动打扰的人——安静、羞涩、过于文雅，以至于她终于错过了结识冬的机会。

对不起。这三个字在她心头浮现，隐隐作痛，又像泡沫一般散去。为什么而道歉？对不起，为什么不是我呢？为什么一定要先是你呢？

冬的死讯乃至死因（准确地说，死于神经性厌食症并发症引起的心脏衰竭）会以何种形式为人所知？除了她的家人和最亲密的朋友——也许也包括芷衡这样从未谋面的网友——还会有人知晓，有人哀悼，有人流泪吗？“当一棵树倒在林中而无人听见，是否等于它不曾发出任何声响？”*

我会通知其他有资格知道的人，她向冬的友人保证。消息已经在微信群里小范围传开了。确实，此时此刻为冬哀悼的更多是素未谋面，却在某种程度上无比亲近的人。她恍惚地想着，却没有流泪的冲动，甚至感到了一丝不合时宜的羡慕，随即为这种自私冷漠的感情感到羞耻。是的，因为我们没有一个人是无辜的。因为我知晓这一切黑暗，也任其发生在自己身上。因为审判者、犯人和死刑执行者是同一个人。但较之于向外部世界宣泄黑暗的人来说，自我毁灭的倾向又算得了什么？如果是我，她们会为我哀悼吗？你会为我哀悼吗？

批判个人是容易的，批判时代则是大逆不道。芷衡冷冷地想：

---

* 爱尔兰唯心主义哲学家乔治 · 贝克莱（George Berkeley，1685—1753）提出的著名思想实验之一，此问载于他 1710 年发表的《人类知识原理》。这一问句也成为 2017 年获托尼奖的音乐剧《致埃文 · 汉森》中反复出现的主题。

一些事情明明是时代的悲剧，但归根结底还是说成是个人的错误要合适些。年轻人的幼稚病，即对环境的适应不良——还有比这更大的原罪吗？拿破仑之所以到了圣赫勒拿岛，和于连上了断头台一样，都属于“适应不良”。因为他们的清高最终背叛了野心。是时候轮到斗兽场上的观众欢呼了。

记忆是会自我更新的。一个将过去全盘否定、忘却、消解的自我，早已是另一个自我。如此看来，曾被她视为最重要的生命核心的那一部分，那个充满智识上的野心，自由而欢乐，像浮士德一样热切渴望知识、爱情、探索和游历世界的自我，早已随风逝去了。但在它腾出的空隙里，有新的灵魂生长了出来，填充了进去，是嫣红滴血的恶之花。那时候她并不在意——只要美就好，只要这种美能照亮她彼时黯淡无光的生活，只要花香常在，生命就有意义。现在看来，这是多么可笑啊！

但她不想放弃。如果放弃了，这七八年的努力也好，牺牲也好，包括冬的死在内，都会沦为笑谈。在这样的耻辱中活下去，要数倍悲惨于死亡本身。她耻于承认的正是这点：比起悲伤，她更羡慕冬的死亡——那么光荣，那么平静地离去，像一个英雄。

因此，她怎能忘记长乐街呢？

长乐街，那记忆的荒原，青春的坟场，万物流转，周而复始之地。七年前那场绞杀自我的悲剧绝非由此地开始，也不会在此结束，但它无疑是一系列凶险转折的开端。要说元凶的话，大可追溯到更早的时候：某场考试、某些人、某些基因、社会新闻、方程式、镜子里的影像，她的家庭、她的“原罪”……但最终，作出选择的是她自己。不应怪罪香港这座城市，不应怪罪她的家庭，因为一切伏笔都已早早埋下，她注定会变得如此残忍，如此冷酷地对自己下手。也是从那时开始，她对香港和长乐街，怀有了一种被痛苦升华过的复杂感情，它们已和这注定毁灭的命运紧紧联系在一起。和冬的友谊也如是。她们是一类人，懂得那黑云压城般的生命之痛——要活下去，却是在钢丝上跳舞——不惜一切代价。

倘若代价是生命本身呢?

七年转瞬即逝，命运充满讽刺。

你走了，把我的精神生命也带走了一半，就好像在嘲笑我的痛苦也是不值得的。

那些背负着“正常”之名生活下去的人，也终于可以挺直腰杆嘲笑我们了吧？不，他们不会的。他们是如此善良，如此正直，只能是为我们一掬同情之泪而已。他们没有一丝一毫的错，我们的不幸是我们自己造成的。你走了，世界仍然安静地缓缓旋转。除了父母和少数素未谋面的朋友，又有谁会为你哭泣呢？

“你还好吧？”

耳畔有关切的话语传来。她点点头，抓住站台旁的栏杆站了起来，朝那位路人递了个感谢的眼色，机械地汇入了小巴站前的队伍中。

你的善良、聪明、敏感、隐忍里，有一种照亮黑暗的光，然而这光终究不能照亮你自己。

啊，我会带着对你的怀念努力活下去的。一切为了理想的“牺牲”也不过如此吧。但这“牺牲”值得吗？世界上真的存在值得为其“牺牲”的事物吗？

希望你是幸福的。希望那里没有痛苦，没有任何让你感到抱歉的东西。因为你完美无缺，不可替代。

开往尖沙咀的车很快到了。头顶的天一片惨蓝。她依稀记起那年一月离开长乐街时的那场月食——即使是在全食点，月光也没有这样病态地惨白，空气也没有这样凝重到停止流动的程度。

以下是陶芷衡为冬而作的悼亡诗。诗歌起初发表在某博客平台，后被作者删去。感谢一位匿名网友的记录，这首“过于拙劣之作”才得以重新出现在这里。

长乐街
——致一位朋友和一个季节的消逝

一字之差。

跳下大巴。幽深的巷子
在后视镜里飞速退去
我像笨拙的盗墓者一样巡视：
不变的路牌、门牌、沿街的楼宇
西班牙式公寓——斐波那契式贝壳装饰线——
垂直横过夜晚的霓虹灯牌，从上到下：
理发店、潮州菜馆、“大中国”；
出售热气腾腾的蛋挞的糕饼房
（“早六点到晚十点”）
国语声鼎沸的名品店、土特产馆、刺耳的喇叭声
挤满学生的星巴克——
（我曾无数次下楼，为一杯白巧克力星冰乐

“加覆盆子糖浆和奶油”和一个有电源的座位)
在无法享受日常风景的不安时刻
合起电脑，推门，汇入热浪与人流。

急促的叮当声里，无数次横过弥敦道
无数次游荡在海港尽头
琉璃房子，复古马戏团，流动冰激凌车
被烟火气染成绛紫色的夜，和海对面
浓绿，鬼魅如猫眼的港岛之光
幽幽地在我的梦里闪烁

那些无法入睡的夜里，我总是想着
无数棵榕树盘根错节的阴影——从铜锣湾到上环：
无数次走过的小道两旁
它们遮天蔽日，遍布每一寸土壤
上山、入海——
一直延伸到永远澄澈的水域
(“天下的水都是一体的”)
它们必将汇合，且汇入永恒。

那时我得知了消息：你走了。
你在秋天到来，终在二月离去。
你也变成了榕树中的一棵吗？
你的气根，也会远远地伸入海洋吗？

"从大海到大海"，那么远
远到给了大洋彼岸的我
一点虚无缥缈的勇气
当你倒下时，我确实听见了声响。

"别犯傻了，"我所爱的人告诫过我，
"一切都不值得；
这只是个无关道德或真理的试验。
你本应把精力放在更重要的事上。"
可是，为什么，这算不上"重要"？
是谁设定了标准——在虚空的虚空之前
谁为我们设限？
谁制造这种误解，仅仅是因为
你不穿这一副身体
便不懂得她的重量吧
但与你相比——和她相比
我的痛苦又算得了什么呢……

七年后，我重又回到长乐街
我重读了你的日记
(从早已关闭的博客里，抢救下来的只言片语)
你说过：一切都是自由的

“像克里斯蒂娜*一样自由”

我知道，你只是过早洞察了一切

这出悲剧，这些闹剧

却一刻都不曾屈服

“为美而死，与为真理等同。”

巴士站上，人群依然低头密语

我快步掠过他们。

在长乐街

九龙，香港特别行政区

中国

二〇一八年；

一如经过六七年前的

美好年代。

二〇一八年九月七日

* 冬曾经寄给芷衡一张明信片，是安德鲁·魏斯的作品《克里斯蒂娜的世界》（*Christina' s World*，1948）。画中女主角克里斯蒂娜患有小儿麻痹症（图 1.2）。

※

如在镜中

想想天真的飞得正好的伊卡洛斯：
比一张帆还大，在雾罩和奢华海洋
的劲风之上，他飞着。称颂他的羽翼吧！
摸摸他脖颈的热火看他如何淡淡地
向上一瞥直到被摄，奇妙地穿过隧道抵达
那滚烫的眼。有谁在意他向后跌落海中？
瞧他向着太阳欢呼然后纵身一跃
而他理智的父亲正直直走入城阙。

——安妮·塞克斯顿《致一位大功告成的朋友》

1

她不记得这是第几次了。

每在一个陌生城市的地铁站登上扶梯，缓缓朝着地面上升或下降时，陶芷衡都无数次产生过回到原点的幻觉——忽然失去了对时间、地点和一切重要事物的概念，忘记了出发或抵达此处的缘由。四下里有风，还有窃窃私语，风声和人声以一种无序的形式交织成细密的音幕，进一步阻碍了人们对时空的判断。灯光强有力地闪了一下，刺痛了她的眼睛，还有人在低声惊呼。她看见木偶般僵硬的自己，站在一个纯白的方盒子里，和身旁的其他人整整齐齐地排列着，像流水线上的产品，等着被送往一个不知名的空间。在这种时候，你什么都不能做，只能等待，等待这一似真似幻的时刻快点过去，时间重新开始流动。广播响起，列车开动——人群纷纷涌下站台。

不，也许不只是幻觉。真实仅仅是我们感知到的一种可能性，她偶尔会这样想。这些荒谬的念头从她脑中像银光闪闪的鱼群一样逡巡游过，很快就会被紧随其后的理性的巨鲸吞噬。

白色盒子先是合上，又打开了，其中空空如也。她莫名地在其中醒来，睁开眼，疑惑地望了望四周。幻觉的时刻过去了。不再有什么干净空旷的白色，周围到处挤满了人，混杂了汗水、香水和灰尘的肉体的气味，各种口音的谈话声、抱怨声，卖艺者的胡琴声，单调的报站声。列车在某一站停下。当人流像开闸的洪水一样涌入时，她蜷缩起身体，小心翼翼地避开那些手臂，汗湿的肩背，仿佛她是唯一一个可以不占据空间而存在的人。

她掏出了蓝牙耳机，不再理会那个声音。那是不可能的，她对自己说，你不是悬浮的柴郡猫或阿季卢尔福，你只是这个人口众多的国家里不起眼的一个分子或原子，由于太过普通，几乎没有抹去自身存在的必要。别太过自以为是了。你什么也不是。

列车重新开动时，陶芷衡朝对面窗户迅速地瞄了一眼。巨大的玻璃窗黯淡而模糊，又被素不相识的面孔挤满，她只能在一闪而过的五光十色的广告牌背景上隐约辨出自己的脸。这一眼是十分不必要的，因为出门前她已在穿衣镜里打量过自己——水蓝的亚麻无袖连衣裙提前挂了一夜，除去了不必要的褶皱，显得平展飘逸，一字领露出深陷的锁骨线条。夏天最热的时候尚未到来，她却早早穿上了无袖或吊带的裙子，以至于肩膀和手臂都晒成了浅褐色。这可不是太妙，所以出门前她检查了防晒霜涂得是否均匀，眼镜片是否洁净，用手指将唇膏匀在嘴唇上，再一次确认手包里的内容后，才走出冷气过足的房间。在身处外部世界的时间里，她需要保证一切正确无误，是她所期待的样子——外表一丝不苟，服饰整洁，包里有水笔，水笔有墨水，电子产品有充电线。只有在一一确认之后，她才能放松下来，像现在这样，裹挟在拥挤的人流之中而感到悠然自在。她满意地朝窗上看了一眼自己在人群中显得苍白的脸。

到站了。她拎着手袋，沿着几乎空无一人的楼梯走上地面。地表蒸腾的热气和炎炎烈日一起扑来，熟悉的胡同口，熟悉的咖啡馆，熟悉的猫儿，熟悉的阁楼上的花布沙发。一黑白一橘的两只猫盘踞着，见到她就竖起尾巴。它们也感觉热了，烦躁不安地转来转去。窗外是被暑热模糊成灰白色的漫无边际的下午，低矮的房屋，胡同里的孩子，晾衣架，斑驳的墙，墙角的旧自行车，像一幅爱德华·霍普早期的画。这一切把她拉入某种支离破碎的回忆之中：那些爬满爬山虎的墙，红砖碧树，齐齐整整，傍晚时游泳池上升的水汽——大学时代的每一个夏天，乃至高中时代。

一个梳马尾的女孩微笑着朝她打了招呼，适时地打断了这不令人愉快的回忆。

"还是冰滴越南咖啡？"

"对。——炼乳不用加。我自己来。"

等待咖啡的时间里，她留意到书架上多了几册新书，她随手拿下一本《孤独星球》胡乱翻了几页。去年她看了旧的电子版，为夏季的欧洲铁路之旅做准备。她还记得那些甜美而忧伤的细节：无忧宫花园里的落日；路过德累斯顿车站时的大雨；巴黎像一个苍白、神经质、有肺结核的十九世纪少女般郁郁寡欢，却不由得人不想念；最后她在机舱窗口看见的血红晚霞，仿佛正朝着太阳坠落——那些美好得不能久留的时刻啊，究竟是因为它们的美，还是它们给予人痛苦的能力，才如此地令人念念不忘呢？

她窝进椅子里，打开电脑，开机页面随机出现一段话语：

> 我想我那时正惦记着你的问题——就是作为一个成功者所要面对的问题。我想，触碰过太阳是重要的事。你所

做过的一切才是最重要的事，管它接下来发生什么呢。

——安妮·塞克斯顿致W. D. 斯诺得格拉斯，1960年

是的，我还远不够完美。但我将忠实于我的目标。我会变得更好。好到让所有人无话可说。

她盯着咖啡滴滤壶，视线缓缓移向天花板。我保证。

2

她永远是在闹钟响起前便醒来了。

半闭着眼睛，翻了个身，把压得发麻的手腕从枕头下抽出来。紧闭的窗帘外隐隐透出天将亮时的微光。她对着光伸出手去，张开五指，小心地旋转试探着角度，直到手掌变得半透明，薄薄的皮肤下淡蓝色的血管都清晰可见为止。那是一只小而精巧的手，除了手指和手腕处突出的骨节之外，还看不到明显的骨骼突出的痕迹。她把左手食指按压在右手腕上，听着自己的脉搏和心跳声。拇指和食指弯成一个圆环，精确无误地环绕过自己的手腕。还好没有太紧。

她漠然地看了一会儿，重新躺平，双手交叉放在肩上。深呼吸。手指慢慢下滑，从棱角分明的肩胛，弯曲下陷的锁骨，到线条分明的两肋，扁平的腹部，突出的盆骨边缘——那是不带任何情欲色彩的、冷冰冰的触摸，像外科医生检查病人身体一样。她想象医院里刺鼻的消毒水味道，做B超前涂抹的显影液的冰凉触

感，针管刺进静脉时液体缓缓注入的安详的舒适感，受惊吓的孩子的哭声，不耐烦的大人的呵斥声，来来往往的细碎的脚步，和夜晚并无分别的白日里的死寂。要仔细地，一丝不苟地检查身体，不放过任何一个可能被忽视的细节——凹陷的大腿内侧，裸露的瘦削的膝盖，绷紧的小腿。双手交叉握住脚踝，像猫伸懒腰一样将身体翻折过去。屏住呼吸，听自己的心跳。

这是一个最简单不过的瑜伽动作，目的无非是唤醒昏昏欲睡的身体。但对她来说，这是一种仪式，给予她安全感和确定性的仪式。三分钟时间到了，她直起身来，集中在大脑的血液顺着颈椎倒流回背部，她感到一阵清爽。她把手指放在锁骨上，重新确认了一下那凹陷的轮廓，满意地舒了一口气，下床去洗漱。

清凉的水润湿面颊，她对着雾气迷蒙的镜面短暂注视着自己，侧过脸去，用余光检视侧面的轮廓，看自己是否一天天趋近于她所向往的坚毅的线条，那种在意志坚定的人和禁欲主义者脸上才能看到的简练、清瘦，没有任何冗余之物的线条——修长的脖颈，坚定的下巴，平静的眼神。梳好头发，抿紧嘴唇，清洗眼镜，用面巾纸小心翼翼地吸去面颊和镜片上的水滴。程式化的动作。五分钟后，她迈出洗手间，站到电子秤上。33.7 千克。

她皱了皱眉。并没有比昨天轻嘛，她对自己说，总归还是平台期。但平台也比体重不降反增好。反复称量第二次、第三次，确定误差不大后，她跳下秤，把拖鞋穿回脚上。

八点半。她一手捋着湿漉漉的发梢，拖着长长的睡袍穿过客厅。她的母亲坐在早餐台前，漫不经心地翻着报纸。桌上摆着一盘烤好的面包片、煎好后又放了很久的软塌塌的荷包蛋、黄油、黑胡椒和果酱瓶。她把水杯放到桌上。“早上好，妈。”

“今天吃什么？”

你知道的。何必明知故问呢。

她打开冰箱门，取出一瓶酸奶，倒入天蓝的玻璃小碗，又撕开一包抹茶粉倒入碗中，用纤长的不锈钢勺细细搅拌。如同高中化学实验，一切精确定量，从热量——209 大卡，其中酸奶 160 大卡，抹茶粉 49 大卡；到用餐时间——30 分钟。

母亲放下报纸，目光尖锐地打量着她，视线仿佛要穿透她单薄的身体：“芷衡，你最近这两周越来越瘦。现在你肯定没有 70 斤。这样下去……”

70 斤。她冷漠地想，那已经是她一年前的标准了。现在她有了新目标。

“够了。”她冷静地放下勺子，“很好，我也想说说这件事了。回家这几个月，我一直喝你做的豆浆和果汁，你往里面偷偷加什么，我都睁一眼闭一眼。果汁里面加半瓶酸奶，豆浆里掺了芝麻核桃杏仁粉——可是加整只鸡蛋，也太过分了吧？”

那是上周六的事。她一早跑进厨房想找只空碗，却在密闭的橱柜里发现了豆浆机。一切都真相大白。她忘不了那令人作呕的场景：容器最上端是一层浑黄油腻的鸡蛋黄，不乏突兀地浮在各色豆类、芝麻、核桃和大枣的碎片上。她默默地看了一会儿，把豆浆机推回去，关上橱柜门。她跑进卧室——母亲上学校开会了，和她一样夜猫子属性的父亲刚刚起床。

“喝豆浆吗？”父亲迷迷糊糊地问。他一向是疼爱她的，只是在这个问题上，以及她们母女的冲突上，软弱得几乎没有发言权。

“不用了，谢谢。以后我自己做早餐。”

她转身离开，心里燃烧着怒火。一整只鸡蛋。她的大脑已经在自动计算这在她设定为 250 大卡的早餐中增添的热量和脂肪含量了。更不要说那些芝麻核桃之类了——坚果等于油脂，赤裸裸的高热量。卡路里就是敌人。从某种意义上来说，所有人在这件事上都成了她的敌人：父母、医生、朋友。他们是共谋者，他们的劝告、哄骗、恫吓、眼泪、苦口婆心、胡萝卜加大棒的谋略，都只为了一个目的：让她长胖。

她也只有一个目的。为此她必须拒绝。

事后母亲对这件事的解释是：“如果告诉你，你还会喝吗？”

看，信任是多么愚蠢啊。别傻了。他们只是想控制你。他们为了达到目的可以不择手段——尤其是当打着“爱”这块金字招牌的时候，任何手段都不过分，可以经得住最严格的道德审查。

她想起去年和母亲同住在香港长乐街公寓的那段时光。短短三个月仿佛三年。那时她已经不太瘦了，37 千克，对她一米五七的身高而言。但她还是在严格监视下被“建议”采用了一套饮食方案——说是“强迫喂食”也不过分。每一顿营养餐都经过精心调配，母亲要看着她把每一口食物送进嘴里，每一分，每一秒。鸡蛋、牛奶、浓汤、豆浆、米粥、安素全营养液。简直煞费苦心。三个月，从 37 千克到 45 千克。反抗？没有可能。母亲放了话，不到她大学毕业是不会放手不管的。于是她选择了忍耐，权当是为了她的毕业年，她的申请计划，她的奖学金和出国前的回京实习期。她有的是时间可以等。忍耐和意志力可以解决一切问题。

她还有什么输不起？比这更残酷的，早就遍历过了。

她想象着那台豆浆机里的混合液体，想到回家后她喝母亲做的豆浆的每个清晨。午餐在单位吃（她在图书馆工作，除了整理书和资料，几乎没什么体力劳动），一个苹果，一杯奶茶或星冰乐。晚餐是酸奶加果汁，也是母亲调配的，她当然可以猜到里面动了什么手脚，只是懒得发挥想象力罢了。她想着她的 45 千克体重，多长的 16 斤肉，想着她吃下去的所有食物在皮肤下面积聚，下沉，注满淡黄色的脂肪细胞，直到它们鼓鼓胀胀，变圆发亮。她想着她再也穿不进去年夏天的牛仔裤，想到不敢注视镜子里自己的大腿，想到高三毕业那年，乃至之前整个暗无天日的高中时代。15 岁时忽然飞速增长的体重，因长了青春痘而惨不忍睹的脸，夏日里的自卑和自我厌弃，游泳池畔偷偷窥视其他苗条女孩子时羡慕的眼光。她感到耻辱。她怎么可以容忍自己胖回 90 斤？

90 斤是一个门槛。她还记得几个月前的那一次上秤，看到那个数字那一刻，是何等的天崩地裂。看到了吧，如果任他们为所欲为，那就是我的下场。他们想把我拉回到一个黑暗的时代，那个黑矮、肥胖、土气、除了学习成绩一无所有、毫无自信和自爱，易于控制，对一切权威言听计从的高中时代。只有如此他们才能留住我。

但是现在，她摆脱束缚了。她是自由的，而且将一直自由下去——比过去的所有时刻都更加自由。

芷衡被母亲不耐烦地敲桌子的声音拉回到现实中。她低下头，用勺子一点点挖着碗里的酸奶。她用舌尖品尝，感觉到一种奇异的滋味，像是自由的概念本身一样甜美而令人愉悦。没有饥饿感，也没有令人烦躁的被填满的感觉。

“是，我是说过不再干涉。可是作为母亲，你觉得我能眼睁睁地看着你这样重蹈覆辙？难道我可以看着你饿死自己？”

“哦？”她冷笑道，“是出于作为母亲的本能，还是说教的本能呢？”

“你怎么能这样说话，你——”

“这是我的生活方式。虽然你不支持，但我不能因为别人不理解就改变自己的行为和观念。”

母亲怒气冲冲地看着她。她平静地挖着酸奶。

“观念？任何一种观念都不能违抗普遍规律，正常的成年女性一天需要 1200—1500 大卡的热量。可是你只吃到 500——”

“但我现在好得很。活蹦乱跳。每天去图书馆搬书毫无压力。”

“现在是如此，三个月以后呢？以你现在体重下降的速度，能不能去成美国还难说。你也知道北美研究生的学习压力比本科大得多。拿着奖学金，你就能保证你拖着这六十几斤的骨架到了那儿，不会在路上晕倒，不会被劝退，不会被送进医院强制治疗？这也是你的选择。你选择了风险，芷衡，你在走一条危险的路。”

她当然知道。但只有危险的路上才有她想要的风景。

母亲又开始向复读机一样流利地向她灌输从医生、健康专家、亲朋好友、报纸和网络等各处搜集的消息：“目前只是低热量状态下身体的短时期适应而已，不会持续多久的。虐待自己的身体，总有一天会被报复。看，你的月经又停了吧。体检报告也显示又开始心肌缺血了。你的头发——你看看你掉的这些头发！你的领口下面都能看见肋骨了。别穿那些衣服了，你以为自己很美吗？作为一个成年人，为什么你一定要重蹈覆辙呢？”

是啊，为什么呢？她偶尔也这样问自己。大概因为这是我唯一真正想要的东西了吧。大概因为除此之外，我没有什么可以值得为自己而活的理由了吧。

所有你们认为好的，我都不再想要了。如果不能得到完美，只伪善地沉浸于次等品甚至伪物之中，所获得的幸福也是虚无的，对我来说毫无意义。他人的认同和标签，有那么重要吗？

“为了你这病，我们不知花了多少医药费，费了多少心血。所有医院的专家号都看过。所有的药都吃过——中药西药，甚至奇怪偏方。为了陪你去香港，我不惜拉下脸来请了半年的假。如今你却……”

她只随母亲说去，漠然看着对方阴沉的脸和眉间聚起的青筋，想象着那些没有出口的词语。永远都是那些话，永远都是这件事——不知好歹，忘恩负义，没有良心，自我伤害，还要牵连别人。用自己的不幸一手毁掉整个家庭的幸福。这才是对方真正想说的——至少，所有人都这样认为：她这一毫无理智、自我毁灭的行径只是走火入魔，为了一种肤浅的虚荣心，一个体重计上毫无意义的数字。她不仅要毁掉自己，还要毁掉这些爱她的人，让他们担惊受怕，坐卧不安，精神崩溃。天哪，她为何如此偏执、自私、邪恶！

“我怎么会有你这样固执的女儿！”母亲一再悲叹。

可是他们不明白为什么。如果她只是想讨要迟来的“自由”呢？哪怕付出生命的代价……自由是多么重啊，重过生命；又是多么轻，轻如波光粼粼的溪水，轻如秋日山谷里湛蓝的天空。她感到那种呼唤，感到追求轻盈的激情在皮肤下涌动，因此才这样做。这之于她，也不过是追随另一种隐藏的本能而已。

“别说了，妈妈。”

她平静地说，抬起头注视着母亲的脸，恍惚看到她昨夜的泪痕，心头一紧。在她心中母亲一直是不老美人，从二十世纪六十年代美到二十一世纪，她的骄傲、她的榜样——母亲会说，她们“互为彼此的骄傲”，但她明白这种崇拜一直是单向的。学生时代的母亲有才智、美貌、交际的风度，当过兵，是最小的 80 届大学生，擅长体育，能歌善舞；她却是个笨拙自卑的女学生，除了书本上的成绩一无所有。她一向对母亲言听计从，几乎不曾让她如此生气落泪——自从去年开始。是的，自从她获得了自己迟迟未来的自我意识开始。22 岁了，却忽然像个中学生一样开始反叛起来。旁人尽可以分析，说这是“叛逆期来得晚”，但对于身处漩涡中的两人来说，事情哪有这么简单呢？

她想告诉母亲，无论如何我都是爱你的，却怎样都说不出口。她们彼此都明白，一年多来反反复复围绕食物和体重问题的争辩，一系列争夺主导权的拉锯战是多么乏味，多么令人心力交瘁，多么让 50 岁的母亲和 23 岁的她深恶痛绝。因为食物，她们亲密无间的关系被损坏了，生生地断裂了——但她知道，事情并不那么简单。罪过永远在她，因为是她从一个“好好的正常孩子”变成了“进食障碍患者”，一个有病之人。她被打上标签，永远是有债要偿的那一个。更何况，现在的她是个成年人，不该像个中二少年一样任性！（可是，在此之前她又何曾“任性”过呢？叛逆期晚也并不是什么好借口！）但她是多么珍惜这来之不易的自由啊！去年 12 月在香港，母亲当面对她说出“我不再管你”时，她感到一丝混杂了内疚和负罪感的释然。她当然不恨母亲——说到底只有她最爱她的女儿，而且她只是在尽一个典型的中国式家长的责任罢了——但难道她就该因此恨自己吗？

她摇了摇头。不，她当然爱自己，但她的爱是有条件的。只有当这具身体符合她的条件时——瘦下去，瘦到合适的程度，她才能重新开始爱它。只有这样的肉体才配得上她的灵魂，她觉得自己就应该是这样——轻盈、空灵、无拘无束，可以自由地出现或消失在世界上的任何场所。轻是她的铠甲。不再做那个囚禁在沉重皮囊内的谨小慎微的可怜灵魂，不再成为灰暗青春的残余物，体重计上数字的每一次下降，都是她朝自由行进的胜利一步。她已经为自己胜利过一次了，不论代价如何惨烈，她终于可以摆脱她所痛恨的那具肉体，以及它所象征的少年时代的阴影，重新变回她想要的样子：不复有年龄和性别的限制，澄净、透明、超然、近乎精神。她打造自己的身体，不是为了取悦他人，或附和大众的审美。她是为了变成自己理想中的形象，做自己的创造者。

她想起诺瓦利斯，这位早逝的浪漫主义诗人不幸（或是幸运地）成了她在整个孤独的大学时代最好的精神导师和朋友之一。他在《新断片》中写道：人常常抉择明明有害的，常常故意伤害自己——这仍是自由的表现。

只可惜她不可能把这种思维解释给家长来听。他们不会理解，永远不会。

我这样做，不是为了任何人，只是为了我自己——我镜中的形象，我的自尊，我的命运。我只是想过我想要的生活。

她再一次打断了母亲的长篇大论。

“……我知道我没有‘好’。按照你们的定义，也不会‘好’的。但我没有办法。这是一种信念，只要我还活着，它就在我的脑内扎根，永远不会改变。也许，妈妈，我永远都不会改变的。除非用《黑客帝国》里芯片植入的方式给我洗脑，让我变成另一个人。——看着我，妈妈。我不是很好吗？为什么一定要把我变成另外的人你才能爱我呢？”

“这不是你的信念。你不是生来如此的。这就是你的病，像被魔鬼附体，像被诅咒了一样。——天哪，我怎么这么苦！”芷衡觉得她就要哭了，或是又一次神经质发作，“我的好女儿哪里去了？”

“也许她确实死了。”芷衡尖锐地说，并且站了起来，“另外，或许我是个不可知论者，但在这个问题上，无论上帝或魔鬼都会站在自由意志一边的。我只相信自己选择的命运。”

“哦？即使是厄运吗？”母亲换回了居高临下的讽刺语调。

她笑了起来。

“是的。即使不幸也无所谓。”

对自由的渴念是人类无法熄灭的本能——如果她允许自己存在任何本能的话。

不欢而散的谈话结束后，她潜回房间，靠在紧闭的门上，听着自己毫无规律的心跳声。拉上窗帘，站到穿衣镜前，掀开睡袍，一遍遍检查平坦的腹部和肋骨突出的轮廓。她静静地注视了那具消瘦下去的身体好一会儿，心头涌上复仇般的快感。她做到了啊。那些人想要填充进她身体的，煞费苦心留下的影响和改变，如今已经大半被移除了，抹消了，脂肪的消退就是他们权力消逝的证明。她重新拿回了对身体的控制权。

我正在变回我自己。她想。

3

亲爱的安娜……

她再一次觉得自己被语言架空了。词语是虚幻的，带有欺骗性，只有行动是真实的。但此刻，显然不止此刻，语言的魔力又一次胜利了，变得过于强大，足以扭曲一切不合主人心愿的记忆。难道她不是在反复的叙事中一次又一次欺骗着自己吗？难道她不清楚这些伎俩，这些游戏吗？不不，凡论及文字的哪里谈得上“欺骗”呢！

她烦躁不安地站起身，走到镜子前。镜中那双眼睛闪烁着不确定的、疑惑的光泽，就像空白屏幕上闪烁的光标。这一次不是检视肉体，而是检视灵魂。她揉了揉干涩的眼角，抻平裙角，期待着那个文字重新开始自由流动的神奇时刻。她很久没有过特别流畅的写作体验了。然而，一旦写下去，某种东西就像开了闸门似的倾泻而下，不论产物好坏（多半不忍卒读），其结果总是令人感到轻松的。

亲爱的安娜：

很长时间以来，我都在想着给你写这封信，却不知该如何动笔。多年来，我已习惯对自己的内心保持缄默。你明白，沉默或语无伦次都是我自我表达的方式。如果有任何言不及义之处，请不要嘲笑我。听我讲，让我把记忆的伤疤一层层掀开。

我常常设想，如果我们不曾相遇，现在我将过着怎样一种生活。作为一个 23 岁的成年人，是依旧像个中学生一样，鸵鸟一般埋首于心爱的音乐、书籍和戏剧，过简单快乐不闻窗外事的日子。还是该按部就班“做正确的事”，积极地为自己谋划“前程”，早早努力适应做一个社会人？我想现在的孩子们，我的同龄人们，都对后一种生活轨迹再熟悉不过了吧。但它却令我心生厌倦。同时，前一种青春期般的无忧无虑也不能带来更多的乐趣了。每一条道路看似都是好的，但都不能使我满足。

我无法满足。大学的头两年，我像一只围着图书馆转圈的甲虫一样无所适从。后来渐渐地学会了给自己贴上很多标签（“政治学”“写作”“二次元”），但仍觉得自己一无所有。到了 20 岁，我仍然无法确定自己是谁。渺小软弱如我却贪婪地醉心于太多太好的东西——“学术道路”（被家长和自己默认设置好的“正道”）和写作作为事业，理性、美和自由作为价值。这些康德式的概念听起来雄心勃勃，但我太了解自己的局限性了。我不认为自己具有任何特别的天分和出类拔萃之处，有的只是一个普通人的弱点——拖延，优柔寡断，悲观又好抱怨，想法永远多于行动。这样的我，并不能够给世界带来什么不同，甚至不能让自己得到快乐。快乐是什么呢？活在世上像是完成一系列设定好的目标，尽管能够做得差强人意，并因而获得某些赞誉，我心中仍然空无一物。

是时候承认了，我是怀着无可奈何的绝望接受这一切的，就像出生年月、名字、家庭背景一样。某种意义上我应该被视为幸运者——出生在中等发达国家的一线城市的中产家庭，父母严厉但非常爱我。因而我有义务尽职尽责地扮演好自己的角色，做一个好学生、好女儿，未来的好雇员或好的“学术工作者”。前方大路已经铺好，我也被给予了时间、条件、机遇和一定程度上够用的天赋去完成这些义务。但这些真的是我想要的吗——这所学校，这个专业，这条道路？真的有其他选择吗，还是说我的要求太高，要得太多，不知餍足？

当然，这不是我想要的专业。如果可以重新选择一次，我想学自然科学或者艺术史，哪怕“不好找工作”也好。但在高考意外失手的情况下，自主招生去香港时的选择也有限。阴错阳差，我们，或者说是妈妈，替我选择了政治学。真是可笑——因为我是天底下对政治最不感兴趣的人。这门学科除了可以肆无忌惮地读历史外，我尚未发现太多乐趣。然而，我还是坚持下来了……命运的玩笑。

我失去了动力。大学的前两年，这种内在的虚无令我在每一个夜晚筋疲力尽。我不断地问自己，我如今所做的一切意义何在？即便浪费生命，最好也找些理由，比如革命、恋爱、“热血青年的愤怒”或道尔顿式的对生活的厌烦。而我却过着老气横秋的平淡生活——不摘眼镜，不打扮自己，不参加社团，不游行，不巴结前辈，不交男友，不找实习，甚至也没怎么好好学习，只是一心宅在电脑前，沉醉于书影音动漫同人的虚拟世界。在这座全亚洲乃至世界最繁华的城市里，在20岁的开端，我却过着孤岛一样与世隔绝的生活。我，一个死宅、悲观的怀疑论者、半吊子梦想家，像渴望一大笔财富一样渴望着自由，却不知道去何处寻找。

是叔本华的随笔救了我。将他的话复述一下，就是我对自己生活的总结：活着，与其说是寻求快乐，不如说是逃避痛苦——逃避社会强加给我的喧嚷的人群、复杂的人情世故和令人喘不过气的责任。那时我天真地以为，世俗意义上的成功并不可能使我快乐，它只是一面护身符，让我在适时适度地扮演某个社会角色之时，私下里可以不受干扰地过自己的日子。从意识到这一点开始，生命之河在我面前鲜明地分成两条支流：一边是险恶的生活之流，是为生存以及“想要看清地面上的事物，就要与地面保持距离”所付出的一切艰辛努力；另一边则是宁静的金色水塘，水面上洒满阳光和散发馨香的点点睡莲。我清楚后者才是目的，前者不过是达到它的手段，一切进取的事业仅仅是为了谨慎地自我保全。因此，为了维持自我的宁静的小世界，我必须投身于大世界的滚滚洪流之中。那便是我20

岁时对自己命运带着哀叹的洞察。

大二某门政治哲学课上，我第一次读到以赛亚·伯林解读康德、费希特和德国浪漫派的自由观的文章，从此对自由的两种概念发生了兴趣。伯林说，自由分为消极和积极两种，前者是个人权利免于被侵犯的自由，而后者是有主观能力去做某事的自由。与英法等国以消极自由为司法底线不同，十九世纪的德国人的观念更偏向于积极自由，即自由不仅仅是个人权利的保障，也更应该是某种更高目标的达成。这一点可以追溯到康德的理论：自由是对某种绝对道德律的服从。这即是说，如果这律令并非他人强加给我，而是出于我自己的意志，那么即使身处束缚之中，我依然自由——因为是我自己为自己下命令。在费希特那里，这一更高的道德目标被引申为国家或民族的光荣。而浪漫主义者则把对民族、传统和土地的爱和中世纪式的田园牧歌的乡愁混杂在一起，歌颂某种神秘的绝对精神和意志，民族国家成为了它的容器。于是一切就此便有了看似矛盾实则圆满的诠释：服从现实便是实现梦想，服从国家和民族的意志便是个人最高自由的实现；通过服从自己选定的统一化标准行动，即使看上去戴着服从和责任的脚镣，也无愧于自由的灵魂。

多奇妙的想法呀！当时的我对这个概念一见钟情，它仿佛为我这种分裂的生活提供了理论基础。从那时起，我豁然开朗，明白了自己的责任：既然上天注定要我扮演好学生、好公民、主流社会的一分子，不妨就此行事。与其逃避现实，不如把它转化为追逐自由的动力。如果一个人可以同时是外在的务实主义者和内心的梦想家（以普鲁士的“哲学家国王”腓特烈大帝为典范)，如果追求现实便是追求自由，那还有什么矛盾可言？我将愉快地（至少表面上如此）扮演这个社会分配给我的角色，余下的部分则退隐到旁观者的位置上去。我想成为空间上的一个点，可以观察万物而不被看见，可以呼吸而不受重力束缚，那便是我理解自由的方式。

我第一次为形成了自己的世界观而欣喜若狂。实际上，那段日子可以说糟糕透顶——在美国交换时大病一场，GRE 作文首战失利，喜欢上的某人也推心置腹地跑来跟我讲他对别人的感情。如果没有这一精神支柱，那段时间会难熬得多。但我很快挺了过来，不再害怕了。对自由的信念是最好的武器。在离毕业只有一年半时，我思考，并作出了如下决定：

1. 重考 GRE（时间可以说是相当紧张）；

2. 申请个人能力范围之内的最好的美国大学（我放弃了欧洲，同时也放弃了“学术道路”之外的可能性）；

3. 减重到 80 斤。

第一条属于现实，第二条属于梦想，唯有第三条看似无法归类。一个人想减肥固然可能是对外在世界的妥协，但是我的计划里本应与外表无涉。之所以加上这一条，可能是完美主义的天性使然。我心目中只有一种美，就是个人能力的“整全”，而美自然应该包括外表和心灵。之于审美，我并不十分符合“政治正确”的标准，我喜欢的女性形象永远是那些纤弱外表和超人般的强大意志的综合，即“普鲁士男性和法国女性的综合”，比如《源泉》里的多米尼克和《龙文身的女孩》里的莉斯贝丝·莎兰德。这大概是最后一点个人化的浪漫主义表达，尽管使用了如此偏激、充满反讽的形式：看，你想变得更优秀，就要各个方面都更优秀。我注视着镜中那个陌生人的面孔，感到她与我理想中的形象相去甚远：她缺少普鲁士少年的潇洒，也没有法国少女的精致柔弱。看似矛盾的二者却有一个交叉点：瘦。我无法选择我的性别、容貌，但瘦下来是可能的。这里固然有受社会影响的虚荣心的成分——人们总是误以为，瘦是美的必要条件，就像有钱是幸福的必要条件一样。但更根本的原因完全是私人化的。

是某种内在的，可称之为命运的东西，使我不知不觉，而又心甘情愿地一步步走到了你的面前。

时至今日我仍不敢评价你的功过。你给了我作为一个女性从未有过的荣耀——比如，我从来不知道自己有这样强大的意志可以对抗本能，从来不知道瘦下来真的可以有勇气随心所欲地穿任何衣服，也真的会受人称赞；我也从来不知道自己会在学习上爆发出如此大的潜力，不知道柔弱与强大并存的苛刻标准有朝一日真的能在自己身上实现。你给了我一切：美、世俗成就、众人眼中的光荣。你让我成为更好的人。但你同时也毁了我——你一点点占据了我的全部身心，毁坏了我的健康，破坏了我和家人、和好友的关系。你让我变成了一个如此自私、冷酷无情的怪物，凡事只凭自己的意志和原则行事，似乎要把多少年来没有自我的空虚补回来。你让我日渐虚弱，也给了我更大的野心，更大的权力，更多不切实际的想要了解这个世界的渴望，以及随之而来的更惨痛的失败。

后来我明白，母亲和澄美是对的。没有健康——确切地说，没有了自己赖以为生的肉体和精神世界的平衡，我将一败涂地。在理想和现实的悬崖之间的钢筋上跳舞是一种危险游戏，不是任何人都能玩好，一不小心就有跌落深渊的风险。而我，一个凡人，注定要为这种野心付出代价，且不止一次。

我并不怨恨你。或许因为你是我自己的选择，或许是我对这样的结局早有隐秘的预感。但即使了解你造成的伤害，我对你的爱依然远远超过了恨。你把我从一个软弱游移的避世者变成了一个意志坚强、积极进取的人（至少表面上如此），你让我看到人类得以超越自身的弱点、仅凭意志改造自己的某种可能性。这不仅仅是为了变瘦、变美、变优秀、引人羡慕——一想到更加广阔的未来，我早已不在意任何人的眼光。我这样做，完完全全是为了自己。我不需要自然规律，不需要与社会的潜规则合流，不需要家人的赞同、朋友的鼓励、情人的赞美。我是自己绝对的主宰者、死神、温柔的暴君，一个新自我的创造者，既是皮格马利翁又是他的少女。你让我第一次成了胜利者。

（最隐秘的，最令人欢欣鼓舞的骄傲是：你战胜了本能。你克服了你的肉体的贪欲、惰性、不思进取，那些是大多数人孜孜以求的东西。你比你的肉体优越，你证明了你的精神更纯洁，更坚强。当你不再被身体的沉重牵绊时，你便获得了一个崭新的、轻盈的灵魂……当你没有什么可以失去的时候……）

最终我却错了。原来我并不是自己的主人，你才是。你寄居在我的体内，渐渐取代了原来的我的位置。你使我和原先的自己形同陌路，你也给了我那些在忧郁、死亡和精神崩溃的边缘挣扎的可怕时刻。但不知为何，我仍然感激你的存在，只因为在一个又一个瞬间，你使我看到了理念世界的美好光芒。“见过太阳的人回到洞穴，不再在乎墙上的影子哪个更妖娆”——我怎么可能回到过去呢？回不去了。你是我的意志之本，力量之源，带给过我这般美好的自由，却也将沉重的锁链套上了我的脖子。

从法国回来之后的事你也知道了。消化功能紊乱、抑郁、令人难以忍受的暑假、一次次医院之行、山野里的散步、令人头痛的毕业论文、申请季。最后一学期，母亲不是特地请了假去香港陪我吗？我们住在一起，她一顿一顿熬汤、做饭，看着我一口口吃下去。我竟然屈服了，听话地吃饭、吃药，但我心里清楚，我并不想真的“好起来”。当听到“你长胖了，气色好多了”的称赞时，我的内心就已崩溃了。回到90斤？——不，这不是我想要的结果啊。讽刺的是，我需要这短时间的健康来完成学业，来写出漂亮的申请文书，来实现想象中的“前途”。但是夜深人静之时，我躺在床上，想象今天吃下的每一餐、每一杯营养素，是怎样化作一团团脂肪长到身上。我把手按在自己不再清晰的肋骨轮廓上，听着自己的心跳和子夜时分隐隐的市声，开始病态地，疯狂地想念能数出自己有几根肋骨的日子，想念苍白手背上的淡蓝血管，想念体重秤上越来越低的数字，想念任何衣服都能穿上最小码时游刃有余的快感。我不能再否认自己的感情，我想念你。失去你的日子黯淡无光，比失去恋人还难以忍受。在我的生命中，还未曾出现过任何一件事，任何一个人，像你那样对我有如此重大的意义。抛开所有你对我的伤害不谈，我深深地热爱并感谢着你。

因此我再次做了决定：

我，一个有完全意志和行为能力的成年人，自愿回到你的身边。如果有可能，我情愿将我的一生交付于你。

我不怨恨我的父母、医生，以及一切“与我作对”的人。我知道他们恨你入骨，也知道他们令人发疯的种种举动都是为了我好。他们只是在做他们分内正确的事，而且视我的举动为疯狂——也许是吧。我确实为你而疯狂，但我需要这种疯狂——你是我如此畸形地、热忱地活下去的唯一动力，是我饮鸩止渴的甜美甘泉。我无法再等了，必须赢回主宰自己身体的权利，重新用自己的尺度丈量世界的权利。

我需要你，安娜。现在就要。我要一切都回到正确的轨道上来。

我知道其中的风险。也许我会再输一次，输得更惨，跌得更狠。但我决心已定，不会回头。我要与你跳这支死亡舞曲，直到死神在某个不可预知的时刻狞笑着出现在我们背后。我下定决心，要以平静和勇气面对一切未知的可能性，绝不抱怨，也不悔恨。如果末日真的存在，就把这一切都吞噬吧。我只想穿上我的红舞鞋，与你共舞，直到这个世界终结。

永远属于你的 陶芷衡

2012 年 4 月 15 日

※

沉重的时刻

人有肉体，这肉体同时就是人的负担和诱惑。人拖着它并受它的支配。

人应当监视它，约束它，抑制它，必须是到了最后才服从它。在那样的服从里，也还可以有过失；但那样犯下的过失是可蒙赦宥的……

——维克多·雨果，《悲惨世界》第一卷第四章

1

水下的感觉妙极了。

深深吸一口满是消毒水味儿的湿漉漉的空气，扎进水中，放松四肢，尽可能朝水底沉去。下潜，下沉，离水面上的嘈杂世界越来越远。波光闪闪的水流从她的身体下方涌过，轻柔地将她托起，像巨型水母的许多只触手。她缓缓地吐出一串不均匀的气泡，翻了个身，透过泳镜上的水雾望着水中自己变形的肢体。她感觉好笑极了，于是浮了上来，在水面上仰泳。露天泳池上方的雾气正在傍晚的凉风中缓缓散去，露出了远处黛色的群山。她摘下泳镜，眯起眼睛，好不容易才辨别出了不远处上官澄美的红色泳衣。

澄美也看见了她，朝这边游了过来。

“看吧，还是你在水下待的时间长！”

“别提了。技术上你比我强多了。我可不会蝶泳！”

她不会提起，自己此前就连最简单的蛙泳和仰泳，也是费了九牛二虎之力才学会的。对于任何旁人眼中轻而易举的体育项目，几乎都是如此。

“嗨，游泳不过是逃生技能，会那么多花样也没什么用，自己开心就好。你看，今天我们不就玩得挺开心吗？要不是你，我都没注意到这个露天游泳池！”

“嗯，当然。——我们是不是该回去了？”

“好的！等我再游个两千米就走！”

澄美丢给她一个黠笑便游开了。芷衡默默注视着她像鱼儿一样上下摆动的灵巧的双腿，和身后那一小串雪白的浪花。她的自由泳姿态标准，迅捷而优雅，不像某些人总像是可以掀起海底火山爆发般的滔天巨浪。她继续浮在水上，瞥了一眼不远处的挂钟，五点半了，湿润的青灰色的云缭绕在山间。大概要下雨了，芷衡想。她是多么羡慕上官澄美啊——她在自己的身体里如此灵活，舒坦，活动自如，而不像她……

Never comfortable in her skin．永远在自己的身体里不得其位，流离失所。这是她和澄美——她和大多数人最大的区别。

对澄美的褒奖绝非溢美之词。从外表看去，这两个女孩有着类似的身板，但澄美属于更为娇小圆润的小骨架型，长一张有两个梨涡的圆脸，看去小巧柔弱，却是天生的运动好手——爬山、跑步、游泳、羽毛球、体操，甚至篮球和排球都相当不赖。她不喜欢缺乏速度的运动，比如瑜伽或普拉提。而芷衡天生没有体育细胞，几乎不擅长任何需要技巧的运动。直到七八岁，她还学不会系鞋带，不会跳绳，不会骑车，不会玩最简单的躲避球游戏——只要参加，必定第一个被砸中下场。别人热爱的体育课，对她就是公开处刑。

三年级之前的生活基本上都是处刑。因为体育太差，她成了整个班级的笑话，没人愿意和她一起玩，在中午吃饭的“小饭桌”上外班同学欺凌。一次她被人推倒，膝盖受伤，哭着回家时却遭到母亲质疑：为什么是你？为什么不是别人？肯定是你做得不好，你自己太软弱。——告老师？没用的，那是弱者的行径。为什么你不改变自己？让自己变强一些？

是啊……是我自己不够好。是我的错。这一思维方式从此在芷衡心里扎下了根。

如果你在这方面没办法做好，母亲又说，那就在其他方面超过他们！让他们嫉妒——比如，学习。

她不懈地练习跳绳和跑步，终于取得了些许进展，但也是勉强不落后于平均水平罢了。三年级时，母亲带她到儿童医院，填了无数表格，做了各种测试。诊断结果出来时，医生看着她们，叹了口气说：这孩子小脑不发达，天生协调能力和平衡能力都差。

“智力没问题。但小脑功能差是无法弥补的……只能通过后天多多练习，训练平衡能力来补救。很遗憾，她在这方面的分数，基本是儿童‘正常’范围的最下限了。”

为了“矫正”这一悲剧的体育白痴倾向，母亲不知花了多少冤枉钱，辛辛苦苦送她去游泳、舞蹈、滑冰。跳舞没有坚持下来，游泳和滑冰则只是勉强学会了——所谓“勉强”，仅仅是达到不会淹死或摔死的程度，姿势绝无优美可言。母亲虽然泄气，但看女儿不至于有彻底“瘸腿”的科目，也就随她去了。谁说只有四肢发达、头脑简单才受人歧视的？落后就要挨打。没有什么比孩子的恶意更残酷了。

落后就要挨打，弱者活该受欺负，她打小就明白这一点。只是靠着成绩尚可，模样乖巧，老师才有了庇佑她的理由（当然也少不了母亲的各种送礼和打点），之后的日子也渐渐好过起来。她进了奥数小班，当了数学课代表，有了作文被当作范文在班上朗读的经历，甚至有了一两个朋友。她记得她们是怎么交换小浣熊游戏卡，用带香味的漂亮的印花信纸写信，然后塞到对方的桌斗里。然而小学生活仍无法与无忧无虑的快乐画等号——她也记得被同在奥数班的四个男孩子堵在门口索要答案的时刻；戴牙套那一年被女同学们低声嘲笑的时刻；同学们组队游戏，从没有一个人愿意带她。她孤零零地站在操场上，想偷偷溜走。体育老师是个五大三粗但心地善良的年轻男人，走过来问她怎么了。我牙疼，她说。下一次，胃疼。再下一次，感冒。老师同情地点点头，注意休息。

初中生活总算有了一丝光亮。她有了一些朋友，更多公开念自己作文的机会，甚至还考虑偷偷报名参加高中组的作文竞赛。那正是新概念作文风靡一时的年代，她记得自己是怎么偷偷扫荡了初中甚至高中的图书馆，记得在“非典”假期开始在家长的电脑上写第二部长篇小说。体育课的不幸暂时被忘记了。大多数时候她以为自己是快乐的，以至于忘了是怎么考过中考体育的 800 米的——她练习了多少次，跑了多久？那时她喜欢上 Nirvana、Radiohead、绿日一类被今人觉得“烂大街”的摇滚乐队，跑步时偷偷用 MP3 放他们的歌，总是感到很幸福。后来的一年，她喜欢上音乐剧《巴黎圣母院》，然后是《猫》《悲惨世界》……

因为音乐和文学的存在，体育和人际关系勉强变得可以忍受。她拼死练习了一个学期，由于在楼梯上反复跳来跳去又缺少拉伸，整个小腿粗了一圈。考场在中学对面的露天体育场，似乎刚粉刷完，强烈的石灰味儿让她跑过的时候几乎晕过去。跑到赛道最末一百米时，肺里那种火烧火燎的痛她依然记得。但成绩？她不愿意记起。打分其实很松，全年级乃至全北京市也罕见几个不是满分的人。在成绩单上，她看见自己格外突兀的分数和名字，低下头去。她感到大家只是出于礼貌，才不在她面前提起此事。

父母倒是无所谓。大概因为她已经进了某座重点高中的特招名单，中考只要过了录取线便可。但她还是因紧张过度病了一场。眼看考期临近，母亲着起了急。

经验证明，陶芷衡在关键时刻绝不掉链子。只要到考试那天，她就会神清气爽地从床上跳起来，抓起书包上考场去。像一架永不出错的完美的考试机器。

她如愿进了那所在升学方面有着传奇名声的重点高中，但之后的事情并不那么简单。她进了实验班，却并不是作为“奥赛重点培养对象”的实验班。这是一个转折点，意味着她从此离开了被称为“奥赛圈子”的特权群落。在这里，一种心照不宣的共识是，只有前两个实验班的人才有资格作为“偏才”或怪人而被容忍，毕竟他们只要竞赛拿奖就够了，而靠后的四个实验班则被寄予了不同的期望——“高考”和“全面发展”。

这意味着她失去了拿学习作体育课挡箭牌的那一套特权。更恐怖的是，她的身体也开始反抗了。

中考后，她跟家长去了九寨沟和西藏，在强烈的紫外线下晒得黑如焦炭。度假回来，她对着镜子惊恐地发现：皮肤因为过敏而脱皮，烂得一塌糊涂。更要命的是，在吃得如此之差的情况下，她竟然比上一年胖了 10 斤，身高却一点都没有长。

我们不得不痛苦地承认，世上最可恶的一种不公即是青春期的遭遇。15 岁对很多人来说是美好年华的象征，对另一些人则是一切噩梦的根源。芷衡不幸地属于后者。她像是被一只看不见的手推进了不快乐的高中生活，一起到来的还有糟糕的皮肤状况和糟糕的体重。即使她在学校食堂很少碰那些油腻的饭菜，晚上回家却也不可避免地被母亲变着花样塞下美味可口的食物，理由当然是“长身体”和“学习用脑”。她的身高停留在一米五七左右，体重却停在了49—52千克的区间，无论她中午如何节食，也没有轻下去的迹象。

太悲惨了，芷衡伤心地想。发育期开始前她至少还算得上“瘦小清秀”，体育课上的笨拙还可以被好心的体育老师原谅，现在则是没有借口了！她的身体膨胀起来，变得如此粗笨可笑，矮、壮，脂肪集中在大腿和臀部，上半身穿S码的她有时却要买M甚至L码的裤子，简直是奇耻大辱。唯一值得庆幸的是她还算是个平胸，脸上也依然挂不住肉，裹在宽大的校服里，只露出手腕的话，还是一副80斤的瓜子脸。也正因为此，高中三年除了校服和运动服，她几乎不穿也不买别的衣服。只看穿校服的样子，没人会相信她有一百来斤。

但这套校服也意味着无法回避的学业压力。在学校里被人看重的要素后来推敲起来也与典型的美式高中无二——学习成绩、美貌、体育、家庭背景，如果各方面都不够好的话，基本意味着食物链底层的位置。她自知体育差劲，才智平平，家长也只是普通人，如今外表这一指标又遭遇前所未有之大浩劫，更令她陷入绝望之中。

当然还有体育课——令人绝望的，永恒浩劫一般的体育课。

澄美游完了她的两千米，转了回来。她望着对方矫健的泳姿，心情复杂地想起了Y。

“好像要下雨了，”澄美说，“咱们往回走？”

她“嗯”了一声，含糊地指了指山间的云。太阳开始下沉，雨点似乎就要随着凉风一起吹下来了。

2

全世界的游泳池更衣室规格似乎都一样。一排排编好号的样式陈旧的锁柜，因为湿气而略微生锈的锁孔，水汽弥漫的浴室，哗哗的水声夹杂着各种语言的闲谈：广东话、普通话、英语、西班牙语、不知名的东欧语言。在这些嘈杂的背景音里，芷衡小心地剥去沉重地黏在身上的泳衣，闭上眼睛冲洗头发。杂乱的声音源源不断地传来，令人感到放松和安心。她的记忆重新切回到高中时的游泳池畔，一场弥漫着漂白粉味的、没有硝烟的战争正在进行。

她记起了那次考试——她的最后一次游泳课。

芷衡的高中是全市极少数有自己的游泳池，并将游泳课作为常规授课项目的学校。高二开课时，班上其他人都早学会了蛙泳，她则因为“姿势不标准”需要重新学。当她好容易学会了正确的游泳姿势，其他人都已经学会了自由泳。

她坐着，双脚伸在水里，用余光瞄着其他女生的背影。第一节课起，她便敏锐地意识到，游泳课实际上是女孩子们比拼身材的竞技场。褪去肥大丑陋的校服，那些裸露出来的光滑紧实的大腿、白皙的臂膀、纤细的腰肢令她震惊。之前她从未如此真切地面临过这种竞争，似乎班级的权力秩序只是靠成绩和家庭背景来排列的。这一下新的秩序凸显出来了。几个最纤长、最白皙的女孩子站在池边，说说笑笑，不经意地吸引着在泳池另一边上课的男生们的目光。这时她还不十分理解，但已能领会那种骄傲——拥有修长双腿的骄傲，其实并不低于期末考试排名第一的骄傲。而她只能穿着最保守、最不出众的深色连体泳衣，默默坐着，企图用老气横秋的式样掩饰自己的身材。

她早就知道这具身体生来就是给她丢脸的。更可怕的是，虽然看上去是结实的运动型，却毫无体育才能可言。她对这种表里不一的配置深感耻辱。为什么那些看似纤弱，整天喊肚子疼请假的娇弱女孩一考试却总能轻松取得好成绩，一个个都精通跳舞、滑冰、游泳？她也努力学过啊。为什么别人可以轻轻松松得到的东西，对她来说却如此艰难？

平庸已经够令人难过了。更可怕的是，连被认为平庸的资格，都要花别人获得优秀的代价来争取。这就是她降生十六年以来身体带给她的重负，她的原罪。

现在她完全暴露在他们眼皮底下了，芷衡想。他们是那些传播小道八卦消息的人，他们是那些背后议论女生身材与内衣尺码来满足诡异的青春期幻想的人，他们是那些凝视、评判并认为自己有权力评判的人，他们是话语权的主宰者，社会主流，未来的群众基础。对他们的存在，芷衡又恨又怕。那时她还没读过福柯，也不懂“男性凝视”一类的女性主义用语，她只是隐约地感觉到，任何人的眼光都可能对她是一种羞辱。

她想起一次悲惨的经历：某次排球课，因为天热而脱下了校服外套，露出了浅色罩衫。之后，她被同桌——一个热爱八卦但心眼不坏的男孩子拉到一边，告诉她他们的评价是她原来比想象中粗壮，“但却是纯平的”。

然而，你不该也不能责怪他们的真实，也只能回头怪自己的身体——它确实粗壮，也确实是“纯平的”，而且似乎只要是女性，无论发育与否，发育程度如何，都可能为由此造成的谈资而感到羞愧。芷衡感到她的灵魂在透过这一具粗蠢不堪的肉体在被注视，被审视，便难过得喘不上气。在她的噩梦里，体育考试比任何其他科目都更经常地与窒息感联系在一起。她向下看了看自己与“修长笔直”四个字截然无缘的双腿，叹了口气。

一只湿漉漉的手忽然搭上她的肩。芷衡错愕地回过头去，竟是她目前最不想看见的 Y。

“下一个是你吧？”Y 露出一口白牙和十分美式的微笑，“我去考了。黄老师叫你准备。”

她光着脚，轻松地朝泳池另一端走去，留给芷衡一个流线型的窈窕背影——肌肉紧实的背，匀称的腰身，晒黑的结实的大腿。或许她知道，芷衡会一直看着的。

芷衡和 Y 的关系一直很微妙。Y 的学号就在她前面一位，考试成绩也跟她相差无几，但她们却是大相径庭的两类人。除了体育全能之外，Y 比她高 10 厘米，体重目测在 52—55 千克，修长，健美，视力绝佳，物理比她好，永远带着阳光灿烂的笑容。

而芷衡戴一副老气横秋的玳瑁框眼镜，显得呆头呆脑，多愁善感，爱音乐但会唱的歌都十分“远离流行”，因而不受青睐。还有，Y 永远是看上去不特别努力而学习更好的那一个。在芷衡看来，这才是最值得羡慕的。大多数天分不够的人，比如她自己，都是表面上装出吊儿郎当的样子，暗地里却拼命用功。Y 却不是这样。她有足够多的智商、情商和不知道哪里来的快乐细胞，可以轻松地获得每个人的喜爱。而她自己恰恰相反——没有什么天赋，还要付出比别人更多的努力才能获得平庸或是中上游的成绩。

这就是命运吧。Y 的存在似乎永远在提醒着她，像一个声音萦绕在她脑中：她不是被垂青的那一个。

一声尖锐的哨响，提醒她预备。她站起身来，看着 Y 走到岸边，伸展着四肢。她叹了口气。她也想那么单纯那么骄傲地长大，但她永远做不到。进入高中以来，除了好学生的光环和硬撑着的骄傲之外，她觉得自己一无所有。

体育老师——这个四十多岁，形貌有些吓人的粗壮中年女性站在池边，不耐烦地冲她招了招手。

“陶芷衡，看 Y 再给你示范一遍！”体育老师用半是责备（对她的）半是爱怜（对 Y 的）的口吻自顾自地说。

哨声响了。Y 跃入水中，像一道橙色闪电分开蓝色的池水。芷衡从未见过她游过自由泳，但那一瞬间她明白了“模范”的含义——Y 的每一个动作都像是为模范而生的，她从未见过那么笔直、有力的手臂动作，那么整齐的打水，那么轻盈的前进，如一艘快艇乘风破浪。相比之下，芷衡倍加感到自己的身体是一架老旧的，笨重的沉船，理应像“泰坦尼克”号一样沉到水底，而不是被打捞起来丢人现眼。

她的脸颊发烧，眼睛滚烫，死死地咬着嘴唇。Y 已经游完了第二圈的一半，折返回来。

戒急用忍。一个词语忽然跳入她的脑海，这是康熙写给雍正的朱批。她深深吸了口气，让自己冷静下来。总有一天我可以像你一样。我会比你更好，因为我经历过一无所有的苦涩，我知道什么代价是必须付出的，而且，因为这种付出，我一定会加倍珍惜我的成果。因为这是我某一天必将得到的东西。

“好，真棒，太完美了！”体育老师高声吼道，推了芷衡一把，“下一个你，加油！”

是时候了，芷衡默默地想。我宁愿自己淹死在这里或者哭着跑回家去，然而我不能。退缩是懦夫的表现。她看见 Y 在泳池另一端钻上来，抬起戴着橙色泳帽的脑袋，除下泳镜，朝她微笑。她不太能确定那一笑的含义，然而她已经决定了该如何做。她跳入冰冷的水中，埋下脸，在哨声响起前洗去了泳镜上的雾气和滚烫的眼泪。

“合格。”老师终于说。

她知道自己没有合格，只是再一次被宽容了。

Y 已经消失不见了。

最后那堂游泳课似乎是个转折点。从那时起，她对高中生活的全部记忆便开始一分为二了：一半是秋季的澄澈的天，铺满绚烂的法国梧桐的金色落叶的大道，晚自习后被露水润湿的空气，机房里的静电声，读答题卡的机器有规律的嗒嗒声，布谷鸟的欢叫，清晨踩着铃声冲上五层时，大脑瞬间醒来的对崭新一日的预感；另一半则是属于她自己的道路，它如此神秘莫测，如此忠实地隐于黑暗之中。她看不出这条路通向何方，但它的存在赋予她一种不切实际的热望——在她那渺小可怜的生活中，内心深处她仍希望相信自己是特别的，她不会注定平庸。倘若平庸，不如一死。将她和Y之流德智体全面发展的好学生区别开来的是什么呢？不是一两次月考的排名，不是高考成绩，而是对于虚无的认知。世界观？她压根没想过谁给了她这样的世界观。或许是基因里自带的虚无主义病毒，潜伏在她的每一个细胞里，时刻焦灼地等待时机，等待着给它的宿主以致命一击。

高二后半的日子像按了快进键一样过。时间飞逝，她和Y依旧没有多少交集，除了偶尔在排名榜上见到对方的名字。她摊开书做题，在草稿纸上画小猫，画没见过的风景，涂一两句忽然浮现在眼前的歌词。有时她停下来，看着自己因为写字用力过度而变形的手指，想象一年后的自己——坐在湖畔的长椅上，叼着烟，或是躺在草地上读书，任阳光从纸间的缝隙里飘洒下来。她想要自由，想过一种无视他们眼光的生活，那种愿望比任何时候都强烈。为什么要那样用力？为什么不能慢一点，从容一点，像那些被赐予天赋的人一样？那是她永远无法做到的。只有足够优秀的人才拥有"漫不经心"的权利——包括展示才学的权利，以及展示身体的权利。

总有一天，这具不完美的身体要接受她的诘难，她的规训和惩罚，芷衡愤愤地想。*我要使它服从于我，成为我灵魂的展示面，而不是灵魂的障碍。*

那时她还不懂，但她总有一天会懂得这样做的代价。只是，那代价如此高昂，远远超乎她的想象。

3

陶芷衡和上官澄美面对面坐在位于校园一隅的日式面馆里。澄美点了一碗大虾天妇罗乌冬面，几乎吃得干干净净，只剩下汤水。芷衡点了一碗鳗鱼茶泡饭，却只吃掉了四分之三的鳗鱼，饭没动几口。

“你游完泳不饿？”澄美忍不住问，“上次咱俩可都饿坏了。”

芷衡“嗯”了一声。正常情况下，她俩都能把南方分量的“一大碗主食”轻松搞定。只是这天她心不在焉，心思浮游在游泳池畔的那个时刻，那个发觉自己的平庸、局限性，发誓要身体付出代价的时刻，以及其后奔向高考的一年半时间。在她的噩梦里，她总是坐在游泳池旁，不由自主地注视水中自己的面孔。

“这不是我。”她深感痛苦，哭泣着醒来——摸到身旁的日历，发觉时间早已过了2007年。而她也已经跨过了那道门槛，成为平庸的大一学生。会一天天好起来的，她安慰自己。

会考后班里调换了几次座位，每一次都是根据成绩。芷衡和一个喜欢Nirvana和物理的男孩子成了同桌。她偶然读到对方写加缪《西西弗的神话》的一篇文章，被吸引住了，于是见缝插针地去借了书，从存在主义一直读到现象学和克尔凯郭尔。为了赶走高三课业的疲惫，她经常彻夜不睡地阅读，像不需要睡眠的机器人。在很小的时候，她就对哲学充满了初恋般的朦胧感情，但家长不可能允许她报哲学（或者中文、历史）——她已经选择了理科，就算将来调剂到文科，也只能是经济学、社会学一类吧。

她总是想着决定论的事，也想到死。人的各项“参数”是可以被决定的吗？倘若如此，人的命运也近乎被决定了。就像她天生是体育白痴而 Y 是运动天才一样。就像她学不好解析几何却违心选择了理科班一样。就像她所期望的自己从来不是真实的自己。在她的理想中，“陶芷衡”可以有两种版本：要么是甜美版——深褐色卷发，五官精致，纤巧，穿粉色系的日系连衣裙或有甜点印花的洛丽塔裙子，裸粉色口红；要么是成熟高冷版——短发，瘦高，苍白，不苟言笑，有《龙文身的女孩》女主或者凯特·布兰切特大魔王般的气质。而现实中 16 岁的陶芷衡，只是一个矮，黑，长痘痘，梨形身材，挂着黑眼圈，戴着不合适的眼镜，扎着幼稚的马尾的尴尬角色，既没有前者的甜美迷人，也没有后者的清冷和自信。作为如此尴尬的存在，她只能默默地做她最擅长的事——目前似乎只有学习和写作。而她的身体仅仅是这些理想形象的负担，它没有一刻、一处合宜，也并不好好听从指令。她的身体，连同她的性别特征，已是某种最为尴尬的存在，是横亘在她和未来梦想生活之间的活生生的阻碍。

她在饭桌上变得越来越沉默。而母亲为了弥补她的劳累和忧郁，总是变着花样把她爱吃的菜做给她——红烧鱼头、水煮鱼、烧茄子、夫妻肺片、麻婆豆腐，甚至也鼓励她吃炸鸡、汉堡包、比萨、冰激凌。那时她喜欢吃辣，喜欢吃海鲜，喜欢重油的菜。

她还没有饭量的概念，不清楚中餐里酱汁的热量，也不知道油炸食品会刺激皮肤，加重青春痘。总之，与美相关的一切常识，她都一无所知。减肥？那可是个禁忌字眼，母亲把她的碗塞得满满当当的，每当她试穿一条裤子，嫌弃自己胖时母亲都安慰她：那只是婴儿肥，上大学自然就会瘦了。她也默默地吃着，心安理得地一边胖着，一边幻想高考后的生活。

高考后的那个六月异常炎热。她的记忆里有聒噪的蝉鸣，有放学后与好友一起路过的旧书店，有冬日街上飘来的烤红薯的香甜气味，有黄昏降临时城市上方的苍白余晖。她记得去学校取录取通知书的那个下午，穿着老式的黑色筒裙、黑西装，唯一一套学校的正式礼服。她记得和几个人一起说说笑笑地走出校门，然后分手，拐进她和母亲暂住的高层公寓的小路，一层层爬上楼梯。11 层。她本来是该坐电梯的。汗湿的手指捏着信封，发霉老旧的水泥气味。她透过升高的楼梯扶手间的空隙向下望去，一圈圈深色扶手勾出的令人眩晕的螺线形模糊了视野。

她发挥失常，没有去成第一志愿——本应稳中靶心的第一志愿。完美的考试机器陶芷衡出了差错。这下可糟了！他们没有说什么，但事实上都在盯着她看——她又一次偏离了正确的路，无法像 Y 和其他好学生那样。他们顺理成章地被理想中的学校录取，顺理成章地毕业，顺理成章地找到好工作，顺理成章地结婚，顺理成章地养育和他们一样优秀的后代，顺理成章地到死之前都过着幸福的生活。他们永远踩在时代的节拍上，像做广播操一样，一、二、三、四。

只有她，只有她是那个异类，一个惧怕体制却又无时无刻不在寻求体制接纳的异类。或许那是唯一的办法，因为没有好学生的光环，失去了保护伞，她便怀疑自己活不下去。

可惜命运再一次证明，她只是个无足轻重的失败者。

“再等等，还是有转机的。”母亲叹着气说。他们责怪她为了她的第一志愿放弃浙大的自主招生。她想学物理，而且一定是某校的物理系。他们却开始悄悄打听去英国和澳大利亚的事情了。

但数日之后，她竟然收到了香港几所大学的面试通知，并不怀信心地准备了一阵。最大的难点却是挑选服装。芷衡在高中三年不爱装扮，也不怎么逛街，几乎没有什么拿得出手的私服。为了这些面试场合，她不得不去购物，除了一些昂贵而愚蠢的迪士尼和小熊牌 T 恤及阔脚牛仔裤外，她想不到买什么好。母亲于是让她的学生陪芷衡一起去，买了些稍微正式的女装，包括一条长及脚踝，微微收腰，像朵大红喇叭花一样的无袖连衣裙。芷衡觉得这能掩饰她身材的缺点，于是买下了——当然，她还是只能穿下中码。回来试穿时，她盯着镜中的自己，又觉得难以忍受。“难看的不是这裙子，是我。”她想。

她面试时还是穿去了。

考场很讽刺地设在她的第一志愿那所大学的演讲厅里，那曾是她从小到大最熟悉的路线之一。那天下着细雨，父亲把车子停在校园外不远，她穿着浅色凉鞋，撑着伞，微微提起裙子，艰难地走过积水的小径。面试官是个笑眯眯的英国老教授，给人以亲切幽默的印象，一直鼓励她多说自己的意见。而她，在搞砸了上一个面试后，也没有做太多额外的准备，几乎一切纯凭直觉作答。

面试结束时，她走出房间，扫了一眼水汽迷蒙的窗上的倒影。我并不适合红色，她自嘲地想，而且手臂太粗了。她把手掌贴在玻璃上，凝神听窗外的雨声。直觉告诉她这一次是成功的。

录取通知传来时，父母松了一口气。除了学费，去香港还比去英国省下了不少他们去看她时花在路上的时间。形形色色的人来家里道贺的时候，她只出来应酬一下，便钻回房间里，看书，整理旧文件。政治学是什么？母亲说了，这个口径宽，之后读研找工作都容易，而且还有认识的 X 教授照应。母亲是希望她进学术界的，至于所学为何术并不重要。学位是块敲门砖。一个人上大学起就要为自己的未来考虑。母亲送给她形形色色的成功人士必备书籍，从高效生活习惯到个人管理。她全都接过，塞在床底，夜晚继续读《跳房子》和《卡里古拉》。还没来得及品尝大学生活的自由滋味，她就已经对它淡漠了。

她过起黑白颠倒的生活。戴着耳机，把音量调到最大声，在房间里光脚跳舞。有人敲门的时候，她就假装还没睡醒。父母又变得宽容起来，大概是因为即将到来的离别。

暑假里她瘦了 3 千克，或许因为炎热、沮丧或黑白颠倒。大概是唯一的好事。

又过了两个月，她像袋鼠宝宝一样蜷缩在毯子里，故作不屑却又好奇地望着舷窗外越来越近的灯火辉煌的都市。它在墨紫的天幕下缓缓张开，像一只巨人的眼朝她眨了眨。

※

一个青年保守主义者的画像

每个人的生命都是通向自我的征途，是对一条道路的尝试，是一条小径的悄然召唤。人们从来都无法以绝对的自我之相存在，每一个人都在努力变成绝对自我，有人迟钝，有人更洞明，但无一不是自己的方式。人人都背负着诞生之时的残余，背负着来自原初世界的黏液和蛋壳，直到生命的终点。很多人都未能成人，只能继续做青蛙、蜥蜴、蚂蚁之辈。有些人上半身是人，下半身是鱼。然而每个人都是自然向人投出的一掷。所有人都拥有同一个起源和母亲，我们来自同一个深渊，然而人人都在奔向自己的目的地，试图跃出深渊。我们可以彼此理解，然而能解读自己的人只有自己。

——赫尔曼·黑塞《德米安》

1

许多个清晨，人们尚在熟睡的时候，她便蹑手蹑脚地爬起来，洗漱，换上优衣库的休闲装，爬上19层的天台看日出。天台连着24小时的自习室，除非考试临近，屋子里总是空荡荡的。她熟练地穿过那些摆满了横尸沙场般的隔夜书本的桌椅，推开甬道尽头那扇防火门。天台是一个小广场的模样，四周围着有机玻璃隔板——似乎想跳下去的人会因为懒得爬而放弃似的。学校离海不远，天气晴好的时候，可以清晰地看到城市的天际线、林立的高楼与曲折的海湾，但隔了一层玻璃，风景始终是模糊的，暧昧不明的，像雨季来临前湿漉漉的、滞重的空气。她会在那里站一会儿，舒展身体，远眺，享受这一个人的时刻。然而天台顶上那只摄像头不安地在她头顶上方扫来扫去，最终扫除了她盘桓过久的念头。

华南的梅雨季节在四五月份来临了。每一天她都像经历某种全然新奇的事物一样迎接南方的雨——这样细密，柔弱，绵长，似乎完全没有杀伤力地飘荡在空气里，却又坚韧到可以下上整整一天。这时候所有晾着衣服的人都只得唉声叹气地下楼，收衣服，把它们扔进转动的洗衣机和烘干机里，两个洗衣房的机器全都开足马力隆隆作响，不少几天之内便累得停了工，不得不贴上禁止使用的黄色警告。倘若台风来临，罢工的就不只是洗衣机了，宿舍门口还会视风球大小而发出停课通知。开始的时候众人（主要是非广东籍的内地生）还为此欢呼雀跃一番，后来才逐渐发现丝毫不是利好——台风大的时候连门都出不去，别说扫街、约饭、唱K、逛夜店了，令一干户外活动家大失所望。

芷衡却从未有过这个问题。她性格中刻板和死宅的一面在上大学后得到了充分的体现——刮台风得以足不出户的日子简直是她的福音。台风一来，她便可以心安理得地躲在宿舍楼里，一天也不出门，对着书本或电脑屏幕，只偶尔瞥一眼雨丝顺着玻璃斜淌下去的形状。她喜欢一个人打开电视看CNN的新闻或探索频道的纪录片，用微波炉叮一下超市里卖的白汁蛤蜊意粉，或是从楼下食堂买份套餐来吃，无非是例行的烧味配炒菜的“两餸饭”或者车仔面一类。这些对于大多数北方人来说过于清淡的茶餐厅食物，她却毫无反感，称不上喜欢或讨厌。她对食物，对课程表，对这一种或那一种生活方式本身没有任何意见。即使菜不好吃，专业不好玩，她也没有“换一个”的想法。唯一的区别是，她觉得一个人吃饭比一群人好些。社团活动后，一群半熟不熟的人围在一起，虚伪的寒暄后是久久的、令人尴尬的沉默，直到饭菜迅速上桌，尴尬才被碗筷夹杂的声音取代。她摇晃着透明塑料杯里加了冰的冻柠茶，想制造一点清脆的声响，最终还是放弃了努力。

这是她来到这所学校的第二年了。和第一年没有什么不同——想必下一年也是如此。预科年结束时，曾有个转系的机会，她考虑过转到法国研究去，却最终懒于成行，多少也是怕辜负了家长和X教授的一番苦心。我只是怕麻烦，她笑着说，有很多课要补，恐怕跟不上呢。她去语言中心上法语课，只是不再像高中时那样事事热情用心。她仿佛失去了那种对知识、旅行、一切新鲜事物如饥似渴的热情，之所以还保持着“好学生”的习惯，仅仅是出于惯性——或者惰性，就像一颗行星轻易不会改变轨道一样。

不，那不过是借口罢了。她从来就没有忘记高中时代的那种痛，那个如同活在黑白电视机里，为了学习不顾一切，不讲外表，不谈美、生命和情感，以成绩单上空洞的数字为唯一标准的时代。还有那年夏季的炎热，树上的蝉声，她高三多长的十几斤肉，蓝色信封内的成绩单，游泳池边的 Y 和兴高采烈走进清华大门的 Y 的重叠的形象。从理性上讲，她明白那一切都已过去了。但这些蒙太奇式的场景时常在深夜浮现在她眼前，没有任何时间和空间上的连续性。有时她从一个印象模糊的梦里醒来，久久地盯着黑暗的虚空，似乎那里有她需要的答案，却忘记了问题本身。

或许任何环境都是一样的，她想。环境不是问题，我才是。

她也有些朋友，但大多是初高中同学或“同学的同学”，来往也仅限于同学聚会或“同学的同学的聚会”。她也零散地参加社团活动，听讲座，拿着学生会的打折券去香港大会堂听音乐会。在旁人兴高采烈地投身于大学生活时，她更像一个旁观者，总是四处看着，不时想起自己的过去。虽然其中并无任何特别值得留恋之处，她仍觉得那里有某种价值是不该丢掉的，正如她毫无怨言地接受了被选定的轨道一样。不论专业喜欢与否，她要拿到好看的 GPA，去实习，交换，铺垫好看的简历，过一年去申请更“好看”的学校，读完硕士，博士，回归体制。这是毫无疑问的——至少母亲对此信心十足，她自己也从未怀疑过。而她之所以如此确信，一半是因为对生活缺乏经验的天真单纯和想象力的贫乏，另一半则是她隐隐约约感觉到的：要保有现在的自由，就要留在既定的轨道上。这对于她，一个似乎凡事“无可无不可”却又隐隐骨子里执着于“上进”的青年而言，甚至都算不上什么牺牲。

“你是个天生的保守主义者，芷衡。”澄美曾断言，“永远看向过去——即使过去不一定比现在更好。你的恋旧情结真是无可救药。”

她无言以对，承认澄美说的是事实。她们似乎能轻易看透彼此的天性。

在众人眼里，19 岁的政治学系大二学生陶芷衡是一个呆板无趣得可以贴上标签的保守派——从不逃课，包括八点半的早课，即使老师提供 PPT 讲义也自己抄笔记，头发从中规中矩的长直发烫成有刘海的长卷发，不爱吃零食，去超市买固定种类的全麦面包、麦片、牛奶和水果，每周去两次健身房，半个月看一场电影，一个月一场音乐会。唯一的坏习惯是熬夜（香港这地方人人都熬夜），但她依然醒得早。她习惯于在城市噪声尚未轰然而起的早晨，在那些语言跟不上思维速度的时刻，静静地站在露台上，任支离破碎的思路像风吹破的蜘蛛网一样飘荡。

除了可以轻松应付的课业之外，她把越来越多的时间花在图书馆里。即使冷气总是开得过大，书目也不算新，但总体而言有着异于这个城市的平和安静。她喜欢黄昏时窗边的自习位，喜欢坐在半旧的木制桌椅上打字，困了就趴在散发着清漆气味的桌子上小睡一会儿。有时她会漫无目的地沿着成排的书架行走，想着某一本被遗忘在角落里的书的命运——一位不得志的年轻作者数十年前费尽心血完成书稿，几经周折终于出版，公众在短暂的时间里瞥了它一眼，旋即把它遗忘。只有少数研究者在写一篇题目冷僻的论文时，才会找出它来，匆匆翻一翻，抄下值得引用的几条观点，又把它扔回书架上。这就是它存在的全部意义。

她觉得自己也是这样一本书。不是一个有血有肉的真实的故事，而是一个脚注，一段引文，一段出现在别人著作里的空洞苍白的二手资料。这么多年来，她一直生活在他人的设定里，为他们的期望而活，以至于这些期望不觉间内化成了她自己的一部分。她停下来，手指在沾满灰尘的一排排书脊上划过，仿佛看见了自己未来的宿命。

一切都是被设定的。此时此刻她理所当然在这里，扮演这个角色——无论过去如何被改写，一切并不会有任何不同。她并不知道自己的目标是什么，然而跟大多数人不一样的是，她对知道答案一事毫无兴趣。她也没有什么反抗精神可言，她认同一切命运丢给她的东西——有些甚至值得她感谢，比如与澄美的相遇。

那是在一门出席者寥寥的八点半的香港历史课上。她坐在倒数第三排，装出认真听课的样子。

她每次都去听那门课。前排总坐着另一个人，一个小巧的女孩，鹅蛋脸，戴一副奶油色边框的眼镜。有一次芷衡打量她的时候，她抬起头来，微笑里有浮躁年代里少见的单纯和恬静。芷衡仿佛被什么打动了，竟然说不出话。还是对方先向她伸出了手。

“你好，我叫上官澄美。”

她的声音悦耳极了。芷衡愣了一会儿才回过神来，报以不自然的笑容。“陶芷衡。”

“你也是 Year 1？”

这两个女孩子以惊人的速度熟识起来，很快成了密友。凭着对同类气味的敏感，她们很快就明了彼此间的诸多相似之处：同样直觉敏锐，热爱艺术和美，保守的外表下有着挑剔的，乃至于有些愤世嫉俗的灵魂。芷衡一直觉得她对现实的“无所谓”是最大的反抗，这看似自相矛盾的观念，唯有澄美可以理解。然而她们又有互补的一面：澄美更小女生一些，富于正义感和幻想，爱好精致生活，也在漫画、电影和零食的小世界里宅得更为彻底。芷衡在大学的第一年，也试图朝着校园“主流人物”的方向努力过一下。毕竟，那可是 2008 年——奥运、地震，狂喜与泪水；那是人人都沉醉于公共讨论，想要成为有份量的发言者的 2008 年。但这种努力在她涉猎过几个社团，见识过香港学生和内地学生的政治辩论和互骂，围观了人人网（当时还叫“校内网”）上的雄心壮志的论战一路沦为口水战，见到同级生为奖学金或推荐名额大打出手的嘴脸后，基本宣告破灭。

她的另一个学霸好友冷月，也较赞赏她“闷声好好学习”的态度。虽然他未必看得透她是真的不在乎学术这一点。他的意见是：“少理会网上不学无术者的辩论——都是些民科。”

他送给她关于巴黎高师的书和福柯的《知识考古学》。她默默地读了，并没有当即产生对去法国读研的向往。那时的她究竟在想什么呢？学术，未来，这些都像一团模糊透明的冷空气。她是无所谓的。唯一真正的期望只是确认自身的存在——她把脸贴在玻璃上，窗外有冷雨缓缓流下——却是世上最艰难的一件事。

象牙塔也不过是这么一回事！学生之间的小打小闹还在其

次。其实她早就明白，“群体的无意识行为代替了个人的有意识行为，是这个时代的主要特征之一”。（勒庞《乌合之众》）芷衡不自觉地用这一观点比照身边大多数的言行，数次得到验证，便更加心灰意冷起来。而澄美却像是一开始就看透了。她是天赋异禀的直感者，这种能力来源于她未被污染的孩童一样的纯真。有时她们躺在床上读书，轻声聊过去的事，直到深夜。她注视着澄美安然入睡的样子，被一种踏实的幸福感所包围。在漫长的孤寂里，她有了一个知己，一个不需要过多言语便可交心的朋友。

啊，友情！仅此一点，她，一个不被理解的保守主义者，就该感谢命运了。

2

澄美坐在小食店的沙发椅里，低头看手机，编成乌黑发辫的长发不经意地垂到桌面上。芷衡无精打采地盯着面前象牙色塑料杯里一汪热气腾腾的大麦茶。她不时伸出手来，把茶杯移近些，用手背罩着，感觉热腾腾的蒸汽扑在手心里，却丝毫没有要端起来喝一口的意思。墙上的挂钟在鼎沸的人声里乖巧地嘀嗒走着。

“你能听见墙上那只钟的声音吗？”

澄美诧异地望了她一眼，抬起头看看墙上，又看看自己手腕上的表。“周围这么吵，你听见的一定是自己手表的声音吧？”

“不。你仔细听！”

对方果然如她所期待的，低下头去屏息听了一会儿。她们同时不说话，这一宁静的场景仿佛将来自外界的声波完全过滤一遍。在这短暂的三秒到五秒里，芷衡分明感觉那声音像共振似的被放大了。她眯了眯眼睛。

“听到了，”澄美最终抬起头来，“不过，这不是很奇怪吗？这么吵的餐厅里，居然能听到钟表走动的声音？”

“是啊，是奇怪。就像你还记得你小时候的经历——一岁半的时候，家长抱着你到邻居家串门的经历——然而你问他们，他们却不记得。他们总觉得，小孩子嘛，怎么可能有记忆。”

“或许这只是他们的固有概念。”

“对。固有概念，或者说成见，决定了我们周围大多数的游戏规则。你有没有这种感觉，人们对你的第一印象，早被他们认识你之前所知道的信息决定了？你是哪里人，高中在哪里上学，学什么专业，得过什么奖，有什么特长，什么属相或星座，喜欢哪个明星，喜欢吃什么菜，听什么音乐，有过几个女朋友——”

“简直就像读简历。”

“没错。所有那些新生聚会，都像是微缩版的求职大会或者《非诚勿扰》一样。等你说完自己的一套，还得装着很感兴趣、有礼貌的样子，接受大家对你的评判，无论是当面还是背后。‘四川人肯定能吃辣’‘学艺术的家里肯定有钱’‘穿粉红色的男生肯定是gay’……诸如此类的陈词滥调。问题在于，这都是谁告诉我们的？谁把这些刻板印象如此根深蒂固地种在我们的脑子里？媒体，社会，还是我们自己？是什么力量使所有人的想法越来越趋于一致呢？”

“就连高中政治书都做不到。”

“表面上，没有人能逼你认同他们的看法。但做不到和别人看法一致，兴趣一致，你就混不进他们的圈子。所谓圈子，难道就是一群人一边标榜个性，一边说着相同的话吗？”

“这大概是大多数人获得安全感的一种固定模式吧。还有关系、人脉——不管怎么说，你得承认，每个人都很孤独。内地人、香港人，还有群咋咋呼呼的国际学生。不过是一群年轻人，想寻开心罢了。如果能在一件无聊的事上找到共同点，使他们开心起来的话，这件事也就变得不那么无聊了。”

“是啊。”芷衡对澄美轻描淡写的分析表示佩服。

“人嘛，毕竟是理性动物，只挑选对自己有用的东西。所以下一次再见到看似无用却受人追捧的东西，就该想到它的存在必定有其道理。这样理解起来会容易些。”

芷衡对澄美的感情始终有点复杂。细算下来，大概三分之一是敬仰，三分之一是爱怜，余下三分之一是臭味相投者的惺惺相惜。澄美骨架细巧，一张甜美的鹅蛋脸，像个少女漫画主角。而只有跟芷衡在一起晃荡时，她才本性毕露，不时语出惊人，表现出其强悍的直感和知识储备。然而，澄美在生活中的一些表现，比如极其没有时间观念啦，睡过头忘记去上课啦，出门不带钥匙啦，帮朋友忙结果却被利用啦——这些事颇让她想起自己会因为忘记戴红领巾，害怕同学欺负而不敢去上课的小学时代。但澄美并不糊涂，除了直感好这一天赋，她还是澄美见过的最整洁、最挑食、最有品位、审美观最刁钻、最有情趣的女孩子。她们俩在喜欢的书籍、音乐、电影乃至日常审美上，都存在着某种惊人的同步率：喜欢简洁、优雅、古典的形式，讨厌矫揉造作的无病呻吟，也不太能欣赏后现代主义。

这一方面的刻薄也体现在评判他人的外表上。街上看到的装束雷人、气质猥琐者，统统逃不过她们的毒眼和毒舌。当然，此类吐槽仅为双方所津津乐道，绝对不向外人披露半分。而且，吐槽归吐槽，一般不会涉及对某人人格的八卦或诋毁。她们的刻薄足够公正，连自己也不会放过。如果芷衡刚好急着去办事而找了一个不熟的发型师剪发，一定会被澄美嘲笑为顶了一头鸟窝，反之亦然。这两个女孩对生活有太多过高的、不切实际的期待，而生活能力却远远不够。与毒舌截然相反的是她们那近乎缺心眼的善良。尤其是澄美，会不假思索地相信任何第一印象不差的人，会因为不忍心打断对方而忍受传销人士的数小时轰炸，会与任何明摆着是利用她的人保持良好关系并继续被利用。她有种宠辱不惊的道家气质，天真到对什么都一目了然，却全然不觉有算计的必要。她深刻又清明，无欲无求，只要沉浸在自己的小世界里便是赏心乐事。她就像水，倒进什么杯子里就是什么形状，无色无味，澄澈透明，却可作万物的镜子。

澄美有许多潜在的追求者，但她每每不置可否，有时当作花边新闻说给芷衡听。芷衡只付之一笑。潜意识里她是嫉妒的，并不希望自己的位置被另一个男孩顶替。但友谊占据了她们俩的生活，这一点无疑令她安心。澄美爱手工、文具、美食，是这座城市街头巷尾各种小店的热情探访者，芷衡偶尔和她一起出街时，颇赞叹于她孩子气的好奇心，也乐于见到在生活上毫无情趣的自己一点点受到感染。但内心深处，她始终做不到像澄美那样自得其乐。她是焦虑多过平静的，始终有太多放不下的东西，比如“上进”——然而她知道，在这片实用主义气息弥漫的地盘上，做一个“上进”的学术青年很难，且远远不够。

“就像有些人到这里来，只为了‘有用’的知识。”

“没有没用的知识，只有没用的人。”芷衡冷冷地说，“至少在给人带来思维乐趣这一方面，我认为知识是平等的，不应该有高下之分。”

“这是对那套可鄙的实用主义的最佳反驳吗？”

“可不能乱讲哟。你所说的‘可鄙的实用主义’才是主流，是整个社会的万能律条。你应该庆幸自己不是活在《1984》里。”

“更像是《美丽新世界》呢。看看那些匆匆忙忙赶实习的商科生吧，我仿佛能一眼看到几年后他们的未来——穿着同样的高跟鞋和套装，在中环写字楼里进进出出。香港这座城市就是典范。在努力赚钱努力花钱的伟大思想指导下，大家都迟早要被资本主义的链条榨干，你我也不能幸免。还谈什么高尚的精神生活？歇菜吧。”

“歇菜吧”这句北京话是澄美跟她学来的。澄美说话经常故意加上一些错误的儿化音，芷衡听她这么说，觉得分外有趣。

“哈，可不能这么说，别忘了‘经济基础决定上层建筑’，还是得感谢资本主义。”

“瞧，不愧是学政治学的，总是这么高瞻远瞩。”

两人在旁人诧异的余光里笑成一片。时针指向三点四十分，该是她们分道而行的时候了。芷衡要去校办交文件。她去密歇根一所文理学院的交换名额已经批下来了，只差些例行手续。那所学校以小规模教学、重视本科生的博雅教育著称。她一早就告诉了澄美——虽然她讨厌寒冷天气，但交换生的经历也是让简历“好看”必不可少的一部分。何况，她对于一个人去美国早就跃跃欲试了。但她知道这半年自己会想念澄美，也会想念香港，未离开时就已开始想念——这山，这海，这天气，山间湿润的青灰色的雨云。

“Congrats！回头好好庆祝！”澄美举起茶杯跟她轻轻一碰。

“怎么个庆祝法？你定。”

“月底大会堂不是有芭蕾季吗？说不定能弄到半价票。”

“好，全靠你啦！”

澄美要去合唱团排练。其实时间已经到了，她一向是迟到的——迟到是这所学校的惯例。芷衡笑着把她支出门去，嘱咐她少吃甜食，省得落得上次那样看牙医的下场。窗外阴沉的天倏然晴朗起来，露出了白亮的阳光。芷衡托着腮，瞥了一眼窗外在人行道上行进的人们，他们正急匆匆地、面无表情地奔向各自的目的地。她检查了一下文件，挎好书包，起身出门，汇入了通向教学楼的人流之中。

3

她知道自己优柔寡断的老毛病又犯了。离预计出门的时间只剩 15 分钟，她却还站在门口犹豫不决：穿哪双鞋好呢？黑色那双比较稳重，但有些显旧了，而另一双浅色凉鞋又太幼稚。虽然在陌生人面前没必要多隆重，但去剧院那种场合，过于随意亦不恰当。她望着镜中穿着黑色长袖连衣裙的身影皱了皱眉头。黑色其实并不是最适合她的颜色，但却是她能想到的最保守、最显瘦、最不出错的颜色——无论做任何事，“不出错”永远是她的最高法则，没有之一。况且黑色有种平淡无奇、无动于衷的冷酷，一旦穿在身上，似乎便赋予人们与夜色和城市融为一体的能力。她喜欢这种感觉远胜过被人注意。不过，什么人会注意到她呢？她只是个再平凡不过的背井离乡的求学者，现在如此，下学期如此，未来依然如此。可预见的改变仅仅是时间和空间的机械转换。一切的框架都是设计好的，只需蘸取稀薄的想象力，涂上些颜色，这座人生模型（不管拥有者是她还是别人）便大功告成了。

大学生活对她的外表也造成了肉眼可见的，甚至称得上良好的变化。相对于一些人的“新生十五磅”，南方的水土加上炎热令她在头两年里瘦了 10 斤左右。如今她九十来斤，但在一群小骨架、筷子腿、妆容精致的香港女生中间，芷衡还是觉得自己是个粗糙的庞然大物。上学期第一次参加宿舍的高桌晚宴，幸好 dress code 只是深色，她也就在某高街品牌的晚装区挑选了一条上白下黑的拼接式长裙，遮住她最在意的灾难的小腿，同时露出唯一值得骄傲的锁骨。也是仅此而已了，她想。澄美不在同一个宿舍，没有她在的场合，她总是有点怅然若失。

她渐渐喜欢上了服装搭配，常在室友不在的时候，拉上窗帘，将各色衣服在自己身上摆弄一阵。她现在有了零花钱、信用卡和一定的购物自由，也早就摆脱了那些幼稚的迪士尼图案 T 恤衫。她开始为自己规划衣橱：大半仍是黑白，最多的彩色是各种深浅不一的蓝，也有一些褐色、赭石色、芥末黄、橄榄绿之类的自然色系。内心深处，她不是不向往粉嫩的马卡龙色系，但始终觉得自己的粗糙太不够资格，会毁掉那原本精致的服装和色彩，因此极少染指，仍维持在保守的范围内。面料和图样她也偏好一种日系的天然，讲究材质——纯棉或纯麻。冬天就是不变的羊绒衫，优衣库摇粒绒外套，两三件驼色和深色的羊毛大衣。平时穿着也以牛仔裤、毛线开衫、衬衫居多，极少穿连衣裙。鞋子就是略正式的平底芭蕾鞋，或是港人称作“波鞋”的运动鞋。或许来到香港最大的惊喜是南方的湿润改善了她的肤质，痘痘肌一点点消去了，加上她大力投资保湿和美白的缘故，到了第二年，皮肤已经恢复了前青春期的光滑。不过化妆对她来说始终是过于复杂的艺术，也惮于敏感肌的缘故，没有投入太多的时间和兴趣研究，仅仅学会了画眼线、睫毛和修眉，彩妆则几不过问。首饰除了一些四处收集来的奇形怪状的耳环之外也几乎不戴。这一派可以沿用到四十岁的打扮，倒是与她“青年保守主义者”的身份甚是相称。被澄美笑话得久了，连芷衡自己也不禁默认了这一标签。

当然弹性和变化的空间总是有的。比如这次澄美订了票却没有去，她只得在 MSN 和各种社团小组上挂了广告，转手一张。她舍不得不去，这可是俄罗斯芭蕾舞团一年一度的巡演啊。她不会跳舞，却不妨碍她疯狂热爱古典芭蕾。可是这年头除了艺术专业的学生，又有什么年轻人会专门去看芭蕾舞呢？

她没指望票能卖出去。意料之外，倒有人主动找上门来了。是 MSN 分组里一个印象淡漠的名字，她想了半天才想起来：去年大地震后，各种网络论战发展得如火如荼之际，芷衡曾在人人网上发表一论“公民意识”的语焉不详的文章，此人便是少数几个长篇跟帖，和她礼貌地交换过看法的读者之一。她只知道此人也在香港一所大学读书，比她高一届，却忘了名字。

来人很快说明来意：他想买票但错过了时间。芷衡耸耸肩，罢了，不是熟人更好，省得麻烦。好，票留给你，她在键盘上飞快地打着字，心里仍埋怨澄美那该死的合唱团排练。

对方留给她手机号，约好演出前半小时在大会堂门口拿票。“对了，你是陶芷衡吧？”

“是啊。”她有些意外，“你知道我的名字？”

“我听你们学校话剧社的人说过你。”可她从未参与过话剧社的活动，也不知自己为何会被人提起。对方继续道：“对了，我叫程翔。”他并不描述自己的外貌特征，仿佛对被辨认或辨认他人胸有成竹，“那么，周五大会堂见？”

芷衡道过再见，立即把 MSN 挂上隐身。她需要一点时间思考。她惊异于这个名叫程翔的陌生人的成熟与老练，仿佛他已经策划了许久，要从她那里弄到一张票似的。更令人惊异的是，她居然毫无防备地接受了和一个陌生人一起去剧院的提案。归根结底，在那个人简洁的、胸有成竹的语言之中，必然有某种打动人的东西，他以此获得了她的信任。入睡之前她想起此事，暗暗好笑：她对人性的认识到底太浅薄。别人都是通过脚踏实地的生活去认识世界，而她却活在概念构建的真空里。她只有二手材料。如今她答应下来，一半原因是顺水推舟的好奇心，她知道这个叫程翔的人与她不同，能带给她看世界的另一种方式——但这又能说明什么？

说到底是她对社交和他人的好奇心都不够强烈罢了。可是，社交的意义又是什么呢？无非是从别人身上发现一些她不具备的经历或属性，然后以欣羡而欢快的口吻说些“啊，我要是像你这样多好”之类的恭维话罢了。交换信息和优越感，从他人身上确认自身的价值，这难道不是人类交往的永恒主题吗？

啊，不该迟到的。她最后踩上一双银色芭蕾鞋，看了一眼镜子，冲出门去。

从人流如织的地铁口到大会堂门口，她一路小跑，一边紧紧捏着手机，生怕程翔打过来。明明还是要面子的啊，她苦笑着想。但弄得这样紧张又是何苦？

手机忽然在汗湿的手心里振动起来。她迟疑着接起。

“别动，我看见你了。”对方说。

她迟疑地转过身去。一个高个子男孩正穿过人群向这边走来，他也穿了黑色——黑色衬衫和格子长裤，手插在口袋里。此人身材瘦长，下巴的线条不很端正，这使他的面相显得有点老成。芷衡注意到他有一双漂亮的黑眼睛，藏在无框眼镜后面，那眼镜的式样竟与她的格外相似。他走到她面前，不失礼貌地伸出手：“请问，你是陶芷衡吧？”

她点点头，尴尬地为自己的迟到道歉，并从包里拿出票来。

“啊，没关系，我也刚到。”程翔爽朗地说。她恢复了镇定：“先进去吧，时间不早了。”

演出安静、流畅、圆满。大厅里座无虚席，却几乎没有咳嗽声、走动声和不合时宜的恼人的手机音乐。当灯光暗下，音乐响起时，她便完全忘记了现实，沉入声和色、光和影组成的光怪陆离的梦境里去了。湖水，原野，皑皑白雪，林间的墓地，月光下起舞的少女，荒野上的漫游者……这一系列意象总是让她心驰神往。啊，难忘的十九世纪，一去不返的浪漫主义时代！当然，今天的人们会说那全然是想象，但没有想象就没有任何伟大的文学和艺术，没有令人心魂萦绕的文明，没有无数个“历史上的今天”。她凝视着台上舞者们的美妙身姿，紧紧地绞着双手。这辈子她是不可能再跳芭蕾了，但有这样的向往总是好的吧？她想起了6岁那年自己拥有的一条粉色纱裙，她总是穿上那条裙子在草地上玩耍，张开双臂，疯狂旋转，让裙边上镶嵌的珠片在阳光下像露水一样闪光。她想起过山车、旋转木马、乐高玩具，高大的黄花梨木书架，她收集的积木和拼图，墙上的立体版世界地图，那是属于她的九十年代的童年的珍贵回忆。她总是一刻不停地搬家，一刻不停地失去，但这些图像的记忆始终能给予她最真实的平静。她脑海里始终存在着这样一个女孩——十五六岁，穿着粉红色的芭蕾舞裙，永远生活在她水晶球般与世隔绝的世界里。她想起了澄美洋娃娃一般的睡容，永远那么纯真、安详，像是从不属于这个浮躁的快餐时代一样。而这对于她是不可能的。她对现实世界的残酷准则再了解不过，但她必须与之抗争，哪怕要暂时妥协和忍辱负重，也要保住内心的安宁。她比任何人都情愿吃苦，但也比任何人都向往甜美、安谧、世外桃源般的生活——她幻想过住在湖心岛上的木屋或是林间的古堡里，像巴伐利亚的路德维希二世修建的新天鹅堡一样。这些孩子气的狂想也只和澄美讨论过，她们彼此笑着，用讽刺的口吻指出对方的幼稚可笑，不切实际，然后耸耸肩把一切抛在脑后。其他人有可能理解她这一面不为人所知的疯狂吗？她瞥了程翔一眼，对方的侧影浸在暗影里，看不出多少古典式的平静和优美。然而，他无疑有给人留下深刻印象的能力。

演出结束后他们一起走回地铁站。面对面交谈的时间不久，芷衡能看出程翔是个善谈者。如果她表现出更强烈一点的兴趣，他实际上很愿意谈论上至政治、下至流行文化的一切议题，只是巧妙地避开了艺术本身。当她表露出对政治辩论的冷漠时，他立刻恢复原有的中立论点，开始批判左右两派的愤青、民粹主义者、捧利益集团臭脚的伪公共知识分子、网络暴民、流行文化的浅薄、操纵民意的媒体，以及资本主义社会种种杀人不见血的利器，等等。芷衡边听边点头，表示“不能再同意了”，省去了表达自己意见的环节。这不就是大多数人想要的听众吗？她想。

当她无意间提到王尔德的“l’art pour l’art”时，他耸了耸眉毛：“那是什么意思？”

“为艺术而艺术。艺术就是艺术，无关年代、国别、政治，它的作用只在于传达共通的、永恒的人类情感。例如，我并不觉得二战期间选择留在纳粹德国的那些音乐家和指挥家有什么错——比如富特文格勒和卡拉扬。毕竟当时的政府给他们提供了更好的发挥艺术才能的舞台，而他们也无须发表什么政治见解，只是演奏音乐而已。为什么一定要用政治的眼光苛求他们？音乐又不是立言，不需要立场，不需要文过饰非。后来那些针对艺术家的审判简直荒谬之至。真的，没有什么比政治理由更能充当庸人迫害天才的最佳工具了。”

她说得有些激动，不自觉地提高了声音，停下来时才发现程翔用一种半是好奇半是惊异的眼光看着她。她窘迫地咳了两声，以掩饰自己的失态。

“总之，这就是我的看法。”她总结道，“极其政治不正确。这也是为什么我不再混那些政论愤青们的圈子了。”

出乎她意料，程翔笑着点点头：“不错，当你的观点不受大众欢迎，而你又无意为迎合他们改变论调的时候，谈论政治可是危险的。”

“尤其在这个时代。我感觉，谈论什么都可能是一种危险，如果你不注意谈话的边界和尺度。”

“是啊，”程翔露出一个苦笑，不知是否言不由衷，“你是学历史的吗？”

芷衡耸耸肩：“政治学。直到上学期，我还在犹豫要不要干脆转个法语或德语专业算了，硬生生被我妈挡了回来。其实学语言才是铁饭碗，他们懂什么啊！”

“可是，你好像有在学法语的样子？”

这一点芷衡倒是从未提起过。事后想来，不知是程翔留意了她在别处的言论，还是仅一句 l’art pour l’art 就暴露了什么。

“二外而已，程度远不能与法语专业的人同日而语。难度低，进度慢，而且没有密集训练和强大的语言环境，学了也是白学。”

她没有提到另一件事——换专业、去法国读研的想法，母亲表面上既不支持也不反对，实际上却给她泼了不少冷水。“欧洲经济已经在走下坡路了，也不安全。”母亲一边语重心长地劝说，一边从镜框边缘审视着她，“况且，现在欧洲回来的学生这么多，有几个能在国外留住？就算拿到了当地的学位，也不如英语国家吃香。——再说，你不是喜欢历史，也觉得政治学不错吗？X 教授说过，很喜欢你。无论香港还是美国，他一定会给你推荐好的导师的。”

对这种话题她总是无力反驳：“不错，但这并不表明我就那么喜欢我的专业。说实话，我还不知道我真正想要学什么。”

母亲在膝盖上摊开手，以示坦白无私：“喏，我可没有逼着你非学这个专业不可。只是，无论 X 教授还是其他人都说，政治学的研究面更广，将来也有更多的机会，可以读书也可以做实事。当然，决定权永远是在你手里的。我给你的只是**建议**而已。”

建议。永远是这个字眼。芷衡感到自己头痛的老毛病又犯了。她望了一眼窗外，忽然意识到自己还在地铁上，交谈的对象是程翔而不是母亲——而她填好的转专业表格，最终也没有上交。

她装出一副困倦的样子，随口问道，“你是什么专业的？”

“物理。”

哦，物理！她沮丧地低下头，又想起了她令人泄气的高中时代。物理无疑是她最喜欢的学科之一，然而成绩从来没有稳定过，更确切地说，与她的兴趣和努力程度不成比例。这大概是另一种程度的叶公好龙，就像她喜欢芭蕾一样。“啊，前途学科！”她不无讽刺地说，“相较之下我们社会科学可以被扔进垃圾桶了。”

“何至于？”程翔笑了笑。在她眼里，那笑容染上了一丝可恶的伪善：“现在含金量最高的是商学院，理科生才悲摧呢。从小被灌输要当科学家的理想，长大才发现只有在实验室搬砖的份儿。——对了，你不是说下学期要去交换？去法国吗？”

“美国。因为想去读研，提前考察一下环境。反正不会去法国的——这个年代，搞学术也要讲求实用主义。”

“‘搞学术’啊……”程翔笑了，“你的性格确实适合。那么，你暑假会留在香港等签证？”

“对，我申请了暑宿，待到六月中旬。”

“我那时也要留在学校做实验的。到时候来我们学校玩啊！”

她毫不犹豫地答应了，甚至自己都不知道为什么。到站时例行公事地握了握手，好似一对出公差的同事。她有点好笑，犹豫着要不要把自己的新发现——他们眼镜的相似度——告诉程翔，最后一刻还是作罢。“回头联系！”她说。

她轻快地沿着小路走回宿舍，一路想着这次奇遇。不知为何，当程翔说出“物理”两字，她的记忆重新回到了高中时代，思路倏然清晰起来。现在的她毕竟不是两年前了啊。无论曾经的年少轻狂还是自怨自艾的伤痛都已消失不见，取而代之的是与日俱增的虚无感和分分秒秒都在流失的天真。她多想像澄美一样活在自己的水晶球里啊！可是她不能。完全不问世事的天真对她来说是可耻的。她必须做事，不论所为为何。必须赶路，不论去向何方。她是不能停下的那类人，她必须把自己绑在时代这辆巨型战车上前进，不管目的地是哪里，都比在原地不动要好些。用工作填满生活，从无意义中捞取每一点可称为意义的零碎之物，这可悲的，毫无乐趣的人生！但她一早就知道，这就是她人生的全部使命。

※

The Saltwater Room

长久以来，我不是自己选择我的一切命运吗？

——诺瓦利斯《日记摘录》，

1800 年 4 月至 10 月

1

她在香港度过了四分之三个潮热难耐的夏天。那一年雨水格外多，每天早晨她醒来时都感觉有一层黏糊糊的水雾堵住呼吸，裹住身体，在她和世界之间竖起一道密不透风的帷幕。她从来不开着空调睡觉，太吵，又容易吹得头痛，但夜间的闷热又令人难以忍受。暑宿室友是个皮肤黝黑、爽朗的香港女孩，大半时间出去工作，房里只剩她一人。交过文件等签证的日子里，她无事可做，除了修改一篇令她毫无兴趣的期末论文，就是在图书馆里消磨时间：古地图、法国革命史、剑桥冷战史、蒙田和伏尔泰的随笔，还有一套她印象中早已绝版的博尔赫斯全集。天黑下来前，她早早地冲了澡，只开一盏小灯，窝在床上阅读，直到忘记了暑热和疲倦，昏然入睡。平日拥挤喧闹的校园在假日里显得空旷起来，闭上眼时，她想象自己躺在博尔赫斯笔下的环形废墟，任热带雨季丛生的杂草遮住身体和面孔。她一点不像是个要去“为前途奋斗”的人，如那些踩着高跟鞋奔赴一个又一个实习的商科学生，又如澄美隔壁宿舍那个天天苦啃 GRE 红宝书和《资本论》的优秀内地生代表。所有人都那么“典型”，要么上进，要么纵情享受青春，而她恰恰不知何为“典型”。炎热使她变得懒散而安逸，没有进攻性，像一只在夜间觅食的小型猫科动物。天气凉快一点的时候，她便穿着夹脚拖鞋和九龙城的杂牌服装店里淘来的宽松的长 T 恤到天台上随便走走，看看远处灰色的海，和海面上方随风变幻的云。海风穿过层层叠叠嶙峋的高楼，从远方的港口吹来，她感到日光的热力一点点从皮肤上消退，同时不停流逝的还有生命本身。

她睡得不好，食欲不佳，整日锁在房里看书。直到程翔再次打电话来——此前一个月他邀请过她，被她以考试太忙的理由谢绝了。现在可是假期！换衣服换到一半，她停下来对着镜子，觉得自己的身体就像满屋无形飘浮的水汽，沉重、下坠、没有轮廓。尽管因为炎热瘦了一点儿，那种针对自身的不满却达到了一个新的高度。*这就是大学？这就是你想要的生活？不值得更好吗？*一个声音在问。她的手按上心口，感受着自己心脏的脉动。

对程翔其人她的了解也不算少。拿全奖的优等生，篮球少年，话剧社成员，有一副好嗓子和表演天赋——不用说，这样的人必定是大学里女生包围和花痴的对象。程翔本人也曾得意地炫耀过，她只耸耸肩，笑而不语。她轻蔑地想，得让他明白，她可不是那些花痴少女中的一员。她天生有一种在任何优秀或自以为优秀的人面前不卑不亢的冷静，况且优秀的异性比起同性更能激起她近乎嫉妒的感情。偶尔会设想，倘若自己生为男性，是否扮演起社会角色来说会更容易些？答案几乎是一定的。至少她不至于像现在这样为外表而焦虑！对于男生来说，外表的高矮胖瘦似乎都是次要的，只要干净得体，能力和品行出众，在人群中脱颖而出便不是难事。而女生却被潜移默化地要求从外到内的一切！不管社会标准是紧是松，至少她从来都是这样小心翼翼地审视自己，从来不敢放松在任何维度上的努力。男性恐怕很少会为此忧心吧？所以他们才能拥有那样莫名其妙的，甚至有点厚颜无耻却又讨人喜欢的自信！她的嫉妒隐于言辞之下，难以言表。

因为这点莫名的嫉妒，她无法像对澄美一样，视程翔为毫无隔阂的朋友。他们有些地方很像：有理想，爱自由，但不盲目热血，在满不在乎的犬儒外表之下隐藏着冷静的判断力。他们可以开诚布公地讨论各种话题，开奇形怪状的玩笑，却几乎不谈及隐私，像纯粹的好哥们儿一样。有时她想起中学时母亲过于紧张的关于如何对待男孩子的教导——事实证明母亲想多了，那时的她从来不会被男孩子多看一眼，现在几乎也是。

她和澄美提到程翔时，尽管一笔带过，只提到“S大”“物理系”“相同的眼镜”几个关键词，澄美却警觉得有点过分。

“我看，这个人不是冲着演出去的，倒像是专门去认识你的。”

“何以见得？”

“不知道。我只是感觉，这种老谋深算的家伙不像是对芭蕾有兴趣的人。”澄美郑重其事地分析道，“不像你这种心无城府的死宅，芷衡，他可比你老练多了。这样的人，做事可不会一点没有目的哟！”

芷衡耸了耸肩：“怎么会！你也别太小瞧我了。再说了，他又不是同一个专业的，能有什么目的？”

“小心为上。很多人做事是别有用心的。这种看似稳重的学长我见得多了，很难保证他们不会心怀鬼胎，他们不是在追求一个女生，或是追逐一项奖学金，他们是在打一场战争，唯一的战利品是虚荣心的满足。当然，不一定有我说的那么坏，但我要给你打打预防针，不要受到任何伤害。你可明白？”

“明白啦！”她故意拖长声音，对澄美的郑重其事感到有些好笑。尽管他们之间的关系推进得有些快，但程翔并不像她想象的那样“老谋深算”。她并不打算为此申辩。大概澄美也嫉妒了吧？

而这就是她的致命弱点：不加防备。当她答应程翔的邀约时，早就把澄美的警告丢到脑后了。

露天摇滚音乐会的 dress code 是白色。她最终穿了头一天特意买的白色长衬衫，不规则下摆，前襟上洒着血点般的红色，配铆钉腰带和黑色牛仔裤。她对着镜子摇摇头，管它呢，反正她对六七十年代时尚的了解极其有限，就当是凑热闹好了。

演出结束后他们在一家路边排档吃夜宵。她并不觉得饿，只象征性地要了杯柠檬可乐，坐直身子，看着对面的程翔吃一碗鲜虾云吞面。这时候他才褪去一层少年老成的色彩，迅速地、略带贪婪地吸着面条，鼻尖上微微渗出汗珠，端正的面孔多了一分滑稽的亲切感。芷衡忽然想到她从未从此细心地观察过澄美吃饭的样子——大概因为她们都吃得极慢且话唠不断，总是把注意力放在聊天而不是吃相本身上。又或者是因为她没有注意过一个异性吃饭的样子。

“真的不饿吗？到美国可就没有这么好吃的云吞啦。”

“也就你这么馋……”

“哼，到那儿你就知道了。哭天天不应，只好自己做。”

“打死我都懒得学做饭。”她翻了个白眼，“无所谓啦，一学期而已。而且我还算爱吃西餐的。”

“西餐吗？味道多单调，而且会吃胖的哟！我一个学姐在美国交换一年回来，就胖了 20 斤。”自诩美食家的程翔时刻都不忘打击她对食物的直男品味。

得，这是给我敲警钟了。芷衡叹了口气："还说呢，我妈整天希望我胖点儿。可是我想再瘦 10 斤……"

"你现在正好啦！一点儿都不要再瘦。"

他不知道这是我有史以来最瘦的时候，可怜的程翔。要是他认识高中时代的我会怎么想呢？人不能两次踏入同一条河流。掩埋过去是我们每个人的责任和义务。

过马路时，程翔恢复了一向的老练和自信，走在她左边，这一点成年男性的基本礼仪，她现在正安然地享受着。起初她会受宠若惊，但在这西化了一百多年的地盘，她很快便习惯了。尽管总是保持着高傲要强的模样，谁会不喜欢被尊重、被视为"女性"的感觉呢？她摇摇头，决定将那个穿着臃肿校服的笨拙的青春期的形象彻底从脑海中抹去。可能的话，她想删去过去的每一张照片，只留下现在的样貌：更自信、更坚强、更干练——更瘦一点。更瘦一点，就是更好一点，就是距离青春期的自卑和耻辱更远一步。如今的她，不再会对任何人示弱。即使是在她想要流露好感的人们面前，她也不轻易说出一句可能被认为是谄媚的话。她想要传达的是这样的信息：如果你们需要的只是这种听漂亮话的友谊，尽可以去找别人，从我这里得不到你们要的东西。

"你这半年有什么打算？"程翔问。

"在美国？不出意外的话，尽量把 GRE 考了——我听说那边考试会简单一些，回来再准备雅思和申请材料。赶早不赶晚。"

"那，你确定不申请欧洲学校了呢？我倒还想试试欧洲……"

她自嘲地笑了笑，摇摇头："大家都默认社会科学的摇篮在美国，我也只好跟一跟风喽。竞争太激烈了，哪里有我们挑三拣四的余地？”

这倒是真心话。没有在2006—2008年经历过高考的人，是不配说自己经历过“竞争”的，她暗自想。美国的大学提供了更严密完整的社会科学培育体系，更偏向量化训练，而欧洲则显得过于流于理论、过于宽容了。何况母亲一向潜移默化督促她的，也是尽可能“跳起来够最高的树枝上的苹果”——每年出国访问，总要带各种名校的小纪念品，堆满她的桌面。啊，哪个家长没有这种情结！何况高考之痛就像一种慢性病，年年夏天发作。治愈它的方法只有一种，她努力的原因也只有这一个。

“没想过留在香港吗？”

“不想。”她摇摇头，干脆利落。在香港待了两年，说不上不喜欢，但有些情结究竟难以化开。这城市固然集中了一切数不尽的优点：干净、精致、繁华、优美、高度浓缩的现代化和技术主义——对她来说终究是太小了。到了第二年，她已经开始厌倦了火柴盒里的城市生活，密度过高的楼群，室外过度的闷热和室内过冷的空调，过于嘈杂的商业街，拥挤的人流，吵闹的饭店。她开始渴望暂时逃离繁华，前往某个孤寂、辽远、宁静的应许之地，那里是变迁和创造的象征，是浮躁的都市文明的清冷的反面。更何况，她需要一个更能够被自己也被身边的人认同的身份——做学术。至少除了这个被安排的理想，她没有别的理想。

她试着简明扼要地对程翔解释了一遍，并不指望对方理解。生活对一帆风顺的他毕竟是太宽容了。

但对方似乎很是会意地点了点头：“哈，香港是太小了，没什么意思。我也不想留下。对了，你什么时候回来？”

“期末考完，大概会去波士顿考GRE，然后去纽约玩一下。回来得十二月底了。”

“好，到时去机场接你！”

“不用这么麻烦吧……”对方的忽然热情让她不禁吃了一惊。

“这点小忙算什么。你不知道我是pick-up（接机）专业户吗？”他拍拍她的肩，不知是为了显示亲切感还是显示自己的身高优势，“到时候提前告诉我一声就好了。”

他把她送到校门口，摆摆手，潇洒地转身走了。芷衡竟站在原地愣了一阵儿，看着他修长的身影消失在暗色调的街道深处。她无奈地耸耸肩，想起澄美的警告来。这家伙什么目的？但毕竟此刻没有什么实质性的危险。主动权在她手里，有的是周旋的余地。不管怎样，下半年要更加勇敢、更加努力才行啊！她想起清单上行前的各种琐事，顿时打消了这些杂念，吹着口哨，大步朝宿舍楼下走去。

2

初到美国的生活并不比她想象的更容易。甫一到达，便有一堆杂事等着她处理——宿舍、电话卡、银行账户、网络、保险，熟悉学校邮箱、选课制度和图书馆资源。这座密歇根湖畔的小城有着比她想象中更炎热的九月，她却只带了秋冬服装，只好和其他国际交换生一起拼车去最近的沃尔玛采购。美国的衣服土气四溢，但也便宜得令人愕然，使她获得了一种垃圾堆里寻宝的乐趣。

她甚至挑中了一条有维多利亚时期味道的丝绒长裙，后来一衣多用，成为她的万圣节打底装。

四处皆大，又有湖区的壮阔景色可以游玩，本地学生也开朗热情，使得交换学期的事件密度比往日大了很多。刚刚熟悉环境，她便投入了紧张的课业之中。这里是小学期制，虽然只有看似寻常的三门课，每一门的课业负荷却有在香港时的两倍左右。最突出的特征是阅读量：以芷衡所选的美国政治和美国历史为例，前者需要在十周的小学期内完成两长（15—20 页）一短（10 页）三篇论文；历史课则要求长论文（20—25 页）和期中、期末两次考试。期末考试的形式是 4 道大题，电脑作答，时间 3 小时，以至于她的最后答案有 12 页之多。每门课每周的规定阅读量更是高达两三百页。芷衡开始被这个标准吓得不轻，悄悄问同一门课上的本地生："这个阅读量对你们来说，属于要求高的，还是低的？"

对方奇怪地看了她一眼："当然算高！你觉得呢？"

她稍稍松一口气，并不因此放松对自己的要求。

最后一门课是所有参加语言交换项目的国际交换生的必修课——教育学。这个项目要求交换生为本地学生担任语言课程的助教，并且支付一定报酬。来这里之前，她从不知这所小小的文理学院有如此之多的语言院系——除了联合国五大语种，还有韩语、泰语、教授古希腊语和拉丁文的古典系。芷衡被分到中文系，在中级汉语班上给一年级的本科生上课，主要负责对话练习、组织语言活动、批改课堂作业之类——这些看似轻松的工作也要占据她每周 12 小时的时间。但她很快从工作中找到了乐趣，从最初的怯场到不吝于在课堂上分享自己对中英语言学习的看法，胡诌能力令自己也吃了一惊。而几个中文基础优秀的美国学生也令她大感惊讶——大多是早早就有商业方面的雄心，渴望通过语言深入理解中国市场。这种实用主义可是我比不了的！她想。

读书、教书和社交的日子令人手忙脚乱，换了别人，早该后悔不该同时选两门文科课了。但她越来越喜欢耗在图书馆里。图书馆虽然规模不大，却比学校温暖舒适多了，里面甚至有一家小咖啡馆。她很快习惯了下午两点钟下课后，抱着书包推开沉重的玻璃门，踮起脚尖在柜台前点一杯脱脂豆奶拿铁，然后拾级而上，在壁炉前温暖的红色沙发座上，开启八小时的阅读与写作。考虑到每天的阅读量，她几乎没有时间翻开那本从家带来的红宝书背单词，更别提刷题和练习写作了。别人看到这书，都笑她太过紧张，不去好好享受交换学期的游玩机会，母亲则会指责她在暑假虚度光阴，没有提前做好准备吧。可她哪里知道交换生的日子比平时学习还要紧张呢？不过，做这里的学生也真幸运啊！看书累了的时候，她把眼光从书页上移开，望着天花板，让思绪静静地飘上一会儿。这只是一个小小的文理学院，却仿佛有她向往的、需要的一切——咖啡因、壁炉、柔软的沙发，温暖安谧的气氛，同样用功的同学们，一切足以供养对知识如饥似渴的心灵。坐在图书馆里，她有生之年第一次开始自发地热爱学习，对那些新鲜的概念和文字充满了好奇和渴望。她看见一个全新的陌生世界在书页上，在字里行间流动，透过其中她第一次发现了自己，看清了自己的位置，这条选定的路，走下去的困难、风险与无穷无尽的可能性。在虚度年华而死去之前她必须做些什么，即使是为了挽回她高中时代遗留的那一点自尊、责任感、完美主义和自我完善的愿望也好。她不愿再忍受那个无所事事、怨天尤人、囿于虚无、不思进取的自己。她决意改变。

冬季一天比一天近了。满山遍野辉煌灿烂的枫林，在仅仅两夜暴风之后，便换了一番萧瑟光景。金色和红色的叶子铺满小径，细瘦的枝干裸露在铅灰的天空里，从山后的小路下去，能看见高大的红砖教学楼，楼群前迎风飘荡的星条旗成了月光下唯一的符号。她有时待到十一点多将近闭馆，才恋恋不舍地冒着寒风出门，抬头是蓝色光晕浅浅烘衬的月亮，云彩稀薄、优雅，和香港之夜的璀璨相比是另一个世界。她想起 14 岁那年春节，在郊外空旷的院落里放鞭炮的情景，仿佛又看见了那时难得一见的清冷的夜空，闻到寒风里隐隐飘来的烧焦的味道。没有什么比那种味道更令她清醒了。

她努力使生活规律起来。为了赶八点钟的早课，改掉了晚睡的毛病。她花在睡眠上的时间并不多，最多六小时，不到七点又爬起来，用咖啡灌醒自己，抢到早课第一排的座位。饮食方面也很是节制。她跟其他交换生一样买了学校自助餐厅的包月卡，似乎大有机会实践“来美国必发胖”这一理论——从汉堡炸鸡比萨可乐到甜甜圈蛋糕冰激凌，各种高热量食物应有尽有。而芷衡只觉得西餐乏味。最初和别人一起同桌吃饭时，她还小心翼翼地每样拣一点放在盘子里，敷衍一下，默默观察旁人的吃相。大多数高大的欧美女孩果然是毫不忌惮热量的，芷衡看着她们一边说笑一边将奶酪鸡排、薯条和苹果派送进嘴里，脸上流露着对食物的热爱和满足感，颇为羡慕。当然也有来自亚洲的反面教材——一个叫 Sumina（澄奈）的日本女生，刚来时还是娇小玲珑的，仅仅用了五个星期就长出了双下巴。她想着程翔的话，便对自助餐厅愈加警惕，决心极力避免类似的“悲剧”发生在自己身上。

后来她认识了两个人，才开始感叹美国社会对所谓异类的宽容程度。一个是来自法国斯特拉斯堡的女孩，黑发，瘦长，略带神经质的蓝眼睛，永远系着丝巾，颇有典型的“法国女人”特质。每日中午她都盛半碟子胡萝卜沙拉，一点点优雅地用叉子挑着放进嘴里，一边与人滔滔不绝地用法语对谈两个多小时（她是一个午间法语角的主持人）。芷衡每每坐在她身边，除了练习听力，就是观察她半碟沙拉吃两个小时的悠然自得的功力。每天中午有许多人和她练习口语，但从未有人质疑过她的食量——如果在中国，她早该被源源不断的质问淹没了吧？

另一个是顶着一头漂亮的金色卷发，右耳三个耳洞，脸色苍白，神情温柔拘谨，身形灵巧如小鹿的男孩。他来旁听过芷衡的中文课，此后又在食堂遇见。第一次，她注意到对方也只拿了一个小沙拉盘，盛了几片不加酱汁的生菜、花椰菜、两片去皮的鸡肉、几颗橄榄和几片胡萝卜。她第一次见到男生有这么小的食量，虽然对他的取向已经了解了几分，还是不禁暗暗吃惊。后来她试探性地问：“Jeremy，你真的只吃这么少吗？”

男孩给了她一个略带羞涩的微笑：“我练滑冰，需要保持体形。我很在意热量的！”

与芷衡正相反，外表文弱的 Jeremy 是个运动好手，除了花滑、棒球，还擅长游泳和击剑。然而他本质上是个艺术家，办过自己的独立画展，而且着迷于禅宗和日本文化，正在 Sumina 的班上学日语。他甚至会围棋和五子棋，连芷衡都不是他的对手。和芷衡混熟后，他又对中文产生了兴趣。芷衡觉得他有点像《欢乐合唱团》里的布莱恩，敏感、高情商，惹人喜爱，以至于令她掉过头来审视自己对食物和世界的态度。控制饮食并不意味着他要成为苦行者，或拒绝热爱世界。相反，他穿着时尚，从不浪费他的天赋和机会。“这大概就是我想要的生活方式吧。”她私下艳羡地想，却又不肯确信。难道他的父母从来不干涉他吗？

一次两人同桌的场合，芷衡小心翼翼地提出了疑问。Jeremy耸了耸肩，脸色却不可避免地凝重起来。“我很小时母亲就去世了，”他说，“我几乎对她没有印象。”

芷衡连忙说抱歉，坐直了专注地看着他。

“她原先是一名舞蹈演员，但嫁给父亲之后，她的事业基本上就毁了。”Jeremy 说起母亲时，眼睛闪闪发亮，崇敬之情溢于言表，“她 33 岁时死于癌症。我想，她多少是怨恨父亲的吧……甚至怨恨我。”

“怨恨你们？为什么？”

“我父亲是个表面上尊重女性，事实上却把她们当摆设的人。”Jeremy 若有所思地说，“典型的成功白人男性，你懂的——他不希望妈妈结婚后出去工作，告诉她婚姻和家庭就足够了。她怀孕后就停止了跳舞。然而我想，这样的婚姻生活并没有给她带来任何快乐。她一定是有太多的悲伤和愤怒无法发泄，才会……”

“那你父亲知道你的想法吗？”

“或许吧，不过是装糊涂。我 18 岁就搬出来住了。此后倒是彼此客客气气，感情冷淡。他去年结婚后反而对我更好了，大概是因为歉疚。如果我要借钱办画展之类，他倒也是一向答应的。”

芷衡慨叹，她不由想到自己。小时候，母亲也算是由着她的，从未强迫过她上课外班，想学什么就学什么。只不过后来这一切变了。当身边“这孩子就是个读书的料”一类的迂腐恭维话越来越多时，母亲也愈发坚定了对她进行定向培养的决心。她并不知道自己性格深处这种根深蒂固的“追求上进”从何而来，或许所有家长都是望子成龙的，但能把这一价值观成功输入后代大脑的案例并不多见。她的自律程度一向无须任何人操心，小学三年级以后，母亲就没有再检查过她的作业了。所以她才会为任何无关学习的念头而羞愧，比如渴望瘦下来，比如羡慕更漂亮、身材更好的女孩子，这种想法要是在家里说出来，一定会被打上肤浅、虚荣的标签。这是她的阴暗面，她的羞耻，该被深深地埋在树洞里才对。除了做个一心只读圣贤书的乖乖女，她没有别的人生方案，也不该追求任何与众不同的定义下的幸福。况且一个不美的人，便没有资格伸出手来，说一句“我追求美”——连这样的资格都没有！

她审慎地，然而是羡慕地发问：“那你父亲对你的情况知道多少？”

“妈妈生前有抑郁症和厌食症。也许我也遗传了一部分。”

这是芷衡第一次听到对这两个名词如此坦诚的陈述。她吸了口气，等待对方继续说下去。

“报复？或许是吧。我很喜欢看我父亲的反应。当他因为我不吃东西而大光其火而又无可奈何时，我就产生了一种特殊的快感。因为他想控制我，却没有办法。因为我总是让他想起母亲，那个他自以为爱了一辈子却从不了解的女人。她有一颗勇敢的、追求自由的心。而我父亲只是千千万万个为钱劳碌一生的人之一，从不抬头看看天空是什么模样。他不懂她，但我觉得我懂，我感到她依然存在我身上——在内心深处，我们永远是一体的。”

他摆摆手，倔强地把脸偏向一边，芷衡看见他的眼圈红了。

“我相信你。”她安抚地说，拍拍他的肩膀，“你母亲没有离开，她生命的一部分会在你的身上延续……看到你，我就知道她也一定是个出色的艺术家。不过，你这么辛苦，也要爱惜身体啊。你看，你吃的只有我的三分之一！”

Jeremy 转脸看她，竟扑哧一声乐了：“少夸张，你吃得也不算多啊。你们亚洲女孩都是小鸟胃！”

“得了吧，每次看你吃饭我都自惭形秽。我高中最胖时可有 51 千克——112 磅！”

Jeremy 差点把一口水喷到地上。“112 磅算什么？拜托，这里可是美国，你可以见到你敢想象的任何身材的人，没有最大号，只有更大号。”他不屑地哼了一声，“我们可是在垃圾食品和电视机前长大的民族。看看周围这些人你不就明白了？”

“不是还有你嘛！你是美国人民的骄傲，相信我吧！”

“但愿如此！”

Jeremy 笑着端起零度可乐，和她碰了杯。那顿饭她只吃了几口生菜沙拉和黑咖啡，却无比激动和满足。不幸的是，下午她很早就饿了，只好翻出随身带的能量棒咬了一大口。瞧，在食物面前，她就是这么不争气。

3

学业与生活战火纷飞之余，她也不忘忙里偷闲更新博客。该博客是 MSN 空间关闭后她另辟的一处新地，专用于吐槽：历史书边角挖来的冷知识、某某教授的怪癖、政治八卦、历史同人之类。她本以为这地方足够冷僻，但不知何故程翔竟找了过来。第一次看到他的留言时，她不禁吓了一跳。

程翔打了个哈哈，大意是没有他侦察不到的地方。她暗暗发笑，在“欢迎围观”的客套话外打了个无奈的表情符号，心想这里的二次元或 2.5 次元暗语您老人家如何懂得。作为一位平时深藏不露的宅腐人士，她一向把程翔归为“谈正经问题的”地球人一类。不料对方竟然识破了她那一套术语，很快活学活用起来。

“哈哈哈原来国父们之间的基情过往这么有爱的！”

“萌完了南北战争，你是不是要转回冷战的主题啊？冷战文还写不写了，等着看呢！”

“托一个朋友带了珍贵的本子来，要不要？”

如是种种，令芷衡颇为诧异。这家伙本来一副正儿八经长袖善舞的学长架势，没承想还能屈尊“腐”就，分享网络亚文化小圈子的黑话，令她不禁另眼相看。从这学期开始，他们开书面玩笑的时间甚至比往常更多。她甚至感觉到他目光的存在改变了她书写的方式；以往纯粹私人性质的书写，如今变成了形式隐秘的交流。她也不再是纯然为了玩笑而书写了，而是会小心翼翼地拣选话题，把每篇日志的重心放在最近读的书和想法上，而不是流于琐事和情感。她不想仅仅被程翔视为一个普通的文艺女青年。在她自己的世界里，她把理性和情感分得那样开，以至于害怕后者会玷污了前者的清冷自持和庄重。暗地里，她却也羡慕 Jeremy 的个人主义，羡慕时常玩到彻夜不归的几个美国室友。——人活着一定要这样辛苦吗？还是说，二十岁的开端总是这样？

受历史课感染，那段时间她读了罗恩·彻诺的《亚历山大·汉密尔顿传》，顿时迷上了这个复杂的人物：底层出身，少年老成，通晓政治军事法律经济的全才，因观念超前于时代而不被理解——汉密尔顿对联邦政府主权的强调，以及美国必将走上工业化的发达之路，而不是停留在杰斐逊主义的富于田园色彩的小农经济这两点，使他成为被同时代人眼里的“邪恶天才”；在事业高峰被自己的风流韵事拉下马，最后死于与政敌亚伦·伯尔的决斗之中。这毁誉参半的传奇一生，也着实令她佩服得五体投地。她写下一篇书评，在结尾调侃道：会喜欢这种性格复杂的历史人物，大概是因为自己的血管里也流着叛逆的血吧？然而，这种叛逆是属于一个保守主义者的孤独。当大家歌颂革命、青春和热血的时候，她恐怕更注重程序正义和公共理性。“保守主义者并不意味着缺少信仰。”在被程翔讽刺为不可救药的死理性派时，她回答道。

内心深处她却有点感激。程翔至少了解这一点，才肯提出类似于“水至清则无鱼”的批评——毕竟他在人情世故上比她老练得多。她需要这样的朋友，既可以交流世界观和价值观，又可以为她提供类似于生活上的指导。澄美的影响——仅仅是感性的支持——显得就有些薄弱了。

更绝的是冷月，听说她在准备 GRE，便直接叫她“发两篇 Argument 和 Issue 来看看”。她受宠若惊，立刻写好了发过去。对方以神奇的速度和精准程度对她语言和风格的不足之处作了批评。她虽然表面有些不满，但想到是大神亲自莅临指点，再刻薄的评语都当得上“一字千金”。

“对他而言，考试无非是种一学就会的套路，”她默默想道，“我的智商却没有这么高……能力之外，运气也没有这么好……”

除了记忆力，她没有什么太值得骄傲的地方。但她渐渐理解了自己看似不得已的选择：“成功”本身并不是目的，“自由”才是。她现在努力所做的一切，无非是为了将来能够生活在一个更自由、更富于智力挑战性、对个体偏见更少的环境之中。主流社会的看法也好，世界是幸存还是毁灭也好，她对此本质上漠不关心。以此观之，躲进学术的象牙塔，恐怕是她难以回避的宿命。

冬天一天比一天冷下去，却还没有落雪的迹象。在回荡着咖啡香气和咔咔打字声的机房里，她读到了那位后来成为著名政治学者的 drunkpiano 的小说《孤独得像一颗星球》。“怎么又会想起给你呢？为什么我想起这些不着边际的问题时就会想起你呢？”女主人公在第三封信里发问：“现在是 2003 年的 7 月。离我第一次给你写信已经有五年了。这些年里，发生了那么多的事情，快乐的，悲伤的，更多的是浑浑噩噩的，好像你已经变成了我心里的一个小牧师。一个无神论者心底里的牧师。不时地，我就要回来看看你，让现实沉下去，让寂寞照亮你。相信黑暗中的你，能带我到更高更远的地方去。”——现在是 2009 年，东部标准时间10月13日中午12点13分，北京时间10月14日午夜0点14分，芷衡想。五年前的她在做什么？一样是坐在高中的书桌前，电脑屏幕上有那时的拙劣画作、第一次上音乐剧论坛时写的文章、和朋友们的合影……一切宛如昨日，却已飘然逝去。聚散是何其无常！她为自己心境的苍老感到可笑。今天对北京生活的想念，总有一天会化为对香港，乃至一切“过去”的想念。从学术的苦行中能获得自由吗？她仿佛已心平气和地接受了这条道路，却仍不时陷入恍惚。

期末和寒假的安排她心里早已有数。那是个艰难而又令人兴奋的计划：12月1日，考完3小时的历史机考；之后36个小时内写完余下的10页论文，并且打包装箱清空宿舍；12月3日的夜晚还冷不丁地被拖去参加了一场热情的欢送活动。交换生们、Jeremy等关系较好的朋友，她的室友，中文课的学生们都去了，活动室里竟提前有了几分圣诞氛围。跨过零点时，第一场雪终于纷纷扬扬地落了下来，令身为南加州人的Jeremy兴奋不已。“这可是我第一次在北方过冬天呢！”他说。立即遭到其他本地人的嘲笑。众人唱着音乐剧《吉屋出租》里的《爱的季节》，点起了蜡烛，切了庆典蛋糕，升起了五色缤纷的气球。她告别众人，越过校园里熟悉的山坡，踩着铺满小路的积雪走回宿舍去。从山上看去，满目的红砖建筑笼罩在一片晶莹而又淡雅的柔光里，分不清是雪光还是泪光。

按照计划，次日她将转机飞去波士顿，去哈佛拜访友人；在小旅馆闭关二十天准备GRE；乘火车去纽约过圣诞，再飞回香港。这场旅行她藏了不少私心，想去看哈佛和 MIT 的校园，想看波士顿美术馆里的开国人物的画像，想看华尔街的铜牛、哥伦比亚大学里的汉密尔顿和杰斐逊塑像。她将一切都密密麻麻地写在自己的日程本上，用彩笔标记了各色截止日期、考试日期、航班号，一切容不下丝毫谬误。与在香港时那种闷热、静止、昏昏欲睡的日子相反，如今她渴望扬帆起航，驶向一种大海一般宽广的生活。“有什么可以阻止一个男人出海呢？”打点好行李的最后一晚，她开了门，走到清寂的夜空下。她想象着两年后再次踏上这片土地的生活，想着她的选择。至少此时此刻，在作出这一选择的当下，她是自由的。

二十三天后，GRE 机考结束的 24 小时后，她从昏睡中醒来。耳机里响着 Owl City 的 *The Saltwater Room*（《深海空间》）。

> 知道吗，你们都不在的时候，闭上眼就想起高考前几个月，一个人住在公寓的日子。对面的小书店很温暖。但有些日子，真是安静得可怕，一片死寂里，听得见冰箱的声音、地毯咯吱作响的声音、沙发下陷的声音、排风扇的声音、一辆出租车拐过街角的声音、一个女人在隔壁摔电话的声音。现在我又活回了同样的情境里。

她在博客里写下这些文字，然后又昏睡过去。

机考的分数达到了 1400 分以上。如今，她终于可以不再为这些过于多愁善感的文字而感到羞愧了。

※

反抗重力

当爱支配一切时，权力就不存在；当权力主宰一切时，爱就消失。两者互为对方的影子。

——卡尔·荣格

1

她从未睡得这么沉过。仿佛还在返家的长途飞机上，或是图书馆的壁炉前，或是空荡荡的地铁车厢里，或是离开宿舍时堆满杂物的客厅里。记忆变得支离破碎，来自各色空间的大同小异的温暖，以及萦绕其间的喃喃细语般的嘈杂，使她的睡眠昏昏沉沉地进行下去，从一个梦坠入另一个梦。她恍惚间看见飞机上狭长的甬道，加冰的橙汁杯，看过的两部文艺片和一档京都旅游节目，舷窗外幽暗的紫色与金色交织的黎明。她看见抵达纽约的第一个晚上在帝国大厦顶端看到的夜景，辉煌璀璨的城市群落向四面八方无限延展，仿佛直达天堂。她看见街头为节日而精心装饰的玻璃橱窗，彩色灯光，孩子们最爱的糖果店铺，听着充满资本主义欢乐肥皂泡气息的圣诞赞歌。她看见她在波士顿住了二十天的旅馆房间，桌上的 GRE 复习资料和几乎永不熄灭的台灯，黎明时窗帘外透出的灰色微光。她看见自己坐在开往纽约的列车上，白雪皑皑的荒原、铺满涂鸦的老旧建筑，傍晚接近城市时渐渐明亮的灯光依次从眼前闪过。她看见哥大校园里杰斐逊和汉密尔顿的雕像，分别矗立在新闻学院和法学院大楼前，二人的眼神正如历史课本上的画像一样坚定清澈，湿润的新绿草地就在脚下，她久久站着，大口呼吸着雨后清冷的空气。

如果主题仅仅是“美国之行”的话，照理说梦该到此为止了——但它并没有。在梦的终点，她回到了毕业后就不曾踏入一步的高中，那承载着太多复杂记忆的地方。她重又披上了肥大的白色校服朝校门走去，一路遇见高中班主任，最疼她的语文老师，一直待她不薄的教导主任，大嗓门的体育老师……她朝他们招手，问好，却没有一个人认出她来，仿佛她不存在一样。她看见同班同学们挽着手有说有笑地走出来，空气里弥漫着新鲜宜人的喜悦，像高考成绩公布后那个闷热的下午。她看见她高中最好的两个朋友，还有 Y，还是那么出众，那么光彩照人。芷衡站住了，看着她走过来。她的脸瞬间变成了程翔的脸，走路时漫不经心的沉思神情，黑眼睛里透出狡黠的微光，像一个科学怪人、街头艺术家、预言者。她想叫住他，大声喊他的名字，可是他丝毫没有听见。仿佛她是透明人一般。她在斜阳下站了一会儿，低头看脚下的影子。她没有影子，像童话里的人鱼没有灵魂。

雨还在下着。昏暗的天色抹消了黄昏与夜晚之间的区别。她昏昏沉沉地坐起身来，梦中的景象却愈发明晰了。她回想着每一场景的次序和真实记忆的贴合度，最后想到程翔。她回到香港后，他们尚没有联系过。她隐隐觉得这是件好事，毕竟，没有什么比接受别人的同情这一事实本身更值得同情的了。

她抬手拧亮了台灯。那封信还放在桌上，她已反复阅读了几遍，每一次都郑重其事地把信件折得整整齐齐，放回信封，好像这一动作可以撤销信中传递的信息的意义一样。

那是 ETS（美国教育考试服务中心）寄来的成绩单。

她的机考成绩足够好，但作文失手了——不，连“失手”都谈不上。在期末前后的忙乱里，她几乎没有时间复习作文，练了几篇就去考试了。虽然有冷月的指点，缺乏练习可是致命伤。

她没在忘记在波士顿的小旅馆里度过的复习期：两点入睡，

八点半起床，九点下楼边看 CNN 新闻边吃包含在房费里的美式早餐，两大杯黑咖啡，此后十几个小时用来学习。为了节省时间，从网上订附近中餐馆的外卖送到房间。她仿佛又回到了高中时那种不知疲倦地连续工作的状态，但也一天比一天紧张，几乎想在考前两天取消预约——终于还是在母亲的“严正警告”下打消了这个念头。走进考场时她已恢复了一贯的冷静，但还是惊异于自己可能的畏缩。

现在看来，畏缩也未必是坏事。那时她不够冷静，也不够勇敢。更重要的是，她不够努力——或是努力的程度不够。

她又一次神经质地拿起信封，打开，折好，放下。这机械的动作还要重复多少遍？就像她经历的苦难一样，无穷无尽，没有因果，没有未来。高考时的一幕又重演了，每一次都发生在她努力进取，以为志在必得的时刻。命运总是不肯放过她吗？她究竟做错了什么，注定一次次遭遇同样的惩罚？可怜的失败者。这就是她的名字，她唯一的身份。所有梦中出现的面孔似乎此时都浮现在她面前，他们在背后指指点点，大声嘲笑那个不存在的她。

窗外绵密的雨提醒着她此时已是雨季，此处已是南国异乡，而那件事——或者“那两件事”，距今已有四个月了。

2

“正常，毕竟准备时间不够，明年还有机会。不要太沮丧嘛！”

程翔用一向不温不火的学长式口气安抚着她。芷衡耸耸肩，这套说辞简直和我妈一模一样，她想。她裹着格子披肩坐在冷气袭人的茶餐厅里，喝着一杯冰橘子汁。

她想起一个月前他们一起坐在电影院里的情景，想着那部记不住名字的，有些伤感的小制作电影，想着来时路上的阴雨，出地铁口时的风。她想起接到邀约一早开始忙碌准备的情景，洗澡、梳理头发、挑选服装，每一步都一丝不苟地完成。她希望那一次约会尽其可能地给他留下完美得体的形象。

她用余光偷瞄了程翔一眼。他还是老样子，穿着普普通通的衬衫和牛仔裤，却是镇定，随意，毫不出错的，这种隐秘的讲求修饰把他和一般不修边幅的理工科内地生分隔开来。如果是需要面试或做报告之类的正式场合，他大概也会西装领带，装备得与白领精英们别无二致，她讽刺地想。她是最看不起这一套的，但程翔的存在似乎提供了一种可能，一种在老于世故和愤世嫉俗之间的微妙的和解。他的天平迟早会向前者倾斜的吧。可是她呢？她会是被同化的那一个吗？

"放心好啦，我可不是那么好追的。"她记得自己笑着对澄美保证过。但当下的问题绝不仅是男女之情，而是两种世界观之间的冲突。古怪的是，即使全然明了他们之间的差异，她仍不可避免地被他吸引。她要试图改变他吗？还是改变自己？难道她所迷恋的只是差别本身？

她猛然坐直了身体，为方才的胡思乱想感到羞愧。程翔的声音飘了过来，像隔着雾气弥漫的湖面。

"帝国理工的 offer 我已经拿到了，八月就走。只是还有件事放不下……这件事我打算跟你说已经很久了。"

程翔郑重地掏出钱包，摸索着取出一张照片，示意芷衡来看。二寸相片上是个颇具风韵的成熟女子，黑瀑般的卷发，眼神迷蒙，化着烟熏妆却掩不住一种浑然天成的秀丽。芷衡一看便明白了八分。她挺直腰杆，全身每一个细胞都在命令自己的大脑：冷静！这个命令调度出自如的微笑涌到她脸上，让她往前倾了倾身体，装出一副感兴趣的模样。今天晚上你的任务就是表演。即使一切都被命运这个导演搞砸了，她至少还能做一个好演员。

她浑身一紧。“这是……”

程翔狡黠地笑了笑，露出一丝得意。

“这么大的事我都不知道！”

她逼着他讲他们相识的经过。他说是一月份某次网络聚会上认识的，比他大四岁，美貌，善解人意，做得一手好菜，还是运动好手。听一连串褒义词从程翔嘴里滔滔不绝地涌出，芷衡只觉心像尼斯湖畔的暮色一样沉了下去。

“她也在香港？”她试探着问。

“嗯，她是内地人，目前在这边工作。但下半年就调回去了。本来就没有多少见面的机会。这下可好，明年我去英国的话……”

“异地恋真是考验人啊。”她分不清自己的话是同情还是挖苦。

“还有她家里的压力。她家里人还一直赶着她去相亲呢。”

“…………”

“典型的三高剩女哦，盘亮条直眼界高。”程翔说这七个字时毫不避讳的神色让她有点恶心，“富二代不知认识多少个，她谁也看不上——”

“结果看上了你一个本科生。”她夸张地啪啪鼓起掌来，引来旁边两桌人好奇的目光，程翔耸耸肩，把一根手指竖在唇边。

“所以看看你，多好。Offer 到手，美人在怀，才色双全，人生快事。我就悲摧喽！”没有喝酒的她，开口倒先带了几分醉意。

“不至于吧，别这么打击自己。——你不再喝点什么了？”

“不了。”她礼貌地笑笑，站起身来，“等一下，我去洗手间。”

她站在镜前，看着自己苍白的脸，重重的黑眼圈，干涩的嘴唇。水声空洞地哗哗响着。她怔怔地冲自己笑笑：“就这样吧。”

回到座位，程翔已经买过单，体贴地在那里等着了。还真是专门用来对付女孩子的体贴！她此刻想起了澄美的警告——她怎么现在才想起！

她淡淡地感谢了他的款待，并邀请他走之前过来玩。他自然爽快地答应着：“好啊。走之前还有的是机会见呢！”

没机会了，芷衡冷冷地想。她不会多给任何人机会，包括自己。这是她应得的命运。她不禁想起《冬之旅》里的一句歌词：所有河流都奔向大海，所有悲哀都奔向坟墓。坟墓，人类共同的恐惧，共同的家园，共同的归宿。一无所有之时，也是她最平静，最无所畏惧的时刻。要记得啊，万火归一，我们是一体的。

走出餐厅，程翔习惯性地点上烟时，她笑着从他手里讨了一支，在对方诧异的眼光里点了火，却狠狠呛了一口。对方死性不改地笑眯眯地看着她：“就说你果然不会吧。哎，味道怎么样？”

她呛得流出了眼泪。月光显得更加清冷了。

3

她再一次被所爱过的一切事物抛弃了。仿佛她的努力从不存在。仿佛她一次次逃离旧日阴影的尝试，都是一场堂吉诃德式的徒劳无功的挣扎。她提着她的剑，茫然四顾，不知道该向哪里去战斗。牺牲品仅仅是她自己。

程翔。她对这个人、这个名字的感情已近乎麻木，不知该如何评价了。一切都发生在她刚刚对生活燃起希望，开始认真审视对程翔的感情之际。这时他却拍着她的肩，把一个派对上认识的女人讲给她听，说这是他的真爱。她糊里糊涂地听着。一面之缘能看得出真爱吗？她试图从那张照片上还原那个女人的形象，她的形容举止，一颦一笑。她不年轻，却一定很美，有性感的红唇，优美的手指，细长的双腿。她仿佛看见这个女人坐在程翔身边为他点烟的模样，他们时而轻声交谈，时而纵情大笑，完全看不见站在角落里的她。她闭上眼睛，十指紧紧绞在一起，即使这样也不足形容她一半的痛苦。她以为他们是互相理解的，可是天长日久的友谊终究抵不过“一见钟情”。他们是值得祝福的，爱啊，谁能怪罪于万能的爱情呢？怪只能怪她自己，漫漫长夜里无端耗费的那些思虑，苦心，在价值观与感情之间的反反复复的衡量。她想了这么多，这么久，却丝毫比不上两人之间的一个暧昧眼神，空气里一丝荷尔蒙的味道。她把程翔当作知己，但对方眼中恐怕压根没有“知己”这种词。她只是一个可有可无的暧昧对象，一个闲时可以聊天打趣的人。“别沉溺于那些自欺欺人的借口了，”

她默默地想，“他只是没那么喜欢你。”

He is just not that into you. 后来她看过那部同名电影，才渐渐明白，不再把一切责任归于自己。但当时她想到的只是她的错：你不够优秀，不够好，不值得获得自己看重的人同等的尊重和爱。这并不残酷，这就是她所看见的真实。

几个月浑浑噩噩地过去了。暑假里她还是过着颓废的生活，十一点醒来，懒洋洋地套上大 T 恤打底裤，不实习，不运动，不见人，打着学习和写作的旗号把自己关在屋里，直到半夜两三点还对着电脑，熬炼黑眼圈的深度。曾经被她怀着激情翻烂过的 GRE 红宝书被丢到一旁，她看着那本书，感到它像一部未完成的杰作，没有续貂的勇气。在失败面前，她居然那样懦弱，令人不齿！她斜躺在床上，对着镜子缓缓竖起了中指，不知是嘲笑命运还是嘲笑自己。

母亲见她心情不好，只当是真的学习累着了，也不多问，只拿出她表达唯一关心的手段来——饭桌上的饮食。她推说天热缺乏食欲，但全家总有外出一起吃饭的理由：川菜、港式点心、火锅、日料放题、烤牛排、法式大餐。偶尔她想少吃一点，便遭到母亲的强烈反对。“晚餐不吃主食怎么行？”母亲将满满一碗饭端到她面前，一定要看着她吃下去，才准她离开餐桌。一次在外面吃饭，她们又为此大吵一架。芷衡当时信奉淀粉和蛋白质分食法，她向母亲请求这一顿不沾肉，因为中午已经吃太多了。母亲应允了，但一阵儿又忍不住，把蘸满酱汁的糖醋鸡块夹到她饭碗里。

“妈，不要了！”芷衡抗议道。

“你看看你，出来比家里吃的还少！”母亲生气地数落道，

“小半碗饭罢了，还不能吃点肉！你最近究竟是怎么啦？”

她没好气地放下筷子：“我不饿。还有，我真的不能再胖了。”这是事实，但她立刻意识到自己说错了话。任何涉及外形和体重的话题，在母亲面前都是禁忌。

母亲果然发话了：“上大学以来你就一天比一天瘦。好好的减什么肥！还不多吃点！心思全放在打扮上，怪不得成绩——”

她扔下碗就要走，手腕却被母亲敏捷地一把攥住：“哟，脾气还不小了你，看你走哪儿去？有本事就滚出这个家，别回来！”

她慢慢转过身，像看一个陌生人一样定定地看着母亲。即使岁月不饶人，这张脸依然年轻、饱满，不时对女儿发泄的愤怒也没有使它多添一道皱纹。她静静看了一会儿，冷静地坐回了餐桌前。

“肉，我是真的吃不下了，”她说，“但我答应你把米饭吃完。大庭广众之下，别这样逼我，好吗？”

算是各退一步。她含着泪，机械地埋头咀嚼着米饭，像一台迟钝的、笨重的机器，感觉吃下去的食物像不能消化的铅块一样，沉重地堆积在她体内。这些物质很快就转化成脂肪，堆积在她尚且年轻的脖颈、手臂、腹部、大腿上……她摇摇头，一边闭目努力吞咽，一边试图将这些可怕的景象从头脑中抹去。坐在对面的母亲一定露出了心满意足的微笑吧。这些口口声声说着为她好的人，除了让她厌倦、恶心、生不如死，还能做什么？她真的无法把这些无所不在的控制称为“爱”，虽然他们告诉她，这就是爱。

啊，爱！爱算个什么东西！如今她总算明白了。人与人之间只有权力可言，人际关系的周旋只是赤裸裸的权力斗争。爱只是一个谎言，一个虚妄的名词，是掌权者为了让无权者心甘情愿听从他们而设的洗脑局。她曾经以为自己“爱”程翔，而对方却厌倦了她给他的权力，他宁愿把这权力交给别人，只有听从这个人的话时，他才心甘情愿。她母亲也只是自以为爱她，其实不过是在行使一个家长对成年儿女的控制权。从高中分文理科开始，到大学的专业、未来去向，到她的体重和外形，她无所不在，无时无刻不在宣示自己的话语权和情感的重量。只是因为她自己喜欢美国，因为她是大学老师，社交能手，做得一手好菜的好妻子、好母亲，招人喜爱的社会典范，所以芷衡也必将成为这样的人——母亲希望她成为的人。啊，她永远也摆脱不了妈妈的影子，只是因为她太软弱！“离开我的建议，你将一事无成”——母亲说得对。仅仅是“建议”而已，但也足以成为压死她的最后一根稻草。她，一个没有自我的人，一个游魂，如今孤零零地站在这里，品尝自己种下的苦果。她应该得到这种惩罚，命中注定如此，逃避不得。

4

又是一次往返于两座城市间的航行。从格子般星罗棋布的华北平原到大海中央的碧绿岛屿，航线平稳如旧，飞机升起降落，跑道绵延漫长。坐在双层巴士顶层，空调一如既往寒凉，街景迎着速度撞入眼帘：蓝绿色的海，象牙色的拔地而起的密集塔楼，擦过车窗的褐色树林和不知名的艳红野花。跨过青马大桥，再转一道弯，便是那座她见过多次的“墓地之山”，山上的十字架密密麻麻，像小时候堆起的积木城堡。周边的一切都很轻，很冷，近乎透明，那座山是她看见的唯一略显沉重的东西，却仍然在现实的映衬下显得跳脱而突兀。那是死亡的分量。

她瞥了一眼腕表上的时间，心底升起的第一个念头却是：手腕太粗了。对一个暑假以来的体重增长（不过是五六斤，据好心人说“根本看不出来”——他们实在是太好心了），她已经到了忍无可忍的地步。她把遮光板推开一点儿，看着玻璃窗上映出的自己，一张憔悴、浮肿、带着黑眼圈的陌生的脸，表情呆滞，脸上好像贴了张“走背运中”的警告牌。要是澄美见到她这样会说什么呢?

事实大致不出所料。回到宿舍，澄美望见她第一反应便是一愣，上去搂她的肩：“怎么了芷衡？假期过得好不好？”这一年她们终于成功申请成了室友。

她默默地拥抱了好友，感受着对方手臂的柔软和湿漉漉的卷发的香气，心里逐渐安定下来。

“我没事儿。等下一起去喝杯咖啡吧！”

离宿舍不远的办公楼二层有家小小的太平洋咖啡，由于是这片校园的“唯一”，生意向来极好。不过气氛就呈两极分化的态势：外国人多时俨然安静如自习室，但只要国人一多，必定人声鼎沸，远超茶馆棋牌室——也不知道这广东话是怎么成为音量如此之大的一种语言，芷衡默默地想。两年多下来，她对粤语及港人的市井文化并没有偏见，甚至对这座城市直白的名利心和大俗大雅的烟火气产生了某种亲切感，只是对粤语生不起美学上的认同。“文化认同”？对不起，其实也没有人拿枪逼着你表态，不喜欢就别认呗——只是不要拿审美差异当歧视其他文化的借口就好。自古以来中国人最擅长的就是互相歧视，贴标签站队，这一套已经成为中国式循环往复的历史怪圈的特征——没有前进，转了一圈又回到原点。

她自己不也是如此吗？她搞砸了一切，任何借口不过是推卸责任罢了。

胡思乱想间，她们拣了靠窗的沙发坐下来。澄美笑着说了一声“今天难得清静”，她不喝咖啡，只点了一杯冰红茶，芷衡则要了双份意式浓缩。是苦啊，她想，可是苦中才有生命意犹未尽的回甘。她不是没有吃过苦，但这些苦有结果吗？还是像冰块入水，虚无消失在虚无之中，不留一点痕迹？她自命清高，不屑于做计较回报的功利主义者，但为什么还是如此不甘心呢？是因为白白浪费的时间，虚耗的心力，还是理想与现实间不可跨越的鸿沟？某种程度上她已分不清“自己的理想”与“他人或社会投射在她身上的理想”之间的区别。我只要一年半后去美国就好了，她机械地想。仿佛是种誓言，她答应过的事一定要做到。她是如此认真地做了一切，她想要更纯粹的爱和生活，又有什么错吗？是什么不可控的力量让她跌落得如此惨痛？

“说说你吧，最近是怎么啦？”澄美朝她微笑，那向日葵一般温暖，无人可以与之相比的微笑啊，她终于又见到了。

她低下了头：“我打算这学期重考 GRE 了。上次作文给考砸了，期末太紧张，没好好复习——”打住，这都是借口，借口！她烦躁不安地想，不自觉地狠狠掐了一下自己的手心。

“那不是去年年底的事了吗？怎么又为这个伤心了？——我

猜，肯定还有别的事。是不是程翔那家伙？”

她耸了耸肩，无奈地摊开手：“是。他要去英国了。”

“你也可以去英国嘛。还不用考 GRE。”

“可是我要去美国……”

“又来了，谁规定你一定要去美国？选择又不是定死的。”

“我也不知道。”她漫无目的地看着窗外，一群群人正同样散漫地、洪水般地从楼下涌出，似乎正急于参加某个重大的仪式。“大概定好的事情就一定要去做吧。况且，我也想不出更好的选择了。”

“如果去英国会更好呢？或许对你们是更好的可能……”

“不可能了。而且我也不会去。”

“何以见得？”澄美一脸惊诧。

芷衡苦笑两声，向对方讲述了程翔向她“表白”的过程，如何精心设计，曲径通幽，暗藏心机——只是，对象不是她。“在这件事上，我最大的错误，”她抿了一口咖啡，感觉着那种同时传遍味蕾的苦涩，“就是把对方的关心当作好感，甚至是爱。回来之后我们还一起去看电影，那时我简直紧张坏了，坐在黑暗的剧场里，肩膀绷得笔直，大气都不敢出。但是我错了。他对我完全真诚，像一个真正的好朋友那样，但是谈到爱——完全不是那回事。我在他心目中的分量完全比不上他三个月前一见钟情的陌生女孩。”

话音一落，一切陷入了可耻的静默之中。会不会是他们都听到了？可音乐明明还轻柔暧昧地响着，似乎要冲淡紧张的气氛。她抬起头，澄美还认真地听着，一手托腮，悠悠地喝着杯子里的红茶。

“我真是可笑啊。那一天，他还给我看她的照片，她的收藏，她的摄影作品。她真的很美，卷发，红唇，像三四十年代的电影明星。而且他们有共同语言，相比之下，我不会摆弄相机，也不懂音乐。”心底流淌出来的自卑代她发言，“告诉我，澄美，我是不是个很无趣的人？是不是配不上我想要的一切？”

“不是的，亲爱的。”澄美站起身，绕到她身后，抱住她。她只是麻木地晃动了一下身体，感到并没有多少眼泪可流。

“这不是你的错。”澄美郑重地说，“我再说一遍，这里不存在‘配得上’与否的问题——两个人之间的感觉，只有当事人才知道，不是吗？当然，我没有见过他，但从心底感到他配不上你，因为他太会耍手段，搞暧昧了。我不相信，他之前一点手段不用，就可以让你这样的好女孩动心。但，说到最终的选择，他毕竟有那样选择的权利——而你也有选择的权利，芷衡。”

她抬眼望着好友的脸。好样的，不愧是澄美。

“好啦，不至于。”她拉着对方干燥温暖的手，机械地说，“我没事的。我没那么容易受打击呢。”

“不，正是因为我太了解你了。你肯定受到了不止一次的伤害，因为你从来只是自责，把一切责任揽到自己头上。可是，爱情是不讲道理的。答应我，别怪你自己了好吗？那个家伙的选择就由他去。也许有一天他会后悔呢！”

她笑着摇了摇头，知道这些只是宽慰之词。

“不过，你说得对。我不应该怪别人的选择。最大的问题还是我自己的软弱。我太看重别人的评价，太期待别人的赞许和爱了，这就是我一直不够勇敢、不够坚强的原因。从今我要忘记这一切。我不在乎任何男人怎样看我。我要做我心中最好的自己。”

澄美赞许地伸出手掌，她们轻轻一击，默契地相视而笑。某种轻松的气氛又回来了。

“好啦，换个有趣的话题。”澄美倒回沙发上，懒洋洋地问，“假期里看了什么电影或剧集吗？”

“倒也没有。”她机械地回忆着，这个暑假里发生的事都没有给她留下任何鲜明的印象。她的记忆薄得像一层纱。

“我嘛，最近在追一部美剧，《欢乐合唱团》。听说过吗？”

她倏然来了兴趣，坐直了身体：“听人推荐过。据说这剧有不少音乐剧选段？”

“是啊，剧情倒没什么，高中合唱团的狗血故事而已。但里面有不少老歌翻唱，我就当 MV 看。”澄美笑笑，从包里取出耳机，“我最近一直循环播放这首歌，太喜欢了。一直想推荐给你！”

“哪部剧里的？”

“歌名叫 *Defying Gravity*（《反抗重力》），是音乐剧《魔法坏女巫》里的选段，在第一季第九集有一段双人翻唱，其中的男生 Kurt 为了与女主角 Rachel 竞争出场领唱的地位，用女高音演绎了这首歌。要不要听？”

她接过耳机，点开了播放键。前奏清朗流畅地萦绕耳畔，随之响起的是少年稍显稚嫩却坚定不移的歌声。

Something has changed within me 我的某一部分已然改变

Something is not the same 我已与昨日不同

I'm through with playing by the rules 我已受够了受制于
Of someone else's game 别人制定的规则
Too late for second-guessing 再无时间反复揣测
Too late to go back to sleep 再无时间静心细想
It's time to follow my instincts 是时候追随我的本能
Close my eyes, and leap! 闭上眼睛，一跃而起！

I'm through accepting limits 我不愿被限制
Cause someone says they're so 只是因为人云亦云
Some things I cannot change 有些事我无法改变
But till I try, I'll never know! 但不去尝试，我怎么知道！
Too long I've been afraid of 我已害怕了太久
Losing love I guess I'd lost 害怕失去注定失去的爱
Well, if that's love 好吧，如果这也算爱
It comes at much too high a cost 代价太高，我无福消受！

I'd sooner buy defying gravity 我即将前行　反抗重力
Kiss me goodbye I'm defying gravity 与我吻别　我要反抗重力
I think I'll try defying gravity 我想我要试着　反抗重力
And you won't bring me down! 你绝不能阻止我！

“电视剧里的结尾是唱劈的，剧情需要。”澄美缓缓地说，“Kurt 不想让他保守的父亲为他演唱女声歌曲行为难堪——相当于公开出柜，所以故意唱坏，输掉了比赛，让女主角胜出去参加

公演。做人真不容易啊！”

芷衡低下头：“的确。我现在明白了。”

“明白了什么？”

“这首歌的意义。你知道钱锺书先生那句咏萤火虫的诗吗？‘上天视梦梦，前途问渺渺’，写的其实就是人生百年，有如萤火虫旷野夜行，前后都是一片黑暗，只有自身这点亮光——如此也辨不出方向，照不得什么远路。可是，如果不努力的话，恐怕连这点光芒都得不到。浑浑噩噩也是一辈子，可是我不想过那样的生活。现在我明白，无论多么艰难，无论有多少障碍，都要独自摸索，尝试前行，不是吗？”

“喂喂，不要说得那么悲壮！你还有我呢！”

“好啦，别矫情！”

两人对视，扑哧一声笑了，仿佛又从冷漠的成人世界回到了天真烂漫的童年时代。这样的时光若能永远持续该多好啊，芷衡想。只可惜在她的字典里已经抹去了“永远”和“爱”这样温情的字眼。是时候了，她要反抗重力。谁都不能阻止我！

※

神秘之路通向内心

谁一旦爱上了绝对之物并无法舍弃，他就只有一条出路——始终自相矛盾并包容对立的极端。但矛盾律的消失是不可避免的，于是他只有这样的选择——要么愿意为此承受痛苦，要么愿意通过认可此必然性而将其升华为自由行动。

——诺瓦利斯《花粉》

1

她明白这将是她生命中的重大时刻。从理性上来讲，这一点是无法证明的，但若不持有这样的信念，奇迹根本不会发生。

她又一次转向了自己的内心。重启 GRE 和减重两项计划之际，书籍和音乐仍然是她精神力量的来源。那段时间她沉迷于普鲁士和德意志历史，泡在图书馆里，读从日耳曼部落到三十年战争到第三帝国的编年史，读腓特烈二世、洪堡和俾斯麦的传记，读《尼贝龙根之歌》和《浮士德》，读康德、叔本华、克尔凯郭尔和尼采，读诺瓦利斯和施莱格尔，读黑塞、格拉斯和托马斯·曼。一种不切实际的狂热席卷了她，使她想起暑假时半夜爬起来看德国队的每一场比赛的时候——时逢 2010 年世界杯，而她，一个不折不扣的体育白痴和伪球迷，从心底希望他们赢，像希望自己赢一样。她想象着 1914 年的年轻人包里带上《查拉图斯特拉如是说》奔赴沙场的时刻，静静地躺在枕上的月光里。

如果要向他人解释，她或许会说，她第一次发现自己是个精神上的德意志人。即使民族性在现代已是一个如此缥缈不详的概念，她很清楚吸引她的是什么，一种源于黑森林深处的凝重忧郁的精神传统，一种一分为二的普鲁士人的自由观：外表服从一切俗世的秩序和理性，内心却热爱着远古的神话与神秘之物、艺术、美、绝对精神。对于二者表面的矛盾，她赞成康德和费希特的观点：自由意志及自由实践的权利来源于人的理性，而非官能的放纵，后者并非自由的体现，而是人受其欲望奴役的象征。“真正的自由乃是运用理性的自由”——第一次读到这个观点，她便感觉被“照亮”了，带着深深的喜悦抬起头来，仿佛一个亲历见证的虔诚信徒。她暂时没有宗教信仰，因为任何宗教对她来讲都不够有说服力，但“理性”却是一个闪耀着尼伯龙根黄金色泽的字眼，见证着人性发展的种种可能。脱离蒙昧，成为理性的自由人，像浮士德一样生活，漫游，以一颗强大的好奇心探索世界。By the power of the Truth, I, while living, have conquered the universe.（借由真理的力量，我在有生之年得以征服万物。）她把浮士德那句著名的咒语写在纸条上，贴在床头，确保每天清晨一睁眼就能看见。这成了她隐秘的小小魔法，她的希望之光，对抗整个凶险的未知世界的武器，她牢牢抓住这句话，好像它指示了她未来的漫游。

她想去美国。父母此时又改了主意，希望她留港，读研工作拿身份。他们无时无刻不在改主意，取决于周围的小道消息、微博上的所谓专家和“别人家孩子”的选择。但这一次的决定是完完全全属于她自己的。她得振作起来，不能因一时的失败而意志消沉。二战 GRE？她会考得更好。程翔不是去了帝国理工吗？她要去更好的学校，好到让所有人无话可说。她怀念在密歇根短短三个月的时光，虽然吃了许多莫名的苦，却也让她第一次尝到积极进取的甘甜，仿佛一切的奋斗都会有意义，都能有所改变，而不是像现在这样！不能再颓废下去了，她要离开这所学校，离开这一切冷漠、狭隘、物质主义泛滥的阴影，离开这种可悲的格格不入的处境。她有自己的期望——全美专业排名前二十的学校、陌生的风景、Jeremy 等旧友的友谊……无论如何，她不能再待在原点，否则将会窒息而死。

她在墙上贴了详细的时间表，一式两份，每天打卡，任务包括单词、阅读和写作，也包括每日的饮食记录和运动。一开始她的饮食控制方案虽然严格，但也健康得有根有据。她收集了一切关于减重的信息，对各种低卡健康食物渐渐到了了然于心的程度，所吃的每一口热量也都会精确地记录在薄荷网的减重日志里。一切不必要的摄入也都停止了。每周三次雷打不动的运动，脚踏车、跑步机、椭圆机，之后是瑜伽和肌肉拉伸。高中时的她最痛恨运动。可是现在呢？她逐渐喜欢上了空无一人的健身房，做完一套训练后，站到镜前审视自己，以及小心翼翼地踏上体重秤的那些时刻。就连那些晚自习后累得无法动弹，第二天要早起做报告的日子，她也从未错过安排好的健身日程。只要是自己真正想要的，就没有错。这可是母亲教给她的行事之道。

她的日常饮食非常规律，几乎固定不变：早餐是脱脂奶或无糖豆浆配高纤麦片；中午在食堂吃，通常会选白灼蔬菜、鸡肉或鱼肉，米饭只吃两到三口；晚上则是蔬菜沙拉，如果去图书馆学习，就带水果和一根 70 大卡左右的全麦能量棒。为了提升代谢，上下午各有一次加餐，她上午会吃少量的红枣或杏仁，下午则是黑巧克力、番茄汁、烤海苔或一个水果。饮料只喝白水、黑咖啡、乌龙茶和零度可乐。一天下来总量在 800—1200 大卡，方法算是健康了。她丝毫不觉单调，反而十分满意，渐渐爱上了这种自己制定的简洁、高效、一丝不苟的生活方式，比如一边跑步一边听红宝书单词，比如洗过澡后穿着纯棉家居服，爬到顶层的 24 小时自习室连夜看书。她喜欢夜深人静时思绪飞速流动的感觉，指尖敲击键盘的声音，油墨的气味，窗外带着海洋气息的潮润晚风。越是在吃得极少、睡眠有限的时候，她越觉得头脑清醒，血液在太阳穴下的血管里突突地流动，最初稀薄的饥饿感过去后，转化成了一种奇异的、清醒的能量，仿佛内生于她自己，超然而又平和。那么多人都在抱怨熬夜会胖，怎么会呢？她悄悄观察了自习室里的其他人，才发现他们一边工作一边不停地往嘴里塞膨化食品和巧克力，如此而已。她放下心来。对她而言恰恰相反，夜色本身就是使她精力充沛的东西，而非食物和睡眠。她仿佛又回到了在美国时的日子，恢复了充沛的精力、冷静的思想、目标明确时的斗志。三门考试、两科论文、距期末考试仅有两天的GRE和减肥计划——这一次只许成功，不许失败。她必须严格对待自己，才能变成更好的人，赢得对自己的一份尊敬。她并不在乎别人的眼光，而只是追求绝对的价值。追求更好的东西有什么错？难道人生于泥淖之中，就要一生在这种悲惨处境中苟且存活吗？反正她是受不了。美、理性与自由，这三者于她是统一的信仰。疲倦时她会到露台上转上一圈，吹着习习的晚风，在监控照不到的死角点一根烟，看看海湾下面繁星一样闪亮的夜景。将来有一天她会想念香港吗？那时她会在哪里？她不知道，也不太想知道。她掐灭了烟，返回自习室，打开电脑继续工作。

为了保证热量计算的精确，她越来越少进出食堂，更加依赖标注好营养信息的超市食品。从形形色色的食物中挑出低卡、低脂、高纤的健康之选成了她乐此不疲的爱好之一。她不再去之前走十分钟就可以到达的小超市了，而是每周一次坐上小巴，去商场里一家进口品牌齐全，也更昂贵的精品超市采购。她推着购物车，看似漫不经心地一圈圈走着，暗中扫视每一种脱脂牛奶、酸奶和早餐谷物的热量和纤维素含量，直到找出热量最低者，选为她的“御用”品牌为止。比如某日本品牌的麦芽豆浆，热量仅仅24kcal/100ml，是她能找到的最低值，而且风味绝佳。她还喜欢挑选水果，最爱的几样是菠萝、橙子、蓝莓、草莓、猕猴桃和火龙果。香蕉和牛油果因为热量太高，被她排除在外，以前早餐爱吃的精致糕点也一并放弃，如菠萝包、葡式蛋挞、丹麦酥、甜甜圈和芝士蛋糕。一开始她路过香气袭人的现烤面包区总是绕路走，以免受到塞壬的诱惑。后来，随着心志逐渐坚定，她不再害怕诱惑了，总喜欢以参观博物馆的心态微笑着走上一遭，有时还买上几样，回到宿舍分给澄美吃。

“哎，今早买了新出炉的蛋挞和牛角酥，要不要尝尝？”

澄美总是那个听话的乖孩子，睁圆了眼睛说“谢谢”，乖巧地接过来。她们之间原是不分彼此的，她欣慰地想。看着澄美欢欣地吃着，她心底涌上一种奇异的幸福感，似乎比她自己吃到嘴里还要快乐。澄美是不知道这些的，她不加掩饰地爱甜食，爱巧克力，爱一切给人快乐的东西，但也从未胖过。而这些对她陶芷衡而言，不过是表面的快乐而已。她要的东西太抽象，太缥缈，以至于不能用任何眼前的幸福取代。等我瘦到80斤就可以吃自己想吃的东西，而不是应该吃的东西，她安慰自己，不过不是现在……

“你不吃点儿吗，芷衡？”

“我早上吃过啦！你看我这里还有剩下的包装纸呢。”她熟练地搪塞着。

澄美自然也常常给她带吃的——奶酪布丁，小巧的杯子蛋糕，从老家带来的玫瑰鲜花饼。每一次她都高高兴兴地道谢，接过来，小心地把盒子码在书架顶层，拆开包装，闻一闻里面的香气，之后趁澄美不在时，把那些点心带去课堂，分给在上午三小时的大课后饥肠辘辘的同学和老师们。因为分发食物，她倒是赚了不少好名声，顺带省下了自己的热量配额，何乐不为？

她的努力不到三个月便初见成果。十一月初她参加学校的模拟联合国竞赛，试正装时却发现去年买的西装外套腰已太肥，显得有些空荡荡了，于是去店里改尺寸。给她量腰围的小姐扶着软尺，吃惊地记下："57 厘米！"她很久没有量过腰围，小小得意了一下。模联首日，她在西装套裙里面穿了自己的白衬衫，配了严肃统一团结活泼的黑色丝袜和同色高跟鞋，这套装束曾是她和澄美一并嘲笑过的"社畜套装"。穿上后她也笑了，对镜观望，不知该如何形容自己这副颇为"po-fessional"（港式英语会把 professional 中间的 r 音吃掉）的"职业化"形象。澄美见后倒没笑，细心地帮她整理了一下领子。

"你最近好像瘦了，芷衡！"她细细看着，不无担忧地说，"你得多吃点儿！"

她笑了，心底泛起一丝诡异的成就感："我有吗？不过是一身黑比较显瘦吧。"

大约是出于自我保护的本能，她自动隐瞒了自己的减肥计划，对澄美，对所有人。少年时代的概念一直留在她的记忆里：为学习而努力是好的，为美貌而努力则是虚荣、肤浅、愚蠢、见不得人的，似乎所有追求“外表美”的女生都缺乏“内在美”。但这种古老封建的思想是如何传递给她的呢？这个社会早已不相信这一套，她自己也不。但某种隐忧还根深蒂固地留存在那里。况且澄美从来又是不以外形为意的，如果她想吃，半夜爬起来吃掉一袋饼干也是常事，若知道她这样严格限制自己，会不会取笑她？还是会以道不同不相为谋的新眼光看她？她不想任何人对她有成见，即使是最好的朋友。这终归是她一个人的事。

澄美也并非毫无觉察。毕竟她们不再像以前那样频繁造访心爱的小餐馆和甜品店了，芷衡总是推托时间太紧，把所有的周末都拿来学习——她的确在学习，这也是最好的逃避社交和外出用餐的借口。成为室友之后，她们却难得有机会一起吃饭，因为芷衡晚上不是在图书馆，就是在自习室。她总是成功地避开晚饭时间。澄美大概也知道了吧——好几次她打开冰箱门，看到芷衡那边不是超市里买的海藻沙拉，就是水果。有时她会问：“芷衡，你晚上吃什么？”

“我中午下课晚，三点多刚吃完。晚上带点水果去图书馆就行了。你自己先吃吧！”

不论如何，她的小心谨慎是正确的。没有人知道她在减重，留心这件事的只有她自己。她站在穿衣镜前，终于看到了自己的身材如期待般一天天变化着——腰线两侧凹陷下去，锁骨渐渐显露出来，小腿也因为定期的锻炼紧实纤细起来。比起体重，她更关心围度。这个星期还没来得及称体重呢，她想，忙过模联再说吧。

那几日她确实忙得昏天黑地。整个人埋在大量的阅读材料、发言稿和会议记录里，没有时间顾及热量，每日工作餐时胡乱拣些清粥蒸点和白灼菜入口。会议结束那天，众人一并松了口气，摘下“国家代表”的胸牌，商量着要去哪里放松一下，不觉漫步到了宿舍一楼的健身房。芷衡有些紧张地环顾四周，这曾是属于她一个人的秘密场地，她在别人不在场的时刻锻炼、流汗、肌肉酸痛，却不希望任何人看到她此刻的背影。她希望把这一切作为秘密埋葬。

“这儿太冷了。”有人笑着拧下了空调开关，“我都几辈子没来过健身房了。”

“真的吗？”

“当然，谁没事儿来健身房这种地方呢！”

“除非为了称体重，”另一个女孩接口道，“上学期我每天都来，除了称体重不干别的。后来发现越来越肥，一气之下再也不来了。”

众人一并笑了，好像减肥是她们之间公开的话题，而之于她却是不能提起的小秘密。她竭力掩饰自己节食和运动的事实，避开他人的注意，大概是不想让他们知道她曾经胖过。毕竟，只有胖过的人才会那样小心谨慎，无时无刻不留意身材和热量——不到一米六的她，可是曾经有52千克啊。如果她不小心泄露了计划，他们准会吃惊地叫道：“你？你还需要减肥？”——就像母亲一样。她可不想给自己找这些麻烦。

几个人谈笑之间已经脱下高跟鞋，小心翼翼地依次站到秤上。芷衡默不作声地远远看着她们的表情，有人露出一丝暗喜，有人则垂头丧气。一个高个子、大骨架的女孩跳下来时发出一声哀叹："没法要了！比去年重了 15 斤。自从进了校门我就没下过一百。"

"以你的身高，一百一十多也不算重啊——"

"何况根本看不出来。"旁人安慰道。

"哼，都是假象！"她泄气地拧了一把自己的上臂，"好怀念高中怎么吃都不胖的日子啊！——快，芷衡，该你了！"

芷衡惊愕地回过头去，有一种被当众拆穿的手足无措的尴尬。"喂，我可不敢称……"她确实已经一周没上秤了，心里发虚。何况这是容易水肿的下午，她还刚喝了水……

"上吧，我们才不看呢！这里估计数你最轻了。"

她不再迟疑了。踢掉高跟鞋，揉一揉酸痛的脚腕，轻轻地站了上去。几双眼睛一齐凑过来。指针摇晃了几下，定格在一个不可思议的数字：39.5。她揉了揉眼睛，以为自己看错了。39.5 千克？

"天哪！"一人带头抽了一口凉气，羡慕地说，"你好轻啊！"

"也许是秤不准吧？"她慌乱地掩饰着，"我应该有四十一呢。要不就是这两天没有睡好瘦下来的？"

众人纷纷泄气长叹："别这样，要是秤不准，我们不还得一人多加两公斤。不管怎样，是你太瘦啦！要多吃点才行！"

人们说了一大堆或安抚或矫情或羡慕嫉妒恨的话，胡乱散了。芷衡回到宿舍，澄美并不在。她脱下西装套裙，卸了妆，洗了个热水澡，换上宽松的纯棉睡裙。已经过了饭点，她却毫无饥饿感。她潜回了空无一人的健身房，反复称了自己三次。

"39.5！"她低声对自己说，"下 80 斤了。"任务提前达成。

一颗心松弛了下去。过度劳累后的筋疲力尽感一阵阵袭来，几乎使她无力感到喜悦。她一屁股坐在地毯上，看着四周落地镜里自己的身影，捏了捏自己手臂和腿上的肌肉。她感到内心深处被遗弃、被侮辱、被忽视的自我终于长大了。她无声无息地站起来，走出房间，努力想把思绪转移到今晚该背的两个单词 list 上去，却不争气地红了眼眶。

2

算是成功了吧。她淡淡地想，一切肉眼可见的目标都达成了。期末考前一周她飞去新加坡二战 GRE，考出了 1450+4.5 的成绩——文科申请也够用了。GPA 很稳定，体重亦然，稳定在 39 千克左右，大学以来的最低点。她觉得很好。她记不清自己上一次下 40 千克是什么时候，或许是初一？她翻看着老相册，找到那年夏天在新疆戈壁滩上骑马的照片。马上的少女有细长灵巧的四肢，英气的短发和敏锐的眼神，挡不住的坦率和快乐。那一年她 13 岁，已经搬过四次家，头一次和母亲学校的大人们一起旅行；最喜欢的书是《悲惨世界》、《红楼梦》和《汤姆索亚历险记》，最喜欢的动画是《狮子王》和《猫和老鼠》；作文经常是班里的范文，刚开始装模作样地读杜拉斯王小波村上春树昆德拉，尝试写一部长篇小说；还没有留过长发，养过宠物，发育出累赘的胸部和臀部，操心过体重和皮肤问题，莫名其妙地爱上任何人。她的世界浸在各色奇思妙想的气泡里，透明肤浅得可笑，却是她煞有介事地看待世界的方式。就连对食物的态度也是简单明了的。她记得自己很馋，而且嗜吃一切美味——羊肉串、大盘鸡、烤馕、拉条子，在新疆时她可是吃了个遍。她不曾记得高中三年有过任何一次这样“自我放任”的经历。那真的是她吗？她端详着镜中自己的面孔，努力试图找出 13 岁时的痕迹，却徒劳无功。

她可以使体重秤回到那个数字，但那些专属于童年的东西却再也找不回了。

胜利并未给她带来太多喜悦。新成绩单寄到了，她草草看了一眼便塞进了抽屉，母亲在一旁疑惑不解。“你，22 岁了。”她倒退一步，对着镜子说。或许这就是长大的必然标志吧。

她一手抓住自己的长发，将它拧到头顶，像是发现了本质的不同似的。“剪了吧。”

短发曾是她的人生标记。上高中不久，就在母亲的利诱之下留了长发，理由是“现在不留，到大学再留就不好看了”。她果真就天天顶着母亲扎的头发到学校去，总是高高的马尾，她的发质很好，黑、硬且长，不易断裂，生长迅速。她从未为头发长得太慢而烦恼过。高二时试着剪了一次，两个多月就长了回来。

这一次她又要自作主张了。就算所有人都说“这么好的头发剪了可惜”又有什么要紧！她不是为别人的目光而活，而是为了自己。

走出理发店，寒风从她新剪的发梢上露出的耳边掠过，使她感到了冷冷的疼痛。她裹紧了围巾，朝前走去。明天可得弄一顶俄罗斯式的翻毛帽子，她想着，不禁笑了。

母亲居然没有大惊小怪。即使她一进门就宣告了“我把头发剪了”的消息，对方也不太理会，继续埋头工作，好一阵儿才从电脑前抬起头来。

“剪得怎么样？给点意见？”

她终于意味深长地瞥了一眼：“还不错吧。不过你现在的脸型，还真不适合剪这么短。”

“为什么？”

“这还用问？这个发型愈发显得瘦了。长发起码能遮掩些。”

“不至于吧，妈？”芷衡笑道，“好多人都留长发来遮脸的。再说我只是脸小。”

“脸小？那身上就更不能瘦了。你以为我看不出来吗，你这次回来……”

新一轮思想道德教育又开始了。母亲果然长了一双锐利如电子秤的眼睛，芷衡叹口气。幸好她没有逼她站到秤上去——这个动作将会在今后的日子里数次重复，只是当时她还不知道罢了。她默默站在那儿，觉得该说些什么，又觉得不如不说更好。

“并没怎么瘦嘛。顶多比暑假时瘦了一点，你的错觉而已。”

“错觉？”母亲忽然提高声音，像是失去了耐心，“每次假期回来你都比上次瘦一点，你以为我和你爸没有看在眼里？马上要过春节了，你让姥爷见了是什么感觉？就算在学校吃不好，回来你还不多吃点，养养身体。你真是个让我们操心的命！”

她无言以对，低头玩弄着沙发边上垂下的几缕流苏，目光垂在脚尖上。

“按理说你都这么大了，不该管你。”母亲换作和缓口气，话里却暗藏刀锋，“你大了，爱美也是件好事，但别刻意减肥。比起高中那会儿，你不是已经很苗条了吗？要知道过犹不及，太瘦了，给老人瞧见都会说没有福相。”

“福相？”她忍不住想笑，这是哪门子的规矩！什么奇怪的迷信！那个缺衣少食的年代早已过去了，他们竟然还保留着这种农业社会的审美观，并企图用这种低俗的字眼影响她的偏好！真叫人厌恶。她硬生生把这句感想吞了下去，只是抱怨：“现在是什么年代了！别用六十年代的审美看人！我自己的身体，我还不知道吗？”

“不管什么年代，你——”

她充耳不闻，跑回自己的房间，闭上眼，紧紧靠在门上。并没有苦涩、埋怨、不甘心——她不是早知道会这样吗？她太了解母亲，而对方却毫不了解她。这 22 年来她只是生活在对她理想中的女儿的期望里，于是她也一直顺水推舟地迎合着这种期望，努力维持着这想象中的光环。但是如今，一切都不同了。她想要她自己的生活，自己的选择，即使是条荆棘路，也胜过他人安排指示的那条坦途。这是她必要的牺牲吗？她想起安徒生的寓言，或许她的荆棘路上没有“光荣”二字，也没有他人眼里的荣耀。她所做的不过是顺应自己内心的召唤罢了。

她会抵达她理想的国度的。她已经上路了。

3

寒假一如既往是形形色色的人聚会扯淡吃喝玩乐之时。这阵子顶着冷风往外跑的，有同学，有故交，有一面之缘的熟人，难得假期便一起出来凑热闹。芷衡本不喜欢热闹，但新的外表仿佛给了她自信的理由：所有人在称赞她的新发型之后，都会惊叹一句："你瘦了！"这话若被母亲听见，定如芒刺在背，于她则是再好不过的肯定。她表面佯装淡定，内心却很是窃喜了一阵。谁不喜欢被赞美呢？谁不喜欢在旁人欣羡的目光里，轻盈地走在大街上呢？

即便在饭局上，她仍继续她隐秘的节食计划。如果晚上有推托不掉的聚餐，一整天她都刻意少吃些——早上起来喝一杯酸奶，午饭把步调放得极慢。待父母吃完离开餐桌，她赶紧站起身来，把剩余的米饭从水槽冲下去。到了饭桌上，她总能发挥自己的双重特长，一俟对口话题便高谈阔论，转移众人注意，一边小心地把别人不待见的白灼青菜之类夹到自己面前，细嚼慢咽，以拖延清空碗碟的时间。在这种场合，不会有人注意她盘子里食物的去向，倒是她的伶牙俐齿抢占了不少风头。如果聚会上大部分是女生，就更好办了，只要有一个人出头说"我不要米饭"，她也跟着摇头，席上不过草草夹两箸清淡菜肴了事。西餐更是简单。她总是推说"中午吃太饱了，吃不下"，然后点一份蔬菜沙拉，顶多配一份汤。面包？揉成小团塞进餐巾纸里，或是打包带走。浪费粮食虽然可耻，此时她也顾不得这么多了。

饭局好办，在家吃饭倒难了。这类雕虫小技并没有瞒过明察秋毫的母亲。她又开始死死盯着芷衡吃饭。每每给她盛上大半碗饭，芷衡总是固执地拨回去一半，争执不下时，母亲总是大光其火："就吃这么点？你还要不要活了！不吃就别在我面前吃饭！"

芷衡冷静地听着，一声不答。她早已习惯以不变应万变的沉默面对一切问题。毕竟，如今是她占据了道德制高点——GRE、GPA、教授的称赞，母亲一时拿她也没有办法。她漠然看了母亲一眼，慢慢夹了一筷子青菜。

"在学校也只吃这么少吗，芷衡？"父亲打破了一向寡言的老好人传统，问道。

"学校食堂的菜？难吃得很。"

"那回家还不多吃些？我们难道不是为你好，一回来就盘算着给你做这做那，让你吃点好的。可你这孩子……唉，还是那么不让人省心啊！"

"爸，妈，谢谢你们的好意。"芷衡放下筷子，郑重地说，"不是我故意减肥，最近确实没胃口，吃多了不舒服。你们也不愿意我撑死吧？"

"撑死？就凭你那点饭量？人一天至少该三两主食！"

母亲又要暴跳如雷了，父亲忙摆摆手，拉着她坐下。

"三两？"她冷哼一声，"除了高中那阵儿，我什么时候吃过三两？你恐怕是最喜欢我那时候了吧，像养猪一样，给什么就吃什么。"

母亲听出她话里带刺儿，也冷笑了一声："我还说呢，原来你还是嫌自己那时候胖啊。现在不是已经瘦多了？你还想怎么样？我们家又不需要你去当模特，进演艺圈，靠脸吃饭。不好好学习，不知道你整天脑子里在想什么！”

“我不好好学习？我哪一样成绩拿不出手了？”

“你——”

“好啦好啦，吃饭吧，都凉了！”父亲无奈下劝道。

母亲瞪了她一眼，端起饭碗，夹了些菜往里屋去了。芷衡跌坐在椅子上，望着惨白灯光下一盘盘的食物——油腻的腊肉豆腐煲，焦黄的鸡蛋炒菠菜，黑糊糊的酱烧茄子，还有一碗浓稠的、乌七八糟的酸辣汤，她面前已盛了一碗。她拿起调羹，舀了一口放进嘴里，忽然感到一阵恶心。她一声不吭地放下碗，钻回了书房。

生日那天，照例是请了一小撮铁杆好友来家中小聚。中午吃自助餐，晚上则吃母亲做的家常菜，切蛋糕，倒也热闹。芷衡穿着往常不敢穿的高领绒线毛衣（最显胖的款式），别着一枚别人送她的毛绒玩具别针，兴高采烈，像年轻了十岁似的。虽然是生日，热量控制上她并没有马虎。为了掩饰，她在自助餐台前拿了一碟子芝士蛋糕和慕斯类的甜点，只挖了两口，实际吃的只有几片生鱼刺身、蔬菜沙拉和松茸汤。除了一直警戒地看着她的母亲，没有人注意到她。他们沉浸在享受美食和美酒的愉悦之中，那么放松，快乐，似乎从来没听说过什么叫卡路里。她看着，几乎有点羡慕。可是她不行！

却也有人默默关注着她的动向，比如冷月，就在自助餐中间把她拉到一边，好心劝她多吃一点。而她以“要留点肚子给蛋糕”的名义搪塞掉了——事实上，她也只对最后的哈根达斯冰激凌蛋糕有些期待。谁叫她唯一爱吃的食物就是冰激凌呢！冷月见她旁顾左右而言他，只好笑笑，望着她的眼神里却有种无奈的不安。她想说些什么，终于因为某种愧疚忍了口。

点上蜡烛时，她在众人的注视下默默许了愿：神啊，请让我为美、理性与自由而活。她默念了三遍才睁开眼睛。一个多么美好的时刻！她固执地保守着她的小秘密，正因为此，她才能变得更美好，更强大。她感到了无所不在的涌动的意志源流，将她本应由于缺少热量而冰冷的双手变得温暖。没有人可以阻挡她的意愿。她想要的，一定可以得到！她睁开眼睛，对着手心哈了一口气，笑着吹熄了蜡烛。

“芷衡许了什么愿？好像很幸福的样子哟！”切蛋糕时，一个女孩笑着问。

“嘘，说出来可就不灵验了！”

“你也信这一套？”

“当然不——如果你要听的话，”她耸耸肩膀，“小到求 GPA 求 offer，大到愿地球不再变暖，政治清明，世界和平。说起来简单，问题是，世界上真会有这么容易实现的事情？人类发明许愿这种机制，就是一个美好的噱头罢了。”

“本来就是自娱自乐嘛，不必当真。”冷月笑着打圆场。

“好，为新一年的自娱自乐干杯！”

众人纷纷笑了，举起酒杯，说着祝福的话语。开始一一分切冰激凌蛋糕的时候，她在明灭的灯光里看见母亲略带忧虑的目光，转过脸去，笑着装作没看见。

4

很快她就不再为编造借口发愁了——借口成了现实。消化不良的老毛病果然又找上门来，让她真的吃不消每日母亲“规定的”饭量。她每天靠大山楂丸、酵母片和各类胃动力药过活，依然常常觉得胃里发胀，心口烧得难受。“得，就是节假日吃太多的后果！”她和母亲争论，对方却反唇相讥，说她是过度节食把胃饿小了。大概的确有这回事，可是胃小了还不是好事情？为什么要把它撑回来？芷衡觉得这套逻辑简直是一派胡言。忍忍吧，她安慰自己，不久就该开学走人，她又可以回到自我和谐的良好状态了。

偏偏母亲较了真儿，带她去看朋友介绍的老中医。二环里某间小门诊部，门面不大，人却不少。排队等了一下午号，轮到她时，老太太只简短地问了几句，又号了号脉，便叫她爬上床去，指压腹部检查了一遍。

“她这个情况，八成是胃下垂。”老太太戴回眼镜，慢条斯理地说，“人太瘦，脂肪不足，下垂的胃压迫了十二指肠，影响了消化液的分泌和回流。越是消化不良，越不想吃，恶性循环。”

芷衡连忙摇头否认。天，她可不觉得自己瘦！减去的任何一斤都是她辛苦努力的成果，她要顽强地抗拒任何使她长胖的可能性。但长期节食的确让她的胃变小了，要塞进“正常”的饭量有些困难。她只是吃多了就胃胀、恶心、消化不良而已——并不是什么大事，对吧？为什么他们总要小题大做呢？

“那该怎么办呢？”母亲在一旁焦急地问。

“少食多餐就好。一天吃五六顿，每顿细细地弄一点儿小米粥，清淡小菜，吃完了要到床上侧躺二十分钟，才有利于消化。另外一次吃饭不要过多过急，这病慢慢调养，没大碍的。”老中医一边说，一边写了处方笺，交给她们去开药，出去时母亲谢了又谢。

看来她是彻底被辖制住了，芷衡哀叹。回到家母亲就不闲着，开始忙碌起来，一头洗砂锅，一头煮了半碗小米粥，里面加了切碎的胡萝卜和猪肝茸。芷衡闻见猪肝味儿就一阵犯恶心——她已经好久不吃红肉，更别提动物内脏了。“妈！这是一顿的量？我一天都吃不了这些！”

“叫你少食多餐，又不是叫你不吃！不吃能长胖吗？不长胖点，你这胃什么时候能好？”

眼看粥逼到嘴边，芷衡压住恶心，慢慢地喝了小半碗。她把剩下的放在桌上，可怜巴巴地看着母亲，看到她消了气，说：“好吧，剩下的过两个小时喝。”

全是胡说八道，芷衡愤愤地想。但换个角度看，胃病总算是天赐的好借口，可以让她冠冕堂皇地避开一切大吃大喝。到学校可就由不得你们了！她望了母亲在厨房里收拾的背影一眼，既伤感又欣慰。可惜她的苦心都用错了地方。胃下垂？她不以为然地想，难道她不了解自己的身体吗？她只要吃得少，就不会感到难受，更不会生病。吃得太多才是问题的根源。这个时代只有病从口入，哪会有人饿死？——如果她知道后面三个月、半年，一年乃至多年之后发生的事，就知道此时的想法有多愚蠢了。

她信心百倍，只盼着早些开学，便可摆脱这一切烦心琐事。当日父母到机场送她，母亲含着眼泪远远挥手，像是要哭出来，她却一身轻松，头也不回地挎着行李走远了。

5

亲爱的安娜：

我知道，那是你第一次对我显现。

在痛苦和美的诱惑初露端倪的时候，我站在十字路口，犹豫不决，不知道该走向何方。然后我看见了你。初见你时，你是一袭白裙，头戴花环的美丽少女，微笑着走上前，把手递给我。那双纤细雪白的手好像具有魔力，我一旦握住你的指尖便久久不能松开。你引我来到溪水边，坐在石上，在清浅透明的水面上看自己的倒影。我顺从地看过去，看见了童年的自己——穿着粉红色纱裙的女孩，在阳光下快乐地旋转，裙上的水钻闪烁着光芒……

那段时间我正对复古式样的洛丽塔洋装感兴趣。或许是BBC历史剧看多了的缘故，我一直想象着自己穿上一套维多利亚式长裙，戴着长手套，腋下夹着鹦鹉头的长柄雨伞，走过夕阳下的草坪的模样。这是我骨子里挥之不去的古典情结。尽管那个时代的女性并不自由（西方女性要穿鲸骨束腰和衬裙），但她们的美是如此精致、繁复而唯美，是这个时代的混乱美学不能相比的。实话说来，我时常对当今的流行时尚感到不可理喻：难道这种东西也可以称作是“美”的？难道美已经和“自由”“爱”“启蒙”之类的字眼一样，被滥用到了这种程度？

唯一令我认同的现代观念是骨感美。那就是你的价值，你象征的一切。

瘦削，苍白，飘逸，却像梦幻般轻盈，风一样自由，仿佛无所不在。这便是我所向往的境界，就像梦中的你，那么甜美地旋转着，金发上跳跃的阳光好像水塘一角晶莹生动的涟漪。我久久凝视你的背影，你精致的脚踝，纤长的小腿，精致的蝴蝶骨都令我心醉神迷。你是如此完美的，不可触碰的存在，我怎么敢奢望像你一样？“只是看看就好了。”我想着，却身不由己地想要接近你。我想拥有你的形体，你的微笑，你的忧郁，你纯洁出世的灵魂。我想成为你的女孩。

我知道你没有辜负我。是的，我的身体出了点小问题，但原因可能有很多：熬夜学习有点狠了，改不掉喝冰水的习惯，吃生果之类的寒凉食物也太多。毕竟，一切皆可以调节，胃下垂不过是小毛病。不过像我母亲要求的所谓“少吃多餐”，谁能做得到呢？大概她也知道我的阳奉阴违。我按时吃药，每天在电话里乖乖汇报我的状况，这还不够吗？是的，我当然知道她是为我好，可是要达到她要求的“好好吃饭”的标准多么难啊！请不要怪我吧，妈妈，我已经回不去了。我有了不一样的目标，第一次属于自己的目标，任何事任何人都不能让我退却。

我感到过孤独吗？或许吧。因为你，我一次次推掉了和澄美或其他朋友吃饭的机会，我远远地避开聚餐的场合，因为厌倦了在人前装模作样。尽管我时而还要忍受消化不良、胃胀和痉挛的折磨，我却是乐观而坚定的。我相信自己：瞧，我只吃健康食品、新鲜蔬果，按时运动，什么问题都不会发生。自我安慰背后的前提是，“吃”只会带来不适，以及更重的消化系统负担。我从主动的节制饮食转向了被动的调整，饮食愈加小心，计算热量之外，还要算纤维素、乳酸菌等成分的含量。我买了许多营养学的书，与专业书籍一起放在床头，有空核对一下。直到此刻，我的目标依然是健康，并不以为自己误入了歧途。——看，我是多么天真啊。如果不是遇见你，美丽的，具有无穷魅惑的你，我怎么又会走入后来的陷阱，越陷越深呢？

直到写下这些文字的今天，我仍然不愿为后来的事情责备你。可以说，我是自作自受，然而我并不觉得这是什么自我牺牲。恰恰相反，这是我经历的最美好、最崇高的事情，没有任何功利目的，不为讨好任何人，仅仅是为了追逐一个完美的理念而拼尽自己生命的力量。你使我变成了一台精确的机器。计划，定额，每日的时间表，不成文的条条框框，这些早已是我生活的一部分，我不需动用一个指头的意志力就可以遵从。这是我自己选择的道路啊！每当我不自觉地这样做时，你就在暗处，望着我，露出神秘的微笑，仿佛一个来自中古世界的湖水精灵。

将近两年了。你瞧，我还是没有忘记你。即使知道你对我的欺骗、利用和伤害，此刻的我，仍然像当年天真的自己一样，渴望着喝下有魔力的湖水，轻声念出咒语，你就会从湖水中升起，梦幻般地，轻盈地，出现在我的身边。

永远属于你的 陶芷衡

2012 年 6 月 22 日

※

战士与舞鞋

可是你们应当把你们的最高思想作为你们自我发出的命令来接受——这个命令就是：人是应当被克服的一种东西。

就这样，过你们的服从和战斗的生活吧！长生有什么意思！有哪个战士想要受到照顾！

——弗雷德里希·尼采

《查拉图斯特拉如是说》第一部，“战斗与战士”

1

返校后的生活节奏骤然慢了下来，她却不敢有丝毫怠惰之心。本来，在度过了最紧张的一个学期之后，有道理放松一下，而这种空闲却使她感到失落和不安，像被掏空了一样。她不能容忍这种无所事事，又给自己安排了新的日程——在香港法语联盟报了三个月的中级班，打算把平时辅修没能“学透”的法语好好补起来。这是她本来属意却在一再权衡之下放弃的专业。那时候她想得太晚，太迟，没来得及找到自己的位置，就被推上了现在的轨道。但是学习是永远不晚的！她已经明了自己的目的：不论某种知识将来“有用”与否，多学总比不学好。这才是她想要的生活。她只恨自己不是生在十九世纪，可以成为像威廉·麦斯特和波特小姐一样随心所欲的杂学家，而只能做当代高等教育流水线上一颗谨小慎微的螺丝钉。待到老之将至，回顾这一生，恐怕也只能苦笑：何苦来哉？

不，那不是她想要的生活。从今日起，她要随心所欲地雕琢自己的人生——外表、内在、思想、情感，一丝一毫均不放手。她将会爱上这样的自己，不再乞求他人的爱，社会的注目，她既是皮格马利翁，又是他的少女。有时她照着镜子，便想起了当年的Y，想起了她清脆的笑声，泳池里矫健的泳姿。Y还记得她吗？如果今天见面，她会向对方说什么呢？她摇摇头，不愿想起那些被铺天盖地的自卑笼罩的日子。如果说那是过去的阴影，她必须挣脱，才能获得自由。

还是不够自信啊，陶芷衡！iPod里循环着她最近热爱的德语音乐剧《伊丽莎白》，最常听的还是这一首《当我想跳舞》：

伊丽莎白 好一场凯旋！

死神 我的凯旋！

伊丽莎白 好一场庆祝！

死神 我的庆祝！

伊丽莎白 我战胜了我的敌人

死神 你按我的意愿改变世界运行的轨道

我们的联系如此紧密

伊丽莎白 我不是为了改变世界

死神 不是为了世界

伊丽莎白 只为我自己

死神 为了我！

伊丽莎白 现在我已找到我的方向

死神 他们曾嘲笑过你

而如今你已赢得战役，将他们击溃

伊丽莎白 从前我被系在铁丝那端

像任人摆布的跳舞木偶那般

但现在我将不再是傀儡！

当我想跳舞

可以无拘无束随心所欲

我自己决定时间

我自己选择音乐

若我想跳舞

我会按照自己的独特方式

在悬崖边缘

或者仅在你的目光里

如果他们早点明白该多好！可是来不及了。是他们逼她下这样的决心的。她伤痕累累，却并不怨恨任何人。他们各有各的算盘和苦心，要“同情”和“理解”都来不及。她已决定把对世人的爱转移到自己身上。不能从外物获得的一切，都将从内心得来。

——那么，爱呢？

——如果爱需要她放弃自由，不要也罢。

2

与澄美的关系也渐渐比以前生分了。虽然同居一室，她们见面或交谈的时间却越来越少，即使相见也不免有躲闪之意——于芷衡是她的饮食习惯，于澄美则像是另有其事——很少像往常那样畅快淋漓地直奔主题。每周末一起外出吃饭的惯例也不再继续。澄美像是明白她的心思似的，很少提起此事。偶尔一起去超市，她发现澄美也不对零食和甜点那么感兴趣了，购物车里放的尽是与她相似的东西——水果、酸奶、豆浆，顶多有鸡蛋和全脂牛奶。难道所谓的“健康生活习惯”也会传染？她笑了笑便别过脸去。

她也把自己的“胃下垂”告诉了澄美，不过是某种搪塞之词。谁知对方却认真上了心，询问了当医生的母亲，再三叮嘱她多喝热水，少吃生冷食物之类。她开始感激，后来却渐渐厌烦起来，因为涉及了“食量”和“食物种类”两大关键问题。如今 GRE 已过，她也不再有借口每晚去自习室了，在宿舍里吃的食物也十分简单明了——一份蔬菜沙拉或洗好的水果，若是运动后，再加一包蛋白粉。澄美并不多问，但芷衡能感觉到对方敏感而忧虑的目光，甚至从有意无意的旁敲侧击中嗅出了母亲的味道。此类对话通常是这样的：

“晚上吃什么？”

“菠萝，冰箱里还有半盒呢。”她买时看了标签上的重量，一盒 400 克，半盒 200 克左右，大约 82 大卡。

“只吃水果吗？况且吃菠萝伤胃，以后还是少吃吧。”

“菠萝是助消化的，而我正是消化功能不好。”她熟练地打擦边球，“再说，晚上也吃不下什么，这就够了。”

“那你把它从冰箱拿出来，放一会儿再吃！吃冰的容易不舒服。”

如是数次后，澄美不再多问她吃什么，几时吃饭一类的话了。但凡是涉及食物，那种特殊的敏感她仍能察觉。这使她们的关系陷入了一种微妙的状态。她会小心翼翼地藏起自己买过的“安全食品”——玫瑰花、乌龙茶、大麦青汁、酵素、纤维素粉，把它们放在最底层的抽屉里，好像在隐藏什么见不得人的证据。某天早上，她还在睡意朦胧之际，恍惚看见澄美站在椅子上，抬头望着最上一排架子上的食物——不过是高纤麦片、水果和咖啡而已。有什么好看的？也许她要做参考吧。她装作没看见地继续睡过去了。

母亲不遑多事，又托人给她介绍新的中医。这回是个在香港行医多年的徐姓老太太，家住铜锣湾一带，据说医术高明，为人爽利。首次问诊时，母亲特地飞来，陪她一起去见。徐太目光敏锐，问起经期，芷衡不安地答“推迟半个多月了”，用余光瞟了母亲一眼。

“这是脾胃虚弱、气血两虚的症状，得好好调养。”徐太诊了脉，下了些针砭定语，开了处方，嘱她去附近最靠谱的一间药房把药开了。当晚去日本城买了紫砂药煲，以备煎药之用，母亲先在下榻的旅馆房间里试煎一次，也教给她使用和清洗方法。或许是心理作用，服药第三日，她便觉得胃部不适缓解一些，还奇迹般地有了些胃口。

“妈，你别说，这徐大夫还真有两下子！”

“可不是！这是问了多少人介绍的，人家一向只给明星富豪看病，给你看完全是算在朋友情面上，钱还一分不多收。——还不知道谢我！”

芷衡笑着坐过来搂住她母亲的脖子，好似又回到了从前不分彼此的良好关系。病似乎反而使她们亲密起来。她早上带着母亲去附近著名的澳洲牛奶公司排队，吃热热的炒滑蛋吐司和蛋白炖鲜奶，成功地重塑了她热爱食物的表象。母亲看着她，竟也信心百倍起来：“既然这个医生靠谱，你吃了她的药，就该好好吃饭才对。”

芷衡低下头："我尽量！只是煮药太麻烦了。"

"没办法，什么比生病更麻烦呢？最好的办法就是保持健康。别的不说，就看你下个假期回家怎么样——但愿能胖点儿！"

她送母亲上机场，顺从地听了一路唠叨，回来时却只是黯然神伤。这下没有别的出路了！他们是为她"好"，但终极目的却是让她长胖，这是她无时无刻不在恐惧的噩梦。只要这种分歧一天不能消除，战争就不会结束。她孤军奋战，同时面对着几个敌人：身体，家长的压力，旁人的莫名关切。——好吧，一个一个来，就让他们看看，她陶芷衡是不是个合格的重力反抗者。

3

实事求是地说，这学期伊始她吃得还算健康。她也看了足够多的营养学资料，极其留心那些据说能提升代谢的食物：咖啡、茶、辣椒粉、发酵食物（如泡菜）、含碘食物（如海带、海藻）、豆制品、乳清蛋白，尽量增加这些食材的摄入。为此她还专门发明了几款用超市罐头食品和微波炉制作的懒人食谱：酸奶加入抹茶粉和切片香蕉拌匀，便是一顿美味早餐；蒸蛋器蒸好水蛋，撒上墨绿的日式海藻丝；辣白菜、魔芋丝、海藻与紫菜拌成沙拉；罐装蔬菜汤加入麦片或掰碎的杂粮饼片，微波炉高火三分钟，再撒点紫菜和辣椒粉，竟有酸辣汤风味。她饶有兴味地准备每日的吃食，丝毫不觉麻烦，把其间的种种计划、安排当成一种享受，甚至抱有些许希望——她的病会好起来。如果"脾胃运化顺畅，人就不会发胖”的中医理论是正确的，只要她调养好脾胃，就不必为吃什么而斤斤计较了。每个人都幻想自己是吃不胖的瘦子，但她却不是。她一直不算很能吃的类型，胖起来却比谁都容易。别忘了青春期的教训！你不是别人！你可不能大意！

徐太家她每周去一次，领回方子，打药，回家熬药。宿舍规定不许用电炉类电器，所以她只得在外面的休息室里煎，大约两个小时，中间先倒出一碗，加水继续熬，直到药汤呈现出一种诡异的黑褐色为止。每次的处方略有加减，她大约只辨得出黄芪、当归、党参、陈皮、白芍、白术几味，成品的香气也有微妙的差别。起初几副汤剂效果斐然，后来不知是药本身还是病情的缘故，成效却越来越不明显，肠胃紊乱的毛病一日胜过一日。而且，不知是不是吸收变好的缘故，连体重的下降都不明显了——这才是让她最头痛不过的地方。奇怪的是，她这段时间的饮食可以说正常得很。腹胀恶心便秘之类，顶多是一时小恙影响心情，减重才是大事！

对健康饮食疗法心灰意冷之际，她在药店发现了一款减肥药。说明上写着“安全无副作用”的字样，但也提示不能长期使用。试试吧，她想。她把粉红色的小盒子抓在手里，像攥着一个见不得人的秘密，挤到收银台前付了款。

不试则已，一试她便有了数——那是一款泻药。她当然不敢多吃，顶多只是周末用来“清肠”，之后断食一到两天，只喝果汁和蜂蜜水，目的是“清理消化系统”。那正是她开始对断食清肠疗法着迷的时候。就效果而言，那药的确神奇，可以让体重迅速下降几斤。尽管跑洗手间跑得脚软，但她不知不觉间竟迷上了体内空无一物的感觉。她倒在床上，把手平放在腹部肋骨下方凹陷下去的位置，满意于这种一张白纸般稀薄的存在感。与进食后令人不安的饱胀相比，此时是何等轻松愉悦！她伸直了四肢，舒服地躺着，仿佛漂浮在水上或真空之中。她不愿再容忍“沉重”“饱满”这样的词语，不能想象自己的肉体成为一个膨胀的口袋，一个塞满食物的垃圾桶，那可怕的意象一直留在她的脑海里挥之不去。不，她只希望自己留在此刻，轻盈，纯洁，近乎透明，能够像鸟儿一样飞翔。她不能想象，因为重量而坠落是何等丑陋的模样。

她用药用得愈发勤了，从最初的每周一次到三天一次，以至每天一次。不久后她便发现自己产生了药物依赖——消化不良愈发严重，中药方剂也完全失去了效果。她忐忑不安地查询了药物成分，发现这是一种强泻剂，长期使用会破坏肠道的正常功能，导致电解质紊乱，甚至癌症。这个发现使她陷入了恐慌，可用药量还在逐渐增加，由每天一粒到每天两粒，她再也找不回之前的平衡了。

一切摆脱药物的努力都失败了。她最终放弃，任其发展。为了少用泻药，她吃得更加少了。

出于对腹胀感的恐惧，她开始排斥固体食物，肉类和主食是最先从食谱里减掉的，后来连粗粮面片和青菜也不再吃，因为难以消化的粗纤维会使她恶心。有时候她仅仅以糖分高的水果维生，更多时则只吃流食，如豆浆、酸奶、学校门口某家小汤铺的煲汤、清热去火的凉茶、龟苓膏和蜂蜜水。唯一高热量的食物是冰激凌，吃下去似乎只是水和乳糖，不在胃里占什么地方。但她明白，其实这不过是个借口。或许是她的大脑太需要糖分，或许是她情绪低落，太需要冰冷甜食的安慰。虽然吃冷饮对肠胃不好，但在人需要精神安定的时候，还会顾及这一点肉体上的伤害吗？顾不得了。有时她听见窗外流动雪糕车传来的音乐声，便像小孩子似的心痒难熬，抓起钱包奔下楼去，买下一支好看的花色甜筒，在化掉之前小心翼翼地舔个干净。当然，她从不吃甜筒脆皮，因为“固体碳水化合物”是种不成文的禁忌。

也是在那时，她发现了冬的薄荷空间，找到了新的减重灵感。这个身高一米六八，体重仅有惊人的35千克的女孩几乎只喝牛奶，吃巧克力和冰激凌，然而每日摄入总热量却不到600大卡。第一次翻看这些饮食日记，她被博主惊人的营养学知识和对甜食的疯狂热爱吓得目瞪口呆。得知是如此成功的案例，她也不敢贸然效仿，但也悄无声息地把冰激凌等乳制品划入了她自己的“安全食物”清单。同时她第一次了解了这种奇异理论的存在：只要热量缺口足够，吃什么都能减重，冬的成功就是榜样。那么，为什么不把宝贵的热量定额用在自己最喜欢的食物上呢？

有了理论支持，几乎一夜间，她对所有的甜品和冰品都产生了一种奇异的迷恋。除了冰激凌，还有星冰乐一类的冰沙类冷饮、绵绵冰、雪花冰和冻酸奶……她在OpenRice上搜罗了全港有名的冰品店的信息，研究它们的招牌特色，不时特意跑去尝试一番。当然她大多数时候是谨慎的，满足于做一个柏拉图式美食家，热爱美貌的甜品图片远胜于食物本身。如果决定某日要享受一顿冰激凌大餐，第二天她只便吃水果，或用健身房里两个小时的运动来补救。称体重现在是她每日例行之事，只要数字不变或有所减少，她便安心地将“放纵”与节制交错的奇特饮食习惯继续下去。谁能想到，原来从不爱零食的她，竟有成为甜品爱好者的一天？倘若澄美知道，定会大吃一惊的吧。

她每周五去湾仔上法语课，路过一片食街，其间有家出名的冻酸奶店。她总是早上喝一点脱脂牛奶或者吃一片巧克力，空下肚子来，最后一节课后，在语言难以形容的强烈渴望中登上地铁，提前赶到那家店，要一份小杯的冻酸奶。当和气的店员问“要不要松饼碎或其他配料”时，她总是摇头说讨厌配料过多，掩盖了酸奶的原味，其实是怕增加额外的卡路里，顶多加一点新鲜蓝莓或果酱。当一大杯雪山般晶莹丰美的冻酸奶递到手中时，她总是满怀甜蜜的喜悦走出店铺，避开人群，立在狭窄的街边，带着贪恋用塑料小勺一口口慢慢挖完。害怕吃得太快，来不及细细品味原汁原味的美妙甘甜，又怕吃得太慢，酸奶融化在杯里——这大概就是人们对待幸福的态度吧！一次她快迟到了，不得已拿着吃了一半的雪糕杯进了教室，面对众人惊异的眼光和老师宽容的微笑硬着头皮吃完。盼望法国人能够理解甜品的美妙吧！

4

这种真正意义上的饮食紊乱是何时开始的？她不记得了。她不再计算热量，每天胡乱吃些流食，体重却不受控制地降得更快，大概是泻药破坏了肠道的吸收功能造成的。她每周仍然去铜锣湾看徐太，发现附近一带有不少日系服装店。那些半透明的马卡龙色，精致的蕾丝，甜美典雅的设计让她欣喜不能自胜，想起了六岁时第一次穿上粉色纱裙张开双臂在阳光下旋转的自己。在店员的怂恿下，她第一次试穿了一条有荷叶边、圆形领口和小动物图案的米色裙子，然后就在“你真瘦！”一类的赞美中无法自拔了，这样的赞美她将来还会听到许多次。她望着镜中的自己，苍白，淡漠，近乎透明。平生第一次，她可以驾驭她真正喜爱的风格了，这是高中时那个婴儿肥的自卑女孩从来不敢想象的。她穿着新买的裙子走出小店，走在阳光照射下热气熏蒸的街道上，眼里噙满了泪水。

她一天天瘦下去，从脖颈到脚尖，渐渐瘦成了她以往羡慕的芭蕾演员一般的体态。旁人开始称赞她日益增长的美，可他们不知道她肉体上的痛苦，就像观众不知道芭蕾舞者足尖上的痛苦一样。一场刀尖上的舞蹈，她伤痕累累，却也因此赢得胜利和奖赏。与多年幻想中的完美形象重合的那一刻，一切痛苦都是值得的。让她在美的幻境中沉溺到死又怎样呢？就让她穿上这诱惑的红舞鞋，一直不停地跳下去吧。

外表蜕变带来的喜悦让她很快就把健康问题抛诸脑后。她没有放弃对“柔弱外表 + 强硬内心”的双重形象的追求，或者说二者相得益彰——外表越纤弱，她就越是感到精神的强大。她一如既往地用功学习，积极参与课堂讨论，穿着造型典雅的小裙子在图书馆写论文。在众人面前，她必须表现得挺拔、完美、无懈可击。三年级的最后一门主课即将结课了，做汇报那天，她穿了一条深蓝的复古大摆裙，露出锁骨和小腿，头发新剪到齐耳，化了一点淡妆，微笑着走到讲台上。发言结束时，她看着人们赞许中略带惊讶的目光，沉浸在某种虚无的幸福感中。她所期望的，不仅是在这一件事上的成功，更是自己此时此刻站在这里的姿态。身体像个恶魔，一面用病痛考验她，一面又给予她从未有过的美和自信。**这才是我想要的自己。**她笑了，仿佛又看见了那个无法学会游泳的笨女孩，以及一年前为了程翔伤心欲绝的单纯少女。如今，她的心底已没有Y，没有程翔。她已经成为了具有魔力的玛丽·波平斯，随时可以打开雨伞，乘风而去。让他们站在地上仰望吧。她付出了她应付出的代价，如今的一切荣耀都是她应得之物。

虽然离毕业还有一年，学校里各种聚会也多了起来，她便怀抱着新增长的自信去参加了。一次本系的年度酒会之前，她在铜锣湾买下了一套无袖粉色晚装，设计很保守，并不袒胸露背，领口和裙角布满精巧的刺绣。她搭配了一条淡紫的和风披肩和裸色高跟鞋，便在所有浓妆艳抹的女生中脱颖而出，连系里有“万人迷”之称的某青年东欧籍教授都主动来找她说话。他端着一杯红酒在她身边坐下，询问她的毕业计划。她便简要讲了申请意向中的几所学校。

“想去美国吗？有没有考虑过欧洲？”他自己的方向是欧盟研究，在德国和法国都读过学位，对此有充分的发言权。

“考虑过。但我都考过GRE了，也一直为美申做准备。就方向而言，感觉也是美国的学校在东亚研究方面有优势，适合中国学生申请……”她顿了顿，意识到自己几乎是在机械地复述母亲的意见，“欧洲就不太了解了。况且，我语言也不好……”

“你不是一直辅修法语来着？SciencePo（巴黎政治学院）的

中国研究专业也不错啊。”

她一时语塞。冷月对她讲过类似的话，他也曾劝过她去巴黎政治学院。他们的共识近乎一致——更适合她的是偏重理论研究的欧洲，而非美国。但是，她已经付出了这么多，走到了这一步，就是为了有资格做“最好的选择”。既然去美国在众人眼里是“最好的”，那么她当然要去美国。

“法语我是学过——不过，总归只是业余，基础完全比不上欧洲研究专业的同学。还是把机会留给更合适的人吧！”

对方惋惜地叹了口气：“SciencePo也有英语课程的。”

“怎么，您就这么希望我去法国？”

“万人迷”挠挠头，略微尴尬地一笑：“纯属个人意见。你对欧陆文化很感兴趣，不是吗？我看过你写的关于德国历史的文章，是X推荐给我的，我们都很欣赏你的观点。即使你不想去法国，德国的大学也很不错——绝对不会比美国差。”

她微笑着点点头，坐直了身体。已经太晚了。她在心底暗暗嗟叹。这未尝不是她的梦想。可是她已然错过了决定的时刻。如果她当年换了专业，学了法语……不，这已经不可能了。现在去欧洲，她一点优势都没有。申请了也不会有希望。何必要再次伤心失望呢？

“如果真的想去，语言绝对不是问题。我可以给你介绍认识的导师，他们那里也有亚洲研究中心。”他抽出记事本和笔，匆匆写下一串电子邮件地址，撕下来递给她，“我看好你，芷衡。你是个聪明的孩子，走学术这条路必定大有前途。”

她谨慎地道谢，收起纸条，第一次被“万人迷”的真诚打动了。前途？尽管做了这么多看似周密的计划，她对这个概念依然一片茫然。有一天她能成为这样的人吗？温柔，耐心，乐于助人，一句点拨便可能改变他人的命运……

“只是要注意一点。”他笑着，指了指她的餐盘，“多吃点儿！你太瘦了，去了国外身体会吃不消的。做研究是很辛苦的。”

她含糊地应着，举起酒杯碰了一下作为感谢。“万人迷”教授转身离开，她继续坐了整晚，笑着和不太熟悉的学长学姐们寒暄。夜色沉下去了。人声喧嚣间，她举着酒杯，愣愣地看着人群背后一堵背景墙上鲜艳刺目的抽象画。酒精的热度一点点浮上脸颊，有三个字一直在她脑海里盘旋：太晚了。

5

她和澄美难得去看了一场电影，娜塔莉·波特曼主演的《黑天鹅》。说“难得”并不是因为这样的机会少，很久之前，这几乎是她们惯例的周末活动——吃饭，聊天，逛街，看电影。从什么时候开始，这种不约而同的惯例消失不见了呢？芷衡想到这一年多忙于个人计划，疏于陪伴好友，心中有愧，这一次便主动提出邀约。澄美有些惊讶，但还是答应了。

她们买了周六的晚场票。电影结束后，一起在冰场旁的美食街吃饭。芷衡小心地点了一碗汤多味重的辣白菜蒟蒻拉面，又向汤里撒了不少胡椒粉。澄美只是埋头吃她的鸡蛋鳗鱼盖浇饭。似乎是方才的影片太沉重了，二人都不说话。芷衡决定打开话题：

“哎，你觉得怎么样？”

澄美抬起头来，睁着玲珑剔透的一双大眼睛：“你是说……”

“电影啊。”

“非常美。但是也太压抑了——我一时半会儿说不出来，也许还需要一点时间沉淀和思考，才能细细地讲。”

直率如澄美，竟然也有如此谨慎的时刻。芷衡不禁默然。她烦躁地用手指弹了弹桌面，最终还是由自己来主导话题的转向：“那你注意到了吗？女主和她妈妈的关系，你不觉得……很不正常？”

“当然！她洗澡时，妈妈闯进来看她的伤口，说明很久之前她就开始无意识地自残。只有妈妈的出现才能使她意识到这一点……”

“问题不止于此。你觉得她妈妈的做法合适吗？”

“当然不。我绝不能想象我妈那样检查我的身体。”

“喏，我妈就会。”芷衡摆出一副故作轻松的表情，“她会在我洗澡时进来看，说些‘你一身都是骨头，丑死了’之类的话。简直不可理喻。”

“那的确有点……不过，你最近的确是又瘦了呢……”

“可这是我自己的事！”她不觉提高了音量，语调也变得咄咄逼人起来，“能主宰我身体的只有我自己——不论它是好是坏，是胖是瘦，都轮不到别人来干涉。别总问我是不是在刻意减肥了，就算是，又怎么样呢？我不明白为什么人一定要靠吃到某个规定的饭量才能‘正常’地活着。如果是这样，那我宁可不要所谓的正常。”

澄美停下筷子，怔怔地看着她。

她也终于要开口说教了吗？芷衡想，不错，你们最终都会背弃我，因为我与你们不同，是你们眼中的异类，所以活该被孤立，被排斥。会有这一天的。我早就预料到了。

“你是对的，芷衡。”她听到的却是意料之外的回答，“你妈妈那样对你是不公正的。她不该干涉你的自由。之前是我错了。”

“之前？”她听出了一丝弦外之音，疑惑地望着对方。

澄美继续埋头吃她的鳗鱼饭。芷衡呆呆地坐着，望着面前的汤碗，半透明的蒟蒻粉丝和辣白菜一起漂浮在浸满红油的汤里。即使知道这一碗的热量已降到最低，此刻的她也毫无胃口，只是拿起勺子，敷衍地舀了几口汤喝。

“你有什么要对我说的吗？”她直截了当地发问，以此掩饰自己的紧张——一种听者比说者更甚的紧张。某种不祥的预感又袭上心来，她索性硬下心，不再去想那最坏的可能性。

“两个月还是三个月前——总之，开学前后，你妈妈给我打电话了。”作为最好的朋友，她们的确以紧急联系人的名义与对方家长交换过电话。

“你们说了什么？”

“她说你生病了，还不好好吃饭，不注意身体。然后让我观察你每天吃什么，吃多少。她还劝我经常拉你一起出去吃饭。”

“这么说，她是叫你来监视我的？”芷衡又一次提高了声音。

“别这么说，芷衡！我当时并不觉得是‘监视’，以为她仅仅是在关心你而已。她在电话里声音那么焦急，不由得我不答应。不管方法有什么问题，阿姨她的确是为你好啊！”

芷衡从鼻子里发出一声冷哼。“为我好？联合起来监视我，这就是你们对我‘好’的方式？怪不得这学期你对我吃什么如此关心，嘘寒问暖！”

澄美的脸因为焦急几乎变了色：“我真没跟她多说过什么，每一次都是说你吃得不错，吃了很多蔬菜水果。出去吃饭的事我也没多提，你一直在忙，我也一直为你掩饰。我知道这样做是不对的，但阿姨当时听起来……实在是走投无路了。而且我也以为这是为你好！”

芷衡抱着双臂，长叹一声：“听了她那套话，你也觉得我不正常了吧。”

“绝对没有。我一开始也觉得是你太任性、不懂事。但看了今天的电影之后，我才明白你的处境何等艰难。对不起……”

“她没错。以她强大的控制欲，她永远不会错，”芷衡苦笑着摇摇头，“同样强大的是她夸大自己痛苦的能力。她能说服所有人相信她，而我不能。我什么都没有，你明白吗？在这件事上我没有一丝一毫的权力！”

她感到一阵眩晕。她本想心软的，但是不能。铁一样的事实摆在眼前——她最好的朋友串通她的母亲，监视她，出卖了她的隐私。昔日那些关心问候的情谊，此刻都成了别有用心的刺探。到头来，对方还指望从她那里获得原谅和同情。同情？这个词难道已变得这么廉价？

太晚了。她摇摇头，心里默念了一遍《伊丽莎白》里的台词：只恨我已心如铁石，再也不能和你一样。

“你失去我的信任了。”她站起来，头也不回地走出了餐厅。

※ Waldeinsamkeit*

可是有一天，孤独会使你感到疲倦。有一天，你的高傲会弯腰，你的勇气会咬牙切齿。有一天，你会叫道："我是孤独的！"

有一天，你会再也看不到你的高傲，你的低贱将跟你贴得太近，你的崇高将像幽灵一样使你害怕。有一天，你会叫道："一切都是虚假！"

——弗雷德里希·尼采

《查拉图斯特拉如是说》第一部，"创造者的道路"

* 德语单词，意为"身处森林之中所感受到的孤独"。

1

不提与澄美之间的波折，芷衡倒是事事称心如意。夏日的炎热，期末的紧张和减重的成就感将她带回了往日亢奋的忘我状态之中。她早早做好了暑期规划：期末后一星期考雅思，六月留校办申根签证，七月初至八月去法国上三周暑期语言课，之后去周边国家进行为期十天的铁路旅行，回家便开始写毕业论文。她打算暑假提前把论文完成，以便下学期有更多时间留给烦琐的申请工作。她下定决心要学好法语，即使最终没有机会去巴黎读书，她也不会白白放弃曾经热爱过的东西。她要向自己和世界证明：她爱过，且爱得足够真诚。她可不像那些只是把“爱”挂在口头上的轻薄之辈——前些日子她听说了程翔和女友已经分手的消息，不禁讪笑：果然大多数人挂在口头上的“爱”都只是一时欢愉，都是不会长久的东西。人与人的关系又是何等凉薄啊！

自从停了中药，她已很久不去铜锣湾了，那个周末却趁着欧洲高等教育展的机会去了趟中央图书馆。其间她和瑞典某大学展台前的一位金发女生相谈甚欢，对方听说她是国政专业，便热情地塞给她一沓手册，鼓励她来报考。她装作很有兴趣地要了女孩的联系方式，礼貌地道谢，便走开了。她又想起了“万人迷”和冷月的话，以及后者送给她的二十二岁生日礼物——从图书馆偷偷影印出来的艾伦·布鲁姆的《美国精神的封闭》。她第一次读时，还对作者的犀利批判有不少腹诽——“如果以这样严格的标准衡量，中国的大学简直就是菜市场。”可是现在呢？

她渐渐明白了，去哪里并不重要。她魂牵梦绕的应许之地早已逝去，消逝在文件堆中，历史的云烟里。倘若没有爱——没有感知爱的能力，没有建立某种深入骨髓的关系的可能性，哪里都不会是她的故乡。

逛完展会后她有些倦了，在图书馆二楼的餐吧坐下，点了杯双份意式浓缩。

她坐在露台上吹着凉风，小口啜着咖啡，看着周围的人群。年轻的父母带着孩子们，有的在玩耍，有的安静地读着有彩色插画的小人书。白发苍苍的老者戴上老花镜，摊开一本厚厚的年鉴册认真品读。也有不少年纪与她相仿，学生模样的人，一般是垂下头看书、玩手机或 iPad。大多数人都在进食——看看他们大口吞食三明治，掰碎蒜香面包，咽下蘸番茄酱的薯条，喝着奶油蘑菇汤、番茄汤或从附近麦当劳带来的大杯奶昔。她忽然感到一阵轻微的恶心，似乎她的胃已经把饱足感与某种不适自动联系在了一起。看着陌生人最平常不过的吃相，她忽然觉得自己像是闯入了某个怪异的色情场所，如外星人集体交配的露天广场。人们何以把原始的生理需要如此赤裸裸地暴露在大庭广众之下，不仅不觉得惭愧，反而视之为某种文化的象征？对此感到陌生、无法理解的她，该算是文明的异类还是野蛮的异类呢？

她感到厌恶，或许是由于食物和性之间的微妙关系。“进食与做爱是一回事。”一位心理学教授很久以前对她这样说过。她现在想起来了，一清二楚。她曾羡慕过 Y 紧实的大腿，羡慕过程翔前女友的风韵和红唇，但是现在她们的形象在她眼里都算不了什么。如今的她越来越沉迷于没有性别的身体形象——超短的头发，逐渐失去性别特征的消瘦躯干，未发育一般的扁平胸部，纤长的四肢。仿佛一个不再沉重的躯壳就能使她摆脱那个压抑得令人无法喘息的高中时代的形象，摆脱她所唾弃的那些人的目光，尤其是程翔的目光。那家伙喜欢的类型？无非是“成熟女性”的肉体。他喜欢肉感，她却要凌驾于他的标准之上。她觉得自己像一棵山冈上的松树，一刻不停地朝着蓝天、露水和更洁净的空气生长，她在反抗重力，这种反抗由于她所做的一切——战胜人性的本能欲求——而具有了西西弗推石头般的对抗虚无的崇高意味。对她而言，节制欲望并不是什么痛苦或牺牲，而是通向她自己的隐秘圣殿的阶梯。

遗憾的是，她眼里只有这一个自私的、不切实际的理想：变得轻盈，虚空，遗世独立。那时她可以远远地站着，望着熙熙攘攘的人群，他们大吃大喝，纵情欢笑，嘴角流油地讲着笑话，饮酒，互相吹捧，调情，做爱，在暗室里释放着欲望。她不为所动地看着他们，第一次感到自己的价值。在这个因欲望和贪婪而过度膨胀的社会的反面，她想成为一个幽灵，一个虚无的镜像，她的不存在恰恰是最好的存在之象征。

她记得自己是谁。从某种意义上来说，她不再是迷恋美食、享乐、纵情声色的“精神上的法国人”了。相较之下，她更像“精神上的普鲁士人”，把“安贫、守贞和服从”这一条顿骑士团最初的信条牢记在心。她默念着这三个词，阳光把天映成明晃晃的蓝，亮得耀眼。她的理想本来也是这样澄澈，不容一点污垢的，程翔的离开、澄美的背叛未曾不是她的幸运。如果她注定要因理想而众叛亲离，那就随它去吧！她喝完咖啡，站起身来，对着猛烈的阳光眯起了眼睛，长长地伸了个懒腰。

2

她不记得在街上漫无目的地游荡了多久。回到宿舍已是十点多了，她蹑手蹑脚地用门卡开门——即使是冷战期，她和澄美也在努力维持一种互不干扰的相处方式，以减少因小摩擦而引发的不必要的对话。这方面她们一直都做得很好，连每周例行的宿舍扫除，都没有因她们关系的冷淡而中断过。她似乎又回到了大一时的孤独生活——一个半熟不熟但相处和气的室友，一台电脑，图书馆，一个人的课程表，许多泛泛之交，大多数的时间只属于她自己。难道这种清静不值得怀念吗？

澄美果然没睡，散着刚洗过的一头浓黑卷发坐在电脑前。见她进来，竟难得地转过头问："你回来了？"

"嗯。"她平淡地答道，把包随手搁在椅子上，想说风凉话的情绪又涌上心头，"顺便，我妈问你好！"

"你还没有告诉她？"

"告诉她什么？"芷衡明知故问。

"自从把那件事告诉你后，我没再接过她的电话。一看是她的号码，我就不接……"

"那是你们的事，你们自己处理吧。"芷衡头也不抬，抱起睡衣准备进洗手间洗漱。长时间的步行耗尽了她的体力，她太累了。

"你还是不肯原谅我？我知道自己错了，向你道歉，这难道还不够吗？对不起，芷衡。我知道我伤害了你，但真的不知道你会这样生气！……我愿意为这一切承担责任。”

芷衡把睡衣扔到床上，转过身靠着浴室门，平静地看着对方。

“谢谢你，澄美。”她开口说，“我感谢你待我的坦诚。我也要替我妈妈的所作所为道歉，她本不该利用你的善良，你对我的一片好心。但是你知道吗？你的好意，她的好意——你们打着好意的幌子，联合起来监视我，像对待犯人一样，这才是我不能原谅的。我不能容忍一个背叛我的朋友。”

“难道你就只记得这个？你不记得了吗，之前我们是多么坦诚相待……就是这一年，你变了，变得这么多！”

“是啊，人都是会变的。”她讽刺地翘起嘴角，“想要一成不变怕也是件难事。沉湎于自欺欺人的知足常乐的幻想，像鸵鸟一样埋在回忆的沙土里，恐怕不是这个时代的生存之道。当然，如果你觉得这样也算是活着的话……”

“够了，陶芷衡。我知道你刻薄起来是什么样子，我也很清楚——”

“我刻薄？至少我不是那种出卖朋友的人。设身处地地想一想，如果我把你的秘密倒给了你的家长，你会怎么做？”

澄美瞪圆了眼睛，直直地看着她，半晌才缓缓摇了摇头。

“我再也不会……做出这种事了。我真的是傻……不该那样做的。你相信我！”

芷衡静静地望着她的朋友，她最好的，最贴心的，唯一的朋友。她看上去就要哭了。如果是以前，她早就该上前拥抱她，用最柔软的言语安慰她——但是她忍住了。她所受的伤害已使她心如铁石。她感到此刻残忍的反击是她应做的，是对她所受伤害的一种快意的恶毒报复。

“还记得吗，去年夏天你在咖啡厅里对我说的话？”

那一幕关于程翔的对话涌上她的记忆。那件事是她“反抗重力”，追求完美的起始点。如今她似乎得到了她想要的：体重、成绩……但她真的快乐吗？一而再地被监视、背叛和欺骗，她已经无法信任人与人之间的情感，亲情，爱情，友情……似乎割舍感情才是她唯一正确的出路。如果生活在一个没有感情、只有事实和逻辑的世界里便可以不受伤害，那她宁愿这样，一直孤独……

“我记得你的话，澄美。你曾是我唯一的朋友，唯一的……”

现在你不是了。我已找到我的信仰，我的力量之源。我亲爱的安娜，她永远不会背叛、欺骗、不辞而别，从我选择她的那一日起，只要我忠诚于她，她必将永远忠诚于我。

“我知道你是不会原谅我了。只有一句话问你：是不是因为程翔，你才这样折磨自己？”

“这只是你的揣测罢了。你连这个都告诉我妈了？”芷衡的语调立时尖刻起来。

“她也只是猜测而已，以为你是遭遇了感情问题。但我发誓我没告诉她！——你真会那么做吗？为了别人伤害自己？我不相信……”

她摇摇头，懒得回答。仿佛她与澄美对事情的看法完全在两个层面上。当澄美还沉浸于少男少女坦诚相对的纯情世界时，她却早就厌倦了人生。她靠在门上，感到一种近乎于虚脱的疲乏，任何对话都失去了意义。

“不相信是对的，我是不会因为任何人而改变的。尤其是男孩子，他们什么都不懂。我只属于自己，无论肉体还是灵魂，只要是我决意去塑造的事物，任何人都无权干涉。”

“那么，你为什么要跟自己的身体过不去呢？”

“你不会明白。”她冷笑一声，走进浴室，低下头。

她把脸凑到水池上方，久久凝视镜中自己微微浮肿的脸。那是一张有些陌生的脸，苍白中透出冷漠。非如此不可吗？她脑中一片空白，似乎方才那些残酷的言语不是出自她自己。是的，必定如此。有个陌生的声音替她做了回答。

3

不久她便搬出了宿舍，暂时到另一个朋友的房间借宿。躺在枕上无法入睡的时候，她支起身子，看百叶帘之间透过的稀薄如水的星光，庞大的城市就这样静静地睡在下面。两年多前，她和澄美也是这样躺在星空下的长椅上，在时断时续的知了声里说着心事。她记得当年雄心勃勃地提到过的梦想，关于远行，关于穷尽理念和现实的世界，关于将生命作为一场自由意志的实践的种种可能性。如今一切刚刚开始，她却仿佛看到了终结。

“你永远有道理，芷衡。”她走前，澄美平静地说，“你总是条理清晰，逻辑完美，令人无可反驳。我一直相信你，崇拜你。然而你渐渐变了，变成了我不认识的样子。你变得冷酷无情，只有理性，只有你认定的原则和目标——”

“够了。”她张了张口却没有说出来。这全是借口。是你先背叛我的，是你先违反了规则，一次又一次辜负我的信任。你有什么资格评价我？背叛者！出卖朋友的人！

她一言不发地开始打包——换洗衣物、洗漱用品、餐具、药和化妆品、笔记本电脑、书和资料，书架上剩下的几只橙子和一板黑巧克力。

第二天她便去学校的小旅馆问价格，谢天谢地，还有学生折扣，不算太贵。她一狠心刷了信用卡，一直订到了考完雅思那一天——5 月 18 日。澄美 20 日之后还有考试，她返回宿舍时，对方应该还在那里。无所谓了，就当是花钱买个清静。

旅馆是有了些年头的，房间狭小，且与其他港式楼房一样有返潮和通风不利的毛病。不过与被工地围绕的宿舍楼相比，倒是十分安静。她进门放下东西，把空调开到抽湿最大挡，甩掉鞋子，直直地倒在床上。她感到身体微微发烫，像在与酷暑的对抗中败下阵来的知了一样筋疲力尽。她可得挺住！后天就考第一门了。她拉上床单，静静地闭上眼睛。

醒来已是下午五点。热度已经退去，她感到清醒，洗了个澡，换了装跑下楼去。她有些饿了。旅馆一楼有个自动售货机，查看了一遍存货，不过是巧克力、夹心软糖、豌豆脆、薯片之类的零食，她皱了皱眉走开了。旅馆一层有家日式面馆，她也可以去宿舍楼下的食堂，但她此刻丝毫不想吃拉面之类油腻的食物，更不想遇见澄美。她最终去了那家太平洋咖啡，买了一大杯抹茶冰沙，上楼前又在自动售货机处买了两罐零度可乐。

仿佛又过回了当年在波士顿小旅馆里考GRE的封闭式生活。三点睡下，九点起床，下午困了躺半个小时，全天都埋在书本和复习资料里。一旦沉下心，她又进入了工作狂状态，心中只有四门考试和未完的两篇论文，早把澄美的事置之脑后。住在旅馆里唯一的不便是没有打印机，她有时也抱着电脑，去宿舍一楼的新自习室打印资料，写文章，一待就是一个下午。这间自习室是平时的排练房临时改成的，三面墙都是镜子，有一面落地大玻璃窗，绿茵茵的树叶带着浓厚的夏日气息浸入眼帘，显得窗外的炎热和室内空调的寒凉完全是两个世界。她不时揉一揉酸痛的太阳穴，扶着桌子起身，看一会儿窗外的绿色。一群穿着附近中学校服的孩子混在大学生群里，在食堂门口排队，有的正与人高声谈笑，大多面容稚嫩，手脚细瘦，一看便是尚未成年。她想起了自己的高中时光。谁说青春都是灰暗的呢？至少这群孩子比她幸运，Y比她幸运，澄美比她幸运，程翔说不定也比她幸运。该用什么把这一切完全抹去？如果多年后的她变成了完全不同的人，她该怎么面对当初的自己？是否定、忘却，还是怀念？

出神间，她被人推了一把。回头看，是同系一个不太熟但人很好的女孩子，笑嘻嘻地背着手，后面跟着她男朋友："不去吃饭吗？"

她摇摇头："我十点才起来，刚吃过早饭。你们去吧！"

女生弯下腰，看着她桌上厚厚一摞书，啧啧两声："芷衡，你也太认真了，小论文而已，又不是毕业论文！"

"你们都申请完了，不在意GPA了嘛。我下学期却还是要拿这个成绩来申请……"她敷衍着，做了个撵他们去的架势，"好啦，你们去吃吧！”

二人笑笑，说了些寒暄的话，方才离去了。芷衡叹了口气，继续工作。她对着屏幕，试图从刚才结束的地方重新开始，思路却被某些潜藏的念头扰乱了。她烦躁地丢下打开的 Word 文档，点开浏览器，打开了 OpenRice 的收藏夹。看着那些五颜六色的美食图片瞬间跳跃到眼前，她一下子便心安了。世上尚有这么多美好之物，她虽不能亲身享受，但视觉品尝也算是一种审美上的满足。谁说她就此舍弃了生活的美呢！

她细细看了几个喜爱的甜品店，研究了几款饮料，都是冰沙类的，这天气里正合她的心意。趁那一对儿还没回来，她拿了钱包手机便溜下楼去。

太平洋咖啡的几个服务生和她都熟识了，见她来了便笑着打招呼。她仰头在柜台前站了一回儿，在带奶油的冰摩卡和更清爽的西番莲杧果沙冰之间犹豫不决。最终她选了后者，一向是惯例的“中杯，skim milk、no cream”。

“不来点别的吗？”女服务生指着冷冻柜，里面摆着几样当日的点心——蓝莓芝士蛋糕、杧果慕斯、黑森林蛋糕、水果奶冻、菠菜芝士派、牛肉蘑菇派，意大利三明治和蔬菜卷，柜台上还摆着全麦面包条、能量棒和巧克力豆。她礼貌地谢绝了，付过钱，从旁边取了硬纸杯托和饮管，接了冰凉的饮料便走。背后几个女服务生喊喊喳喳说笑起来，声音太大，她走了老远都能听见。

“那女仔一定在减肥！”

“可不是！瞧她那么瘦了，还是一点不吃，只是喝！”

得了吧，她不屑地撇撇嘴，这水果冰沙热量比三明治还高呢，她可是上官网查过的，至少330大卡——如此才能撑过一个下午。她举起那杯晶莹的橙色饮料看了看，将它贴在脸上，感受着那种冰凉的温度渐渐融入自己的体温。这才是她需要的吧：无关温暖，无关索取和苛求，只是夏日里的一抹清凉宁静。她抱着饮料走回自习室，忽然想起脂砚斋在“冷香丸”那一回给宝钗下的评语。那一句被高中时的她抄在随身手记上，至今历历在目：

历着炎凉，知着甘苦，虽离别亦能自安，故名曰冷香丸。又以谓香可冷得，天下一切无不可冷者。

她回到自习室的座位上，打开电脑，关闭了浏览器窗口，吸了一口冰冷的饮料，继续写论文。

4

尽管有这段插曲，她的期末计划并未遭遇什么挫折。考期结束后，她用了一周时间准备雅思，去图书馆借了几套书，白天在空无一人的机房做模拟练习，晚上再做两套题目。考试结束后她就搬回了宿舍，与澄美一路无话。这以对手的沉默退缩而告终的一役大长了她的士气，她一点也不紧张：“二十斤我都减下来了，被室友赶出来的事也经历过，考试算什么？”

她吃东西还是毫无长进。从住进小旅馆那一天起，她就基本以咖啡、黑巧克力、烤海苔、健怡可乐、冰沙和冰激凌维生。与澄美决裂后的愤怒，复习期的紧张加上炎热的天气，使她愈发对一切固体食物失去了兴趣。但大幅度削减热量摄入似乎并没有影响她的精力和脑力活动的质量，她依然一天学习十二小时，几乎没有吃过一顿“正常”的食物。只有一次，她在机房闭门休息时，在旧校餐厅买了金枪鱼蔬菜沙拉和水果盒，带到楼顶花园，坐在长椅上慢慢享用。一份沙拉约 220 克，她一次吃掉一半，另一半留给晚餐。只在考试当天早上，她算好时间早早起身，到楼下食堂吃了一顿早餐：牛奶麦片粥，煎双蛋，烤得焦黄的蒜香面包片配黄油，加糖和炼乳的咖啡——这是为了保证血糖稳定。一周后成绩出来：总分 8.5。她凝视着电脑屏幕，愈发觉得这一切难以置信。那些质疑她的体力和能力的人，包括她母亲在内，现在又有什么好说的呢？不吃饭反而大大提高了她的学习效率和专注。她完全可以做到。谁都不能阻止我！

她打电话给母亲，轻描淡写地汇报了成绩。母亲只淡淡称赞了一句，问得最多的还是她的饮食，以及暑假的安排。

“我已经订好暑宿了。之前一直要留在香港办签证。”

“先回家一趟吧。做个全面体检。”母亲的话干脆利落，不容置喙。

这通谈话最终没有个愉快的收尾。最后做了个折中——母亲飞来看她，顺便带她到珠海看某位“朋友介绍的老中医”。

在珠海的这次碰面并不愉快。她在母亲开会的酒店里待了三天，几乎每一天都因为食物吵架。但最终，母亲似乎被说服了，因为成绩对她有了一点点信心。她们游览了名亭公园和横琴岛，沿着情侣路的海边长道散步。

胜利重又使她充满了力量。暑假如期到来，她回到香港，一个人收拾好行李，搬进了暑宿房间，开始等签证。她又开始忙碌了，抱着电脑窝在图书馆或咖啡厅里，一边恶补法语口语，一边查阅景点清单、旅行攻略和欧洲铁路时刻表，仔细规划着暑期课之后的行程。她上课的大学在南锡，离巴黎只有一个半小时火车路程，而且课程收尾时学校会安排一次巴黎之行。四年前她和家长旅行时路过巴黎，刚好是高考后那段百无聊赖、自我痛恨的时期，也正赶上阴雨连绵的日子，从未见过晴空下的铁塔。巴黎在她的印象里是黯淡而颓废的，散发出《恶之花》的气质，远不如阳光灿烂的卢瓦尔河谷美丽。然而，这座城市肯定有她没看到的另一面吧？还有圣母院的滴水兽和高高的尖顶，还有埋葬着众多星光熠熠的名字的拉雪兹公墓。她到过的地方还是太少了，她还年轻，要探索，要学习，要成长，不能再坦然地一无所知下去。

她最终订了法德捷奥四国的欧铁通票，行程以巴黎为起点，接下来分别是柏林、波茨坦、布拉格、维也纳、萨尔茨堡，每个城市停留一至两天。本想去德累斯顿看易北河上的古老建筑群，迫于时间紧张，又找不到合适的列车时间而作罢。即使如此，一想到柏林的博物馆岛、无忧宫的花园和金色大厅的穹顶，她就已激动万分。除去在美国交换时的短暂经验，这是她第一次独自在国外长途旅行。她无所畏惧，即将以她梦想中的方式去探索世界，以一个孤独的漫游者的身份。

她不再是那个把自己关在宿舍里的宅人了，几乎把全港最出名的甜品店都研究了一番。她不畏惧人流、街头的喧嚣和夏季的炎热，一个人走遍了港岛和九龙的繁华之地，搜寻那些隐于大型购物中心或幽静小巷里的糖水店。她尝试的冰激凌并不多，胃容量有限，所以有必要优中选优，都是 OpenRice 上好评最多的店面，最受欢迎的口味，比如九龙城某家的炭烧咖啡雪芭最浓郁厚重，朗豪坊地下一层的椰子味意式冰激凌最清甜，Awfully Chocolate（奥芙莉）的黑巧冰激凌有浓香惊艳的味道，家乐坊某家店有馥郁的、能吃出玫瑰果的波斯玫瑰冰激凌，CitySuper里的北海道抹茶雪糕永远是最好——渐渐地，她也吃出了美食家的挑剔口味，“去某间店只吃某某”成了她的口头禅。一次她一时兴起，兴致勃勃地跟暑宿室友——一个忙于工作早出晚归的香港女生——讨论甜品攻略，对方几乎被她吓到：“你？你经常去吃糖水吗？”

“当然了！我可是嗜甜如命。”

那女孩用惊叹的眼光打量了她好几眼：“真羡慕你吃不胖！我也好想有这样的基因！”

*你看到的只是表象。*她何尝不是一吃必胖，不吃都胖的类型，但或许是被破坏的消化系统给了她这种许多女生梦寐以求的神奇能力。她的胃似乎已经不再吸收营养。有时她觉得自己对冰激凌的迷恋都有暴饮暴食的嫌疑，但体重竟仍然晃荡在 35 千克上下。她吃复合维生素，喝零度可乐和大量的冰水，两天服用一次泻药，不过换了药效相对轻的牌子，自以为有摆脱药物依赖的希望。她在电话里对母亲汇报，对自己的健康状态和欧洲之旅充满信心。可母亲说：“体重和其他指标不上去，其余都免谈。”

她不担心。眼下她有的是时间可以享受孤独。不太忙的日子里，她会带着书或 iPad 钻进一间安静的西式甜品店，度过一个人的下午茶时光。之前她和澄美经常如此——两杯茶或咖啡，两件甜品，便可在絮絮闲聊中悠闲地度过几个小时。如今只她一人，却可以选择去更多、更远的地方。一次她在旺角那间店里坐到五六点钟，点了单份浓缩咖啡和双球意式冰激凌——一球香橙雪芭，一球她最爱的波斯玫瑰——看满街人流呼啸着汹涌来去，一边重读博尔赫斯的小说集。其中一篇《德意志安魂曲》与她最爱的勃拉姆斯作品同名。她当时没有懂，这一次却仿佛真的读懂了：

> 当时发生了一件奇特的事，现在我认为我已懂得。我觉得我能喝干那杯苦酒，但是我在沉渣里尝到一种没有料到的滋味，神秘的、几近可怕的幸福的滋味。我试图寻找各种解释，但都不能使我满意。我想：失败使我高兴，因为我秘密地知道自己有罪，只有惩罚才能拯救我。我想：失败使我高兴，因为它是下场，而我已经非常疲倦。我想：失败使我高兴，因为它同过去、现在和将来的事情有千丝万缕的联系，因为指责或痛惜一件孤零零的真正的事情是对整个世界的亵渎。我寻找种种理由，直到和真正的理由对上号。
>
> …………
>
> 我们用暴力和对剑的信仰来教导世界，那把剑如今在杀我们；我们好比那个建了一座迷宫结果自己困死在里面的巫师；也好比大卫，他审理一个隐掉名字的人，判了那人死刑，然后听到揭示：你就是那个人。不破不立，为了建立新秩序，必须摧毁许多东西；我们现在知道德国就是那些东西之一。我们付出了比我们生命更多的东西，我们付出了我们亲爱的国家的命运。让别人去诅咒、哭泣吧；

> 我高兴的是我们的才干是完美无缺的。
>
> 一个毫不通融的时代如今笼罩着世界。造就这个时代的是我们，已经成为时代牺牲品的我们。让英国当锤子，我们当砧子又有何妨？重要的是让暴力占统治地位，不能让基督徒的奴颜媚骨的怯懦得势。如果胜利、不公平、幸福不是为德国所设，那就让别的国家去享受吧。让天堂存在下去吧，即使我们的去处是地狱也无所谓。

她合上书，闭目靠在高背软椅上，恍然觉得那辉煌一时，终又日薄西山的德意志第三帝国的命运就是她自己的命运。她会因为今日的一意孤行和冷酷无情而遭遇惩罚吗？如果真有命运，那便是逃不过的。在这个世界的运行规律——巨大的、不可阻挡的随机性面前，个体的命运压根儿不值一提。她知道她的命运或许也是如此，但是她不怕。

走出咖啡馆，市井的喧嚣和热气扑面而来，将自己裹挟在汹涌的人潮之中，好像这样能让她离不可知的未来远一些，离触手可及的此在近一些。

让天堂存在下去吧，即使我们的去处是地狱也无所谓。

※ Flying too close to the Sun

让写在虎皮上的神秘和我一起消亡吧。见过宇宙、见过宇宙鲜明意图的人，不会考虑到一个人和他微不足道的幸福和灾难，尽管那个人就是他自己。那个人曾经是他，但现在无关紧要了。他现在什么都不是，那另一个人的命运，那另一个人的国家对他又有什么意义呢？因此，我不念出那句口诀；因此，我躺在暗地里，让岁月把我忘记。

——豪尔赫·路易斯·博尔赫斯《神的名字》

1

她坐在小城阳光灿烂的广场上，不引人注意的咖啡店一角，写法语课作业。虽说阳光明媚，气温却只有 20℃上下，她穿着风衣和长牛仔裤，仍不时被迎面的风吹得直打哆嗦。想起她的法语老师临行前说“南锡夏天很热的哟”，再想想带的半箱子连衣裙，她就气不打一处来。这些法国人简直比天气预报更不靠谱！她有点怀念香港那些酷暑蒸人的夏天了。

这只是她的诸多失误之一，接下来还有不少挑战。比如说，她分到的 C 班课程虽不是最难的，却是高手最多、竞争最激烈的。许多人为求高分，明明是 D 班、E 班的水平却偏要往 C 班里挤，导致了惨烈的内卷化竞争。而 A 班和 B 班则是轻松的基础课，对芷衡而言却又太简单了。课程结束时有考试，留给她复习的时间却少得可怜——学校安排了不少短途旅行，基本没给她留下多少完整的休息日。她只能见缝插针地学习。

饮食方面更是噩梦。早餐是包含在住宿费里的，在公寓一层的咖啡角领取，每人定量配给——两只硕大的面包，两盒黄油或果酱，饮料在牛奶、咖啡或果汁中任选一杯。午晚餐都在距离教室两条街之远的学生餐厅，半自助形式，一个餐盘五样——两份主菜、一份沙拉、一个水果和一份甜点。开始她吃得还算认真，后来敷衍着拿两个面包，撕下小半个牛角就着咖啡吃掉，余下的用纸包起来，装出一副不浪费食物的样子。中午吃些淡而无味的水煮菜和沙拉，偶尔吃一点鱼肉。晚上则是水果和酸奶。某次，一个从英国来的中国女生直截了当地问她：

“你是不是总是吃这么少啊？”

“少吗？这已经比我在家吃得多多了。”

“哇，怪不得你这么瘦！真羡慕！”

又是这套鬼话！她简直听得反胃了，避之唯恐不及。然而一日三餐不是想逃避就能逃避的。即使对最散漫不讲究形式的法国人，进食仍然是郑重的仪式，几乎和罢工一样重要。说穿了任何一种文化都不过如此，食色，性也，天经地义，只有她那样愚蠢地想要逃离。

她觉得自己很傻。根本不了解法国，不了解欧洲，却稀里糊涂地来了这里。可她又真的了解美国吗？从书本上了解一个国家总是容易的，可她却不曾深入思考过自己的目的，以及要在那里生活的缘由。只是为了逃离过去，逃离一种不值得再过的旧生活吗？

两周过去了，她基本适应了环境，情绪却愈发低落，一半以上是身体的原因。在阴冷的天气、糟糕的食物和学业压力的共同作用下，她的胃病复发了，比在美国时还要严重。她感到恶心，什么都吃不下。和母亲打电话时总以抱怨开始，吵架结束。这当然不是她的本意，她不是要过一个悠闲的假期吗？怎么成了这副样子？

她去自助餐厅的次数越来越少了。一半是懒得走路，一半是对那里的食物失去了欲望。她常常在学校的小超市买好营养标签齐全的食物——大桶的脱脂牛奶、橙汁、汽水和黑巧克力。参加学校组织的第一次诺曼底三日游时，她也是这样做的。大巴车每到一处服务区停下，她便去便利店买饮料，在别人大快朵颐时，坦然地喝她的能量补充剂。

第三天中午，他们路过一个名叫翁夫勒（Honfleur）的景色优美的小镇，席地野餐。活动组织者统一发了每人两片面包、一盒金枪鱼罐头、一只番茄、一包苹果泥和一瓶矿泉水。她把食物小心地藏进背包里，在镇子的主街上信步闲逛，无意间发现一间造形古朴的 Ben & Jerry 冰激凌店。或许她真是饿得发昏了，也不顾这是她所忌惮的热量较高的美式冰激凌，点了巧克力和焦糖布丁口味的两个球。

她倚在门口，一小勺一小勺慢慢挖着冰激凌，感觉着血糖骤然上升的美妙滋味。到了上车时间，她捧着杯子漫不经心地往回走时，却被两个学生助手拦下："Sans glace ici!"（冷饮不能上车！）他们不耐烦地示意她赶快吃。

她从台阶上退下，带着屈辱感，低下头迅速地吃起来。旁边也有其他人在车下吃冰激凌，但她却感觉脸上火辣辣的，好像她是唯一一个受此惩罚的人，所有人的眼睛都在看她：这个古怪的瘦女孩究竟在干什么？她第一次体会到在一群来自五湖四海的陌生人面前保持特立独行带来的压力，但似乎连屈辱感也是令人快乐的。她融入不了年轻人理所应当融入并甘之如饴的那个世界——高热量食物、高浓度酒精、浓艳的夜店妆、大音量的摇滚乐、摩托车、夸张的哈哈大笑和眼泪、激进的演说、理直气壮的立场陈述。在这个人人以"我"为中心旋转的五光十色的世界上，她刻意的自我抹杀之举显得如此苍白。看来，她今生今世都不可能成为“随心所欲”的漫游者，永无可能！

她几乎是含着眼泪强迫自己吞下那冰冷的食物，丢掉纸杯，上了车。发动机的声音轰响起来。她抱着书包，把脸颊贴在玻璃上，胃又开始痛了。

2

我想我的病是好不了了。绝望像最狂暴的飓风一样席卷了我……

一天天恶化的身体状况逐渐支配了我的精神。多么可怕的讽刺啊，曾经被我鄙弃的肉体如今可以实施它的报复了。当你的消化系统拒绝工作时，多美味的食物都像是毒药。该怎么办呢？该怎么回到“正常”的生活轨迹上呢？是成为胃药和止痛片的奴隶、牺牲品，终身仰赖于它们，还是另有选择？啊，此时我才知道怀念以往的生活。如今我已对生命丧失信心，全赖这不可摆脱的噩运所赐。我的心里只有“死亡”一词。妈妈，爸爸，原谅我！

对门的北美人民派对回来还在吵闹，而我已经懒得冲出去提醒他们了。我讨厌那群喝得醉醺醺的散发着酒精和荷尔蒙气味的人类——这群来自文明国家的动物，一群衣冠楚楚的鬣狗。人类文明的进化方向多么可笑啊。

我知道，我是那被诅咒的群体中的一员。我原以为已将黑暗踩在脚下，它却反过来吞噬了我，利用我的骄傲，扭曲我的灵魂，余下的唯有无穷无尽的自我厌恶。我不再是以前那个坚强的自己了。至于我是否还能活下去，我对此一无所知……但是上帝啊，求求您聆听我！我遇到麻烦了，如果跨不过这道关卡，我一定会在绝望中死去的，带着我被诅咒的、被厌弃的、不值得拯救的精神和肉体——

求求您聆听我，一个罪人的忏悔：只要我能活下去！

只要能活下去，我什么都愿意。

2011 年 7 月 24 日

失败使我高兴。她呆呆地倒在床上想。如今她生活在这间阴冷的地下室里，与自己的影子和孤独为伴。哪一个是死神的同谋，或许都是？

但她还不想死。至少不能在她的“伟大计划”实现之前死去。她可以忍受一切，除了肉体痛苦带来的精神上的绝望感——如果她的肉体承受不住了，精神也会垮吗？她不知道。她本来制定了那样完美的计划，有那么多地方要看，那么长的路要走，那么多人的名字刻在墓碑上，等着她去寻找，去抚摸，去瞻仰。她怎么可以死在这里？

她回想着这些日子里日益加重的饮食紊乱。没有主食，几乎没有固体食物。早餐的牛角包早就不吃了，只要一杯牛奶咖啡。中午她会吃些沙拉或水果，晚上大多时候懒得去餐厅，就用中午带回的酸奶充饥。她把果汁装在密封杯里随身带着，有低血糖的预感时就喝上一口。凭着这些她硬是挺了过来，跟上课程和长途跋涉的森林旅行。一切都没有变，除了她不断削减的腰围和不断下跌的体重，唯一的长牛仔裤都有点挂不住了。可是随着天气转暖，她又可以穿漂亮的裙子了，怕什么？

不久她找到了补充能量的好去处。市中心的广场是唯一一个咖啡厅扎堆的地方，除了正餐，不少店也兼售巧克力和冰激凌。对冷饮的执着又开始蠢蠢欲动了，虽然她深知，这全然是自我伤害。但她顾不得那么多了，一到下午没课的日子，就坐上几站车去城中心，逛街，拍摄老建筑，享用她最爱的食物。她几乎尝遍了周边所有的意式冰激凌店，并开发了新口味——甜橙皮、椰子、肉桂、摩卡和牛奶巧克力。一次在某家餐厅偶遇一群同学，便硬着头皮有说有笑地坐在了一起。点菜时大家都要了主菜，她犹豫再三，点了一道冰激凌芭菲。端上来是令人望而生畏的满满一大杯——三大球香草、巧克力榛子和朗姆冰激凌，顶层堆满香艳的奶油和草莓糖浆，再洒上满满的榛子和杏仁碎。太对得起 8.5 欧元的价格了！

“你已经吃过午饭了？”同桌的同学们似乎也吓了一跳，关切地问。

“唔，我十一点啃了个三明治，现在只吃得下甜品了。”这当然是谎言。她请服务生多拿了几个甜品勺，礼貌地邀众人共享，而他们每人只挖了一点点，剩下的都进了她空了近两天的胃。

那天中午，当她一点点吃完那份芭菲时，产生了一种近乎于暴食的快感。为了延续这种“痛苦的升华”，下午她又换了一家咖啡厅，点了一杯顶上堆满奶油的爱尔兰咖啡，靠在椅背上，在糖和酒精带来的陶醉感中环顾四周，看看阴晴不定的老城的风景。“要是可以一直这样下去就好了。”她不禁想。

她走回车站，酒精的热度烧在胃里，她感到一阵恶心，用围巾捂住嘴，回去便冲进洗手间，狠狠地吐了起来。她的胃显然已经承受不了过多的刺激了。清理完毕后，她对着镜子，看着自己的脸——多么陌生的一张脸啊！她感到可怕的羞耻、恐惧、自我厌恶，她决定不再同时碰冰激凌和酒精。没有下一次了！

暑期课结束于第三周，最后的行程是在巴黎停留三天。最后一天是自由活动，芷衡早早醒来，冲了澡，在房间里吹着口哨。她的室友已经走了，她便彻底自由了。她打算按先前的旅行计划去北站给车票盖章，明日一早她就要登上前往柏林的列车了。

充满期待吗？她只感到离别时的孤寂和厌倦。昨晚的塞纳河游船过后，跟她同行的几人商量着要找间馆子享用法式大餐，她听了一阵害怕，找借口逃开了。今天一早她看见不少自己团队的人进进出出搬行李，才知道许多人今天就要离开。她受到他们一路关照，却连他们的邮箱地址或 Facebook 账号都没有留下，就这样永久失去了联系。她知道，这一切是她自己刻意为之，抹去这些记忆，萍水相逢的友情，以免将来怀念这段苦涩的日子。“对不起。”她隔着窗站着，默默地想。她辜负了所有人待她的一腔真诚，不待告别，就一走了之。她真的成了她最痛恨的那种冷漠无情的人。

她面无表情地站着，把手伸进口袋，摸出了一颗半透明的橙色硬糖，包在好看的玻璃纸里。这是一种当地特产的香柠檬糖（Bergamotes），是阅读课的老师临别送给她的。她收获了这么多的友情和善意，现在却要把这些一一丢开。她剥开糖纸，把糖果含进嘴里，目送那辆熟悉的大巴车远去，希望那淡淡的甜香能驱散她心头不断上涌的自我厌弃。可是它没有。

最后一个下午终于晴朗起来，她沿着塞纳河走了很远。广场上有人群唱歌，鸽子们安详地漫步，街头艺术家在展示作品，河畔已经铺开了夏季著名的“人造沙滩”，这是传说中某任巴黎市长让平民也能享受沙滩风情的政绩工程。她一路走着回想着无数文字、电影和戏剧中的场景。巴黎的街道，巴黎的建筑，巴黎的水和空气，在斜阳之下美得如此永恒，如此浑然天成，如同理想的女性美——法式的 effortless chic（不刻意的时髦），在她却是需要付出沉重代价来追求的东西。这座城市并不吸引她，它冷漠、不友善、游客气息过重，但这一切却都因为它的美、它的历史感和精英气质而显得理所当然。

她走累了，便在岸堤边坐下来，脱下鞋子，看看自己脚上被磨出的伤痕。她想到冷月说起他可能会来巴黎读书了。而她只能远远地看着，历史不属于她，未来也不，属于她的只有横亘在历史与未来之间的乡愁。她只是不停地，不停地走着，直到感觉不到疲倦和疼痛为止。

一道彩虹浮现在波光粼粼的河水上方，很快便消失了。她走上了堤岸。眼前是整个光之城逐渐黯淡下去的灿烂繁华。

3

一个人的旅程开始了。在柏林，她收获了第一个阳光明媚的好天气，心情随之明亮起来。她不知疲倦地走遍了整个城市的历史景点——勃兰登堡门、国会大厦、毛奇桥、美景宫、胜利柱、动物园、威廉皇帝纪念教堂、波茨坦广场上柏林墙的残垣、查理检查哨、柏林墙博物馆，一直到夜色中的菩提树下大街，拍照拍到相机和手机都没电为止。次日一早她便登上火车去波茨坦，奔向她心之所向的应许之地——腓特烈大帝的无忧宫。

象牙黄的宫殿小巧精致，充满了旖旎的洛可可风韵，倘若单看室内陈设的细腻典雅，完全不能想象这是一座由“哲人王”腓特烈亲自设计，专供他和文人朋友们消遣的“男人的宫殿”。她不禁想到，这个有过如此深重的童年创伤的人却长成了他的国家的榜样，国民性格的典型，一种被称为“普鲁士特性”的双重性格：一面是现实主义的精明决断，不择手段，冷酷无情，另一面却是浪漫主义者的感伤、艺术家气质和对生命之美的极度敏感。这二者并行不悖地体现在一个人身上，成就了他的功业，壮大了他的国度，也铸就了他一生的悲剧。他一生过着愤世嫉俗的苦行僧式生活，等他老时，还是宁可说着“我越是亲近人，就越喜欢我的狗”一类的讥嘲之语，也不肯屈从于宗教和世人的伪善。如此孤独，终其一生的孤独——或许这就是他为了成就伟大所付出的代价。今日漫步于这里的人们，仰慕着这位开明专制者的功业，又有几人读懂过他的孤独呢……

她走累了，在花丛间的长椅上坐下来，隐隐望得见小巧洁白的橘园和如茵绿草之间腓特烈的马上雕塑。不知哪里传来了《勃兰登堡协奏曲》的熟悉乐声。她眯起眼，朝夕阳下微光闪烁的雕像望去，那一刻不禁想起了托马斯·曼在《腓特烈与大同盟》中写下的话：

> ……如果他要说出究竟是什么驱使他放弃过献身文学的美妙生活，而甘愿沉浸在可怕的工作压力和战争的血腥恐怖中，那么他会概括提到一个“隐藏本能”。这个被他如是称呼的生命。只可能在德国，这个隐藏本能，这个他暗含的懦弱因子，才可以发挥出超凡卓绝的式样：命运的突进、历史的魂魄。
>
> 他是一个牺牲者。他以为他牺牲了自己：青少年时期牺牲给了父亲，壮年岁月牺牲给了国家。如果他以为改变这一做法可以听凭他的意志，那么他就错了。他是一个牺牲者。他不得不以不恰当的方式行事，用他的一生和这样的思想对抗：他不可以是哲学家，他必须是国王，为了完成一个伟大民族在地上的使命。

她反复咀嚼着这些印在脑海中的句子，快步走回主花园，迎面的风令她一阵战栗。眼前是老国王亲手种下的葡萄藤的累累后代，鲜花在绿茵茵的草地上绽放，喷泉把晶莹的水花洒向亘古不变的澄澈天空，音乐之美仿佛引人进入永恒。她目睹这美妙的一切，久久伫立，仿佛看到了几百年前一个人的孤寂、执着与苦痛，他与命运的抗争，他在被黑暗压垮之际仍不放弃的惊人意志。腓特烈牺牲了他自己的幸福来成就他的国家。他做到了，这好歹是一项值得惊叹的世上的功业，虽然他本不屑于此。但之于她这样的芸芸众生呢？她还没有找到值得自己为之牺牲一切的事物。

哪怕有这样一件事也好！

她怀着复杂的心情离开王宫，离开前拜托路人在宫殿前拍上几张照片。为了迎合洛可可式主题，这天她特意穿了一套绣满玫瑰花的蕾丝纱裙，拍照时也特意脱下风衣，露出裙摆。她冷得发抖，却笔直地站着。腓特烈的命运预示着她的命运吗？不，她只不过一介凡人，将来也会默默无闻地老死世间。但她爱这个男人，他的坚忍不拔曾那样鼓舞了她，给了她与生活斗争的勇气。今后她也将一如既往地活下去，哪怕再多的苦难，再高的代价！

在德国三天过于兴奋的暴走几乎耗尽了她的精力。但途经布拉格又来到维也纳，看到如此可爱的老城，精致的市面陈设和缤纷的甜点店，她又不顾一切地往外跑了，行程安排得更紧凑。上午是市郊的美泉宫，下午回到老城的霍夫堡宫，顺道参观了旁边的茜茜博物馆。自从成为德语音乐剧《伊丽莎白》的死忠粉，她就对这位美丽、坚强却比童话中不幸百倍的女性怀有深深的敬慕之情。毕竟，皇后严格自律的生活方式和孤傲的诗性情怀在她眼里是极致完美的女性理想。这一天她亲眼看到了茜茜生前的梳妆室、体操房、写信的桌子和长款礼服。这位身高一米七三的女性一生保持着 50 千克以下的体重和 50 厘米的腰围。孤僻，远离社交，执着于运动和旅行，不择手段地保持美丽——这一切都似乎是她逃离失意的婚姻和世俗责任，遁入个人精神世界的方式。在那个时代身居高位的女性中间，她已做得足够决绝了。认为这不可理喻的同代人和现代人，又有什么理由对她横加评判呢？

重塑自己——那是唯一的抗争方式，芷衡想。在那个年代，皇后所有的武器就是她的美貌；而今天的女性却要做得更多，变得更好，不仅要美，还要有才华、勇气、担当。一个女人的自由就是她的责任……不，无论男性还是女性，更多的自由总是意味着更多的责任，更多的误解和不信任，更多的孤独。

在展览结尾的一幕蓝墙上，她读到了一首皇后留下的诗作。浅蓝色的幕布迎着光，白色的细长字体微微右斜，显得优雅、颀长而单薄。

> I am a seagull, of no land, 我是一只海鸥，没有故土，
> I call no shore my home, 没有海岸可称作家乡，
> I am bound to no place, 我不属于任何一片土地，
> I fly from wave to wave. 我随波逐浪，一任漂流。
>
> ——Elisabeth of Austria, "*North Sea Song 7*", 1885

这何尝不是她此刻的心声！这么多天在外漂流的日子，她经历过太多苦难，但只有这首短诗令此刻的她有了流泪的冲动。她低下头，小心翼翼地不让旁人看见。她不知道这眼泪是为什么而流——思乡之情，对一眼看得到底的命运的恐惧，抑或只是又一个孤独者的自怜？她站在这里，以一个现代人的视角仰望历史，与这些伟大而孤独的心灵对话，却觉得与他们之间的距离比许多现代人更近。啊，她何尝不像他们一样，一边哀叹自己生不逢时，

但也知道遍寻上下千年，也找不到一个可以栖身的理想世界。在无数个腓特烈和无数个茜茜的悲剧里她仿佛看到了自己。那是所有完美主义者的共同弱点：他们自以为目标明确，意志坚强，最终却只是为了一个虚无的理想或对抗一个假想敌而奋斗，像堂吉诃德对抗风车一样。“要活下去！”那种激越的、不断超越自我的浪漫主义理想一直以来都鼓舞着她，却在此刻忽然让她意识到了自己的软弱。人生若是一场战争，最终的对手却只有她自己。

铺着红色地毯、以金色和红色装饰的华丽大厅里响起了闭馆广播。她若无其事地擦擦眼睛，汇入了大厅里分批离去的人流。

第二天她发低烧，但还是撑着下楼去吃早餐：酸奶拌入家制果酱，一口热汤，热咖啡。这几天她自然没少吃甜点——昨天去老字号萨赫饭店吃了著名的萨赫蛋糕，晚上又在斯蒂凡广场上吃了一家小店的薄荷巧克力冰激凌。她和热情的女主人寒暄了一会儿，解释说因身体不适，不能去萨尔茨堡了，要在维也纳多住一晚。女主人问她有何安排，她飞速瞟了一眼走廊里悬挂的各色音乐会海报：“现在还能买到今晚金色大厅演出的票吗？”

那天正好有个莫扎特古乐团的演出，她不仅预订成功，还抢到了半价学生票，仅仅 35 欧。她精神振奋地回房吃了两片退烧药，换上长裙和深色披肩，神清气爽地跑下楼，跳上了环城的有轨电车。即使没有步行的力气，她也要把这座优雅老城的一颦一笑深深印在眼里——国会大厦、市政厅、霍夫堡后花园、自然史博物馆、艺术史博物馆，最后是美如仙境的卡尔大教堂。路过莫扎特和歌德的雕塑，她还特意下车去合了影，像一个最好奇不过的典型游客。她飘飘欲仙，再次觉得自己无所不能。旅行固然辛苦，却是多么快乐啊！

乐团水准仅仅是普通，但在她看来，现场已是完美无缺。不提戴着假发的乐手们的热情演奏，她仅仅是在席间仰望金色大厅辉煌灿烂的穹顶，便已心醉神迷了。散场后，她漫步在夜色笼罩的老城街道上，已经开始留恋维也纳了。这座大理石雕琢般的城市是多么宁静、优雅、美丽啊！她多想永远生活在这样的地方，即使古老的欧洲业已不可避免走向衰落，她还是热爱那些冻结了时间与空间的场所，在那里她能找到往昔的泪水、沉默、欢笑和不可言说的真实。她从静止的历史之河上看到了自己的影子，渺小得不堪一提，却是她面前的整个未来的映像。她一个人漫步在夜间的城市广场上，思索着这些不着边际的词句，远处卡尔教堂的莹白尖顶和河水闪烁的波光辉映，与疏朗的星光融为一体。她感到自己属于此地，但又不属于此地。它们是永恒的，而她不是。

但离别啊，离别总是来得这么快！维也纳是她旅途的终点。明天她就要坐七小时火车回巴黎，后天一早飞回北京。她就要回到她平凡安逸的小世界中去了，没有舟车劳顿，没有不可预知的困难，不再有肉体和精神上的双重考验。十天前在法国时她还在怀念家的温暖，此刻却对这种漂泊恋恋不舍起来，仿佛一场永诀。等待她的是什么？她的毕业论文，她的申请……她的美国。她的未来里不会再有这片土地。这就是她全部的生活，一眼望到底的生活，永远不会符合她期望的生活。子夜时分，她把脸埋在柔软的枕头里，想着无忧宫花园里的雕塑，老国王骑在马上忧郁坚定的侧脸，又想起了伊丽莎白皇后身着钻石星花裙的画像，天使般轻盈的身影和高傲超逸的目光。

生活！既然来到这个世上，无论身处何地，对手是谁，都要战斗到底。*像最勇敢的战士一样死去。*她对着面前黑暗的虚空比出一根中指，翻了个身，很快睡了过去。

4

飞机上的十多个小时才是最难熬的时刻，座椅太窄，因为过度瘦削而突出的尾骨一直硌得她生疼。她无法入睡，看了两部电影，一部是六十年代的经典《邦妮与克莱德》，一部是苍井优主演的小清新文艺片《街角洋果子店》。看到后者中出现的精致甜点的镜头，她才意识到自己饿了。自从五点起床收拾行李离开旅馆，一路乘轻轨到机场，她都没怎么正经吃过东西，除了登机前在一家餐厅点了一碗温热的番茄汤。她不敢再碰冰饮和冰激凌了，它们是美味的毒药。为何她始终抗拒不了诱惑呢？

她从手提袋中翻出机场买的一包牛轧糖，拆了包装，取出三块来，一种口味一块：嫩绿的抹茶、粉红的树莓和洁白的牛奶杏仁。她小心翼翼地比较了一会儿，选中了杏仁味的，掰下半块含在嘴里。

影片结尾，苍井优扮演的女主以自己的执着打动了退隐的大厨，后者答应出山，为她重要的客人制作了一席令人赞叹的甜品盛宴。“好的甜点能使人感到幸福”，这大概是每个成功厨师的愿望吧。看着品尝舒芙蕾的小女孩天真烂漫的神情，她恍惚地想起了澄美，想起了她们当初一起聊天喝下午茶的情景，想起了她孩子气的甜美微笑。她本不应该那样对待澄美的，这是她最好的朋友，不可替代的人。即使对方有错在先，她怎能如此冷酷无情？她如今受到的肉体和精神上的折磨，是否就是对她当初的绝情的惩罚？

期末考结束后，她最后一次见到澄美。对方约她去羽毛球馆，那是她们过去周末常去的场所。这一次二人却都无心打球，走了几个回合，便扔下了拍子。她们坐在地上，中间隔着一道高高的球网，芷衡用一根手指机械地在地上画着圈，她感到被空调冻透的木质地板的凉气，正顺着她的脊椎上升，渗入她的骨髓，便下意识地在自己锁骨的凹陷处抚摸了一下。

“你什么时间走？”澄美先打破了沉默。

“7 月 2 号去法国。——你呢？考完就走？”

“我有个实习……可能暑假也在这里住，7 月才回去。”澄美迟疑地说。芷衡舒了一口气。至少这个夏天，她们谁都不会想主动和对方见面了。

“你搬走的那几天，我一直在想一个问题。”澄美也不看她，望着高高的天花板，“如果我当初不告诉你那件事，等你明白过来，是不是就能了解我的用心，还有你妈妈的苦心？”

“苦心？”她的讽刺反射弧又被激活了，“快收起你自以为是的救世主情结吧。多谢了，你们的好心不用浪费在我身上。”

“芷衡，你为什么一定要这样刻薄！”

“我刻薄？是你们串通起来背叛了我！”

“我当时告诉你时，也是这样想的。”澄美压低声音，“但现在我觉得，也许你和你母亲之间的误会太深了。的确，她过多插手这件事是不对的，但初衷是为了你好……我也是。”

“是啊，你也是为了我好。只可惜我担当不起。”

“不管你现在有多恨我，芷衡——我都要认真劝你一句：你该好好对待自己的身体了。即使朋友都不长久，身体却会陪你一辈子。”

她愣了一会儿，视线越过网格，在澄美神色凝重的面孔上停留了一会儿，那番话真的打动了她。但她还是保持着一向不以为意的高傲，站起身来，掸去了网球裙上的灰尘。澄美于是也默契地站起来，捡起拍子，两人一前一后走出了体育馆。

回忆使她十分疲倦了。她合上眼睛，想着几小时之后即将见到的北京。灰蒙蒙的天，单调的发育不良般的植被群，点缀着层出不穷的怪异建筑的城市天际线。转了一圈，一切都没有改变，一切都回到原点。她跌回了一年前的处境，甚至比一年前还惨——现在的她，连旧时丰润的健康也失去了。

父母在机场迎接，被她的样子吓了一跳。父亲默默上来抢着推她的行李车，母亲细细端详着她，忽然一下子红了眼圈。“怎么瘦成这个样子！”她一边絮絮不止，一只手挽了她朝外走去。芷衡在她的臂弯里感到了久违的安全和温暖。她忽然停下了，抱住母亲的腰，一声不吭地把脸埋在对方肩上。母亲轻轻抚摸着她的肩胛，手指轻轻颤抖。

“……没什么。”她截住了母亲的话，“总算回家了。我真的……很想你们。”

她在浴缸里加了一整袋浴盐，待香气被热气熏蒸出来，再把自己埋入一池温热碧清的水里。她在柠檬草和玫瑰精油的芳香里躺了一会儿才缓过来。打沐浴液时，她侧身对着身后的大梳妆镜，可以清晰地看见背上凸出的一节节脊椎骨。侧过身来，从肩胛骨、锁骨到骨盆两侧边缘都历历可见。这么久以来，她第一次仔细凝视自己的身体，不知应该如何形容——这样不堪入目！无论胖还是瘦，它都是令自己无法忍受的丑陋存在。但这就是她啊——她自己的身体。没有这个身体，她什么也不是。

母亲推门进来——果然和《黑天鹅》里一模一样——她赶忙把脸埋进水里。母亲沉重地叹一口气，放下浴巾，在浴缸边坐下：“我们得好好谈谈，芷衡。”

“谈什么？”

“你不觉得你这次回来瘦得可怕吗？我和你爸已经联系了体检中心，明天一早先去做个全面检查，看有什么问题，再去其他医院。这样下去，你的病是不可能好的……”

“‘这样’是怎样？”

“这样一直瘦下去！”母亲加重了语气，“你现在肯定不会超过 70 斤！再这样下去，你只能去住院了。”

她的确很长时间没称过自己了。但每当她把手放在自己的胯骨、肋骨、锁骨上便有同样的感觉：又轻了一点。也许明天该好好吃一顿“正常”的晚餐？——不，她不可能像正常人一样轻松地吃下去，再“正常”地消化。她早已被剥夺了“正常”的权利。

她擦干身体，裹好浴巾，小心翼翼地站到了体重秤上。33 千克。母亲望着她，心情复杂地叹了一口气。

“好，听你的。”她咬着牙说。

5

从欧洲回来后，她的健康状况几乎到了崩溃的边缘。停经依旧，失眠依旧，消化不良和泻药依赖依旧，随着体重下滑，缺钙和贫血等问题也愈加严重。除了平日里吃的中药，她先后去看了妇科和消化科，开了雌激素、黄体酮和两种肠胃动力药。

她陷入了一场肉体和精神的双重危机。在法国时的环境压力与旅行的紧张摧垮了她的神经，这一个月她几乎每晚睡不到 5 小时。回到家后，总算可以高枕无忧地睡到自然醒，却依然多梦。她有时梦见澄美，有时是程翔，有时是冷月劝说她时神情凝重的脸。她时常一头冷汗地从梦中惊醒，躺在黑暗里，努力回忆某人的某一句话，却惊恐地发现无从记起。大概她在他们的记忆里也不复存在了吧。想到程翔，她再度心如刀绞，不再是因为她对这个人还有任何感情，而是因为她当时面对打击的生活态度。她曾经那样坚强，那样意气昂扬地生活过，似乎任何事任何人都阻挡不了她的前进。她本来是最严格律己的，怎么竟落到了今天这副自我厌恶的境地！

令她郁闷的另一原因是毕业论文的进展不顺畅，思路混乱得仿佛大脑生锈一样。“这样下去会写不完的！”不能完成计划的恐慌重新攫住了她。她甚至不敢给 X 教授写邮件提问。连思路都一团乱麻，又怎么能提出有建设性的问题呢？父母看她辛苦，便带她去爬山，赏花，逛街，看画展，走亲访友。但在她眼中，以往一切美好可爱的事物都失去了新鲜感，变得黯淡无光。她开始掉头发，脾气暴躁，痛恨出门，甚至失去了对美的兴趣。她不打理自己，整日穿着睡衣宅在家里，对着电脑忧心忡忡，满心只有愤世嫉俗和自我厌恨。如果有人问起她坏心情的源头，她一定会推给论文进展不顺利这件事，但这只是表象。这一切归根结底是她的错，一半是命运，一半是由于她的冷酷和偏执。不，或许命运也只是借口，她的罪更深重些，尤其是伤害了澄美……

一次母亲走进房间，被她木然的神情吓坏了："你知道吗，营养不良也会影响心情，甚至……导致抑郁？"

"抑郁个屁！我只是写不好这篇论文罢了。X教授那样器重我……"

"写不好论文不是你的错。"母亲宽慰她，"是因为你的身体和精神都不好。你还没有缓过劲来，这么着急做什么呢？"

她摇摇头，依然沉浸在自己固执的哀伤之中，仿佛整个世界已经塌陷了一半。这世界是怎么了？为什么唯独对她残酷无情？

"这周五去营养科复诊吧。"母亲拍拍她的头，站起身，"你不相信我，总得听听医生的话。你不是也想尽快好起来吗？"

营养科成了她的常来常往之地。那个闷热的夏季，她熟悉了医院停车场前永远紧张的车位，熟悉了消毒水和白大褂的气味，熟悉了门口两棵老槐树上知了的叫声。她喜欢营养科主任温和而不过度虚伪的笑容，甚至有点喜欢他医生面具之后作为"人"的性格，虽然他的话一样陈词滥调，令人厌倦。

“这一周吃得怎么样？”总是同样的问题。

在家的饮食已经很规律了，这是她与母亲一点点讨价还价，相互妥协的结果。早晨一份鸡蛋羹、一杯牛奶，中午是大约 30 克的碳水化合物和一些炒菜。由于她厌恶米饭，家里经常变着花样做各种鸡蛋饼、麻酱饼之类的面食，有时也吃黑麦面包、红薯和玉米。下午加餐一次，是医生开的安素全营养液冲剂，热量为 250 大卡。晚上她经常喝煲汤，后来母亲从一个朋友那里得来了核桃酪的方子，便专门学来了做给她吃——把碾碎的核桃和红枣用机器打成粉，加入糯米粉混合成膏状，冷藏储存，吃的时候用勺挖一块冲泡。这些她姑且顺从地接受了，习惯了安素溶液那股香草味的奶香，也习惯了核桃酪浓郁的甜香。她不情愿也接受了这一事实：她要长胖一些，比如到 35 千克。可是医生们为她设定的目标竟然是 43 千克！简直是扯淡！

她摇摇头，还是抱怨她的消化不良症状：烧心、恶心、腹胀，完全没有进食欲望。她不满地想，所有医生都把这一点忽视了，而这才是问题的根源。如果她能好好消化食物，为什么不吃呢？

和蔼的营养科主任推了推眼镜，笑了。

“消化问题只是表象，很多时候，它只是厌食的并发症……”

她跳了起来：“厌食？我可不是有意要不吃的！是因为吃了难受，消化不了——这不是我的问题。那个一天 1200 大卡，三两主食的定额，我一辈子都做不到！我现在吃得已经够多了。”

营养科主任示意她冷静下来，她只好乖乖地坐回椅子上。

“最开始的时候，总是这样的。你以为你吃了很多，其实只是你之前吃得太少，无法适应了。但治疗需要这样一个过程……”

“可是我真的吃了很多啊！”芷衡委屈地说。

“你看，我给你算一笔账。”主任在她的病历本上刷刷写着，“早餐，鸡蛋70大卡。加牛奶250毫升，170大卡。一共240大卡。中午主食吃多少？”

“烙饼，一般30克。”母亲在旁补充。

“30克饼顶多100大卡，加一点菜，一共也就250大卡。下午安素250大卡。晚上？”

“最近吃家里做的核桃酪。那玩意热量可高呢，还加了淀粉！”

“唔，核桃酪，一般冲调多少？”

母亲说，两勺左右。

“那就按30克算，不超过150大卡。你一天的摄入不过890大卡而已，还是往高了算的。你22岁，基础代谢应该在1200大卡左右。只吃这些，你还怎么增肥？”

“就是。你不长胖一点，这些病怎么能好？”母亲插了一句。

“我才不想增肥！我只想治好我的消化问题。”她固执己见。

“所以我说，你还是在精神上拒绝食物。为什么不去找个心理医生咨询一下？”

“我不会去的。”吃抗抑郁药会长胖——她想说这个，但话到嘴边又咽了回去。再说，她不想给自己另贴一个污点更深重的“有病”的标签。

“你可以不吃药。但是找人聊聊，又何妨呢？”

母亲去划价取药，她一个人孤零零地站在明亮的大厅里，感到自己又回到了被侮辱、被伤害和背叛的境地。现在的她不能信任任何人，包括她的身体器官，包括她自己。他们说得对。她是个病人，一具生病的肉体没有灵魂，没有尊严。就让他们随心所欲地处置她吧。到了这种地步，她只能完全交出自己的命运，委曲求全，至少是暂时从命。

啊，只恨她之前飞得太高，离太阳太近，不慎灼伤了洁白的蜡制翅膀！从此她将再也不能飞翔！

※

怀念，一个被误用的词

生命力最顽强的寄生生物是什么？细菌？病毒？还是蛔虫？是人的想法。复原力强，易于传染，一旦一种想法盘亘脑海，便难以消除。一个完全成型、领悟透彻的想法会扎根于脑海，萦绕不去。

——克里斯托弗·诺兰，电影《盗梦空间》脚本

1

“芷衡，吃饭了。”

母亲叫了两三遍，她才不情愿地走到客厅里，端起那杯浓浓的安素溶液。她对它已经生出一种又爱又恨、五味杂陈的感情，慢慢喝了一口，感觉甜腻腻的溶液在舌根化开，渗入她的身体。250 大卡。她知道母亲正盯着她看，摇摇头，又咽下一口。

这是大学的最后一个学期。母亲之所以选择到香港来陪她，主要是为了三件大事：养病、毕业，以及研究生院的申请。毕业论文她总算有了眉目，可以提前一个月交稿，余下就是写文书、递交材料等繁杂琐事。择校这件事上，她没有忘记冷月和“万人迷”关于欧洲的建议，连母亲也半真半假地说“实在想的话，报几个英国或欧陆学校吧”，她甚至动手填好了一些学校的在线申请：巴黎政治学院、伦敦政治经济大学、日内瓦大学、朗德大学。

但等到正式提交时，她报了十所学校，无一例外在美国。

通过今年夏天算不上成功的欧洲之旅，她早已心底有数，文化差异带来的新鲜感是一回事，长期的学习和生活又是另一回事。况且，在美国有更多的机会。既然世界上排名前一百的学校大多在美国，那她就得去美国。如此简单的逻辑，没什么道理可讲。

为什么不留在香港？它离家太近了，近得令人窒息。就像眼下的这种生活，舒适妥当，每天有母亲精心炮制、营养丰盛的一日三餐端到眼前：早晨，鸡蛋羹、加坚果的豆浆、鲜榨果汁；

中午，250 大卡的安素营养液；晚餐，一大碗油汪汪的肉汤。加上下午她在星巴克自习时喝掉的一杯中杯摩卡或星冰乐，一天的总摄入在 1800—2000 大卡，这几乎是她之前两三天的摄入量。躺下时她能感到注入体内的能量在流动，无声无息地转化成脂肪，堆积在她的手臂、臀部、大腿内侧……入睡之前她总不能安心，要捏一捏自己的身体，看看有没有变得松软的地方。秤被母亲扔掉了，她只能估算。现在她有 40 千克？ 42 千克？

她喝了几口，把杯子放回茶几上，开始整理衣服。香港潮冷的冬天就要来了，她要把短裤和短裙收进行李箱。看到那条在法国陪伴她走过许多大街小巷的牛仔裤，她抓起它，套在腿上——

“芷衡，喝完没有？”门外传来母亲的声音，“快点喝吧，放凉了就不好喝了。”

牛仔裤太紧了。

她把脱下来的短裤拿在手上，直起身来，凝视着镜中的影像：新长出发梢的短发，略带浮肿的苍白脸庞，新长出柔软赘肉的上臂和腹部，粗壮的大腿。一个陌生到令人厌恶的形象，鬼魂般的幻影，令她一个哆嗦，噩梦一般的高中时代瞬间涌回眼前。在她的意识中，“胖”已然和那个她想要遗忘的年代紧紧联系在一起，那些恐惧、冷眼、羞辱和伤害，那些默默无言的没有结果的付出。

她胡乱套上一件长 T 恤，遮住了不愿多看的身体，并在大腿上狠狠掐了一把。并不是做梦。不知当年刘玄德慨叹“英雄暮年，髀肉复生”，心境是否如是？可悲，可叹，还是由人摆布的可怜？她说不出口，只觉得此刻的自己像一只任人填充布料的玩偶。

她狠狠咬住嘴唇。一切必须改变。总有一天，她要做回自己。

母亲从门外走进来了。她端起杯子，这 250 大卡的碳水化合物、蛋白质和脂肪将成为她肉体的一部分——手臂上下垂的肉、小腹上凸出的肉、大腿上多余的肉……关于赘肉的联想使她一阵恶心，她强忍着吞下最后一口。

母亲满意地走过来，收走了杯子。她赌气走到飘窗边上，拿起一本书来看，只翻了几页便合上眼睛。

“怎么了，不高兴？”母亲察觉了她的异样。

“夏天那条牛仔裤……我穿不上了。”

“咳，那有什么要紧！你当时太瘦，买的号又太小。周末一起逛街去吧，买条新的。”

“不，不是这么回事。”她烦躁得双手交叉抱紧，“我不是为了那条裤子。是因为我自己。”

“因为长胖了？”母亲接着她的话问下去，带着怨气，“你怎么还不明白？对你来说长胖是好事情！所有人都在为你高兴，你却还——”

“我不需要你们的高兴！”

她冲下楼，跑到公寓一层的公共健身房，屏住呼吸，站到秤上。45 千克。记得暑假结束时她还是 36 千克。不到半年，18 斤的赘肉就这样突如其来神出鬼没地附着在了她身上，在每一个细胞里，每一个毛孔里。她不敢直视自己的形象：圆润得难看的下巴，变粗的腰身，臃肿的小腿。买新衣服？凭她此时的体形，穿什么都一样难看。虽然瘦并不等于美——她从未觉得自己美过——但对她而言，胖无疑是丑陋的同义词。沉重的恐慌像海潮一样铺天盖地涌上心头。她转过身去，不敢看镜子里的自己。终于，我又是那个丑女孩了，又有理由随波逐流了。你们满意了吧？

至少她还有“正事”可做。论文和申请这两件事占据了她的头脑，让她暂时忘记变胖变丑一事。算了，就这样吧。有时她一边在楼下星巴克喝热量最高的白巧克力摩卡，一边自暴自弃地想——这在过去是不可能的。既然胖了，就自甘堕落到底。对不起，你不配变得更好。不配得到更好的东西。这是你自己的选择。

她一步步走上楼，脚步沉重。推开门母亲正端坐在沙发上，显然余怒未消。

“芷衡，你到底明不明白，我请了半年的假，到香港来陪你是为了什么？不就是为了你能尽快好起来？现在才刚有点起色，你却又开始想着减肥！”

“那么把我喂肥就有意义吗？我的消化功能没有任何好转。”

“至少你能正常来月经了。这就是最大的进步！不恢复体重，你怎么有今天？”

她朝窗外转过脸，不复理会母亲接下来的絮叨。“恢复”体重？有没有搞错？她现在的体重才是不正常的，碍眼的，使她无地自容的。她真正想回到的是夏天时的模样，在她去欧洲前，信心满满而又决绝的一刻。多少次她翻看电脑里的照片，怀念着那个纤弱、轻盈、无性别的少年般的形象，那是使她的内在和外在得以统一的无须言说的证明。她希望自己表里如一，纯净而真实。控制体重之于她，如果说是虚荣，也是必要的虚荣——她控制的不仅是自己的外表，更是自己的人生。而所有这一切，又怎能交给别人来决定！

对不起，妈妈。即使是你也不行。

她深吸一口气："妈，我知道你的用心。不过我们当初说好，你来管我吃饭，是为了这学期申请。毕业后你就不管了吧？"

母亲面无表情地看着她。她知道自己注定让母亲失望，可是怎么办呢？对方眼里理所当然的正确却是她痛苦的源泉。一开始她就知道，只要一天她的想法不曾扭转，在这个问题上，她们就永远处于对立之中。

"你以为我还有耐心继续管你吗？你 22 岁了，应该有辨别是非的能力。如果你还体察不到我的苦心……那也只好如此了。"

屋子里的空气似乎僵住了，只有空调声嗡嗡作响。良久她才上前紧紧地拥抱了母亲，在她发凉的额角上亲了一口。

"谢谢你，妈妈。一切都会好的，我向你保证。"

历史必须重复它自己。一切必须重新书写，按照她的愿望。没有别的选择。

2

"你要出门？"母亲斜倚在沙发上，看了她一眼。

"唔，我回学校还几本书，顺便买点东西。"

她胡乱应着，套上牛仔裤和深色呢子大衣，蹬上球鞋，出了门。自从发觉身材走样，她已对一切时尚失去兴趣，变得麻木无感。衣服不过是遮掩不完美身体的遮羞布。如果她自己不够好，再好的美食华服、锦绣前程又有什么意义？她不是物质主义者，却比纯粹的物质主义者更贪心，她想要留住自己最珍视的东西，十年、二十年，虽经时光流逝而不加改变。这才是最难的事，不是仅仅靠金钱或人的意愿就能做到的。她是在用意志与永恒较量。

她裹挟在人流里上车，下车，出地铁口，先去了学校附近那座大型商场。自从搬到校外，这里她已经好久没来过了。从地下层上来，第一眼就是她最熟悉的超市：摆满生鱼刺身和花式寿司碟的日本料理柜，漾着现烤面包美妙香气的面包房，拥有各国乳制品和花式饮料的冷藏柜台，云集巧克力与和果子的进口食品区。她走在一排排的货架之间，仿佛又回到了去年秋天开始的那段时光，那些被仔细研究过的营养标签，计算过的卡路里，脑海里一清二楚的采购清单：黑咖啡，35kcal/100ml 的脱脂牛奶，24kcal/100ml 的麦芽豆浆，95kcal 的低脂酸奶，59kcal 的高纤燕麦能量条、蓝莓、草莓、柚子、菠萝、火龙果、无糖口香糖、85% 的黑巧、大麦青汁、健怡可乐、Diet Snapple、无糖乌龙茶。拿了又放回货架上的零食。她慢慢地走着，恍如走在私人记忆的图书馆里，辉煌和没落都是纸页上的历史。她曾经成功过，也曾跌到谷底，在迷雾中迷失了自己的路途。如今她就要离开香港了。这一切不复存在之后，她将何去何从？

她在冷藏柜前停下，拿了一盒麦芽豆浆，准备离开。未及回身，一只手忽然拍在她的肩上，把她吓了一跳。

“程翔？你怎么在这儿？”

“刚从英国回来？都俩礼拜前的事儿了，我们也有假期好不好？你说巧不巧，刚才闲逛时正想着‘陶芷衡会不会也来这儿买东西’，一扭脸就看见了你！”

“难得你还想起我。”芷衡眯起眼睛。

程翔倒没有多大变化。虽然头发剪了，戴着颇具英伦范儿的格子围巾，调侃时还是一成不变的老成和圆滑。这两样特质已经随着年龄增长而成为他不可分割的特质，芷衡暗自感叹，好在她早早地从那段迷恋中走了出来。她理了一下头发，想让自己看上去体面些，一抬头发觉程翔依然戴着那副与她极其相似的眼镜。

“眼镜倒没换啊！”她下意识地脱口而出。

程翔笑了，把眼镜取下来递给她：“没换，还是跟你的一样。”

“一样吗？”她迟疑了一下，接过来。

“几乎一模一样。”他耸耸眉毛，“老朋友就是有缘分嘛！”

“谁跟你有缘分。对了，你女朋友去英国了吗？”

“我女朋友？”程翔露出一个略显诧异的表情，似乎在思考“你说的是哪一个”。“你说那谁啊……我们去年年初就分了。”

“这么短时间？”她装作一无所知的样子，“你当时不是还赌咒发誓，要早点毕业工作攒钱娶她的吗？”

“说来容易做来难啊，”程翔叹了口气，半是夸张半是不甘，“她家里人反对倒在其次，后来她自己也动摇了。不仅是年龄差距的问题。我们还是不能完全理解彼此。这大概就是有缘无分吧。”

她默默听着，但瞬间就反应过来：他此处所说的“缘分”和方才对她说的全然是两个词。即使那段发烧似的感情已然远去，她仍然敏感得不放过任何一个可能的暗示。可怜的女孩！她在内心深处嘲笑自己。

“哦，真令人难过。”她耸耸肩，尽量真诚地说。

“没办法，异地恋就是麻烦。不过我现在的女朋友也在伦敦。”

“换人了？我说你一点也不伤心呢！女朋友换得比眼镜勤！”

“哎，这说明我视力好，身体也好嘛！”

“厚颜无耻吧你就！”

她不禁为自己当初的选择而庆幸了。有些人是好朋友，好的倾诉对象，却不是好的恋人。没有深陷其中，得以维持这段白开水般的友谊，未尝不是她的幸运。唯一的不甘是没能让他看到她瘦下来的样子——这无关暧昧或者虚荣，只是她昔日那个争强好胜的自我在默默呐喊罢了：请看看那时的我！我也曾瘦过、美丽过，但是那是几个月前的事了。如今我又回到了无人知晓的平凡模样。但即使他看见又有什么用呢？即使她再好，他也不会喜欢她一分一毫。他们仍然会在命运里擦肩而过。这对他们两个人都是好事——友谊可以地久天长，搞砸了的爱情则必定是灾难。她不希望那样的事发生。至少从程翔身上，她仍可以学到不少人情世故。眼下他又给她上了一课。

他们坐了一阵儿，零零落落说了些闲话，无非学业、工作、前程之类。后来程翔提议去散根烟，芷衡也笑着起身跟出去。二人穿过后门，程翔坐到一堵矮墙上，伸手要拉她上来。她犹豫了一下，利索地自己爬了上来，要了根烟，熟练地点上了火。

“咦，技术有长进嘛！”程翔大为赞叹地说。

“这个嘛，也需要练习。”她吐出一口烟雾，歪头朝他笑笑，努力装得满不在乎。她要自己在他面前一直是这副冷静的、与世无争的样子，即使一切已然云淡风轻，她还是忘记不了那个永远不想让他知道的事实：她曾经爱过他。为此她也几乎永远不能原谅自己。

他人的爱已经不重要了。对她而言，最重要的是以正确的方式爱自己——爱那个变得更好的自己。学习、申请、保持身材，一切都是这条自我完善的长链上的一环。她就是这个该死的完美主义者，也始终只能是这样，有什么办法呢？先从甩掉这副皮囊上的冗余之物开始吧。她注视着大衣下的膝盖，愈发觉得自己的大腿粗得碍眼。

“喂，想什么呢？”程翔问。

她疲倦地笑笑：“只是觉得，一不小心就都老了。矫情吧？”

“不，一点也不。”程翔温柔地拍了拍她的肩。那是曾经使她或任何女生都可能多想一步的温柔，即使知晓其中言过其实的成分。“一直都没有机会见面，但见了就知道，缘分是一辈子的事。无论将来在哪里，都要一起坐下来喝咖啡散烟扯淡，哪怕你当了国家元首也是如此。一言为定？”

她被逗乐了，伸出小指跟他勾了勾：“苟富贵，无相忘！”

终于还是要相忘的。过于灼热的激情会毁了她。这才是适合她的情感：相知，不是为了占有，而是为了告别。

3

交完毕业论文，又赶在12月中旬前交完了所有的申请材料，她终于可以舒一口气了。结课前她去X教授的办公室，带去了一样礼物——从南锡带回来的香柠檬糖。

“申请不会有大问题的。更值得祝贺的是，你看起来身体好多了。”，X 教授笑眯眯地打量着她，“气色比一开学时好了，也胖了一点！你妈妈在这儿照顾你三个月，真不容易，你可要好好感谢她。”

胖了可不止“一点儿”。她僵硬地笑笑，也只能把话咽下去，顺着话头说：“那可太好了。借您吉言。”

“芷衡，你必须知道，在美国读研究生压力都很大的，特别是那些竞争激烈、人才济济的学校。身体不好的话，读书就更辛苦了。如果因为学习太累把身体弄坏了，那可是是得不偿失。所以你现在要打好基础啊！多吃，多锻炼，身体结实一点儿，才有厚积薄发的潜力。读书可是个体力活呢。”

X 教授又谆谆叮嘱了她几句，才送她到门边。她在学校闲逛了一阵儿，不知不觉来到了宿舍楼前。

是澄美首先叫住她的：“芷衡，你还好吗？”

她愣在原地，不知该如何回答。她暑假里已写过一封满是自责的致歉邮件，但澄美的回复只是淡淡的几句客套话，看不出真实意图。此时见了面，更觉无言以对。今天的她已经不是半年前心高气傲的她，也不是暑假里陷入忧郁心如死灰的她。她感到自己失去了一部分至关重要的记忆——有关那些被刻意掩饰、忘记的部分，既是关于澄美的，也是关于她自己的。

“我还好，刚从办公室回来。你看，他们都说我长胖了呢！”

澄美仔细地打量着她。那眼光她终于辨别明了——没有恶意，没有怜悯，只有关怀。她骤然感到自己终于得到了某种意义上的谅解。

她们都笑了，又拥抱在一起。二人来到原先到过无数次的日式居酒屋。点菜时芷衡要了一小壶清酒，又小心翼翼地点了个清淡的生蚝杂菜锅，打算喝汤把自己灌饱。

“你吃得还是不多啊？”

“哪里，我现在天天喝我妈煲的高汤——她跟一个香港阿姨学的。白天还加营养补充粉。”她把一日三餐复述了一遍，自嘲这是堪比高三的喂猪计划。

澄美不禁也笑了：“我当初就说你妈妈是太爱你，你却不信。”

“我知道她爱我，但现在不过是权宜之计，我不会让一切总这样下去的。我已经比暑假胖了 9 公斤，一毕业我就要减回去。”

“她知道你这样做吗？”

“她说了不会再管我。”

“芷衡啊芷衡，”澄美摇着头，“你这样只会更让她伤心的。”

她挤出一丝讥讽的笑容：“我也很伤心啊。她这样强迫我吃饭，对我来说是不公平的。我已经太胖了，无法忍受自己现在的样子。假如我要活下去，就必须寻求改变，否则便是死路一条。”

“改变有许多种。你能确定自己的选择一定正确吗？”

她看着澄美，想起往日她们在咖啡厅的对白，想起听着《反抗重力》许下的誓言，第一次考 GRE 时的疯狂进取，在欧洲独自一人走过的忧郁的夏日长路，想起母亲夜深人静时的哭泣。这么多的弯路，这么多的狂喜、失望、愤怒和眼泪，她已看过一切，经历过一切。她承认自己在某一点上误入过歧途，可是如果重来，她还是会选择这条路。这一次她不会剑走偏锋了，她会选择更健康的维持体重的方法，更小心翼翼一些，找到“瘦”与“健康”之间的平衡，不负众望也不负自己。她必须如此。离出国只有不到半年了，她希望自己拿到 offer 时也能笑得优雅一点，以更完美的姿态迎接研究生生涯的开端。

“没有绝对的正确。这是我的身体，我的选择。”

澄美理解地看着她，没有说话，一种默契的温暖在她们之间漾开。她笑着看了对方一眼，拿起茶壶，给澄美和自己的杯子续上水。

澄美开始零零碎碎地谈起找工作的事，她托着腮，似梦似醒地听着。不管怎样，她得到了原谅，那道她以为不可挽回的裂痕终于愈合了，然而疤痕还是在那里。她想起了程翔的话。“苟富贵，无相忘”，像三个火枪手或是梁山好汉那样剑客般的友谊真的存在吗？也许男性之间是有的，男女之间呢？女孩子之间呢？——恐怕第三种是最难的。人类的记忆太短暂，太感情用事，而天生趋利避害的本性又使他们倾向于只记住对自己有利的部分。而女孩子是多么敏感，多么容易被言辞的锋利所伤啊！她也是一样，在离开这所学校之际，终于记起了大学生活的好，澄美的好。让那些误解、屈辱、伤害和被伤害都被忘记吧，至少这个时刻是属于我的，我要带去大洋彼岸的只有这些美好的回忆，以及更美好的自己。要变得更好一点，要变得成熟、勇敢、更坚强。就把这当作对澄美许下的誓言吧。

她打断对方的絮絮不休，紧紧握住澄美的手。澄美吃了一惊。

“怎么了，芷衡？”

“没什么。再次见到你真是太好了。”

时间啊，请停下这一刻，让我最忠实的朋友作我的见证：我祈求我的信仰——理性、美与自由——永不离开我，让我永不失去内心深处的力量。我也将永远不会背离你们。

4

亲爱的安娜：

现在我趴在床上，借着城市刚刚入夜时的灯光，给你写信。我开始怀念你了。

我必须承认，我曾经恨过你，恨你控制了我的思想，毁掉了我的健康，甚至连唯一的朋友也离我而去。但那并非完全是你的错。我有我的问题，我的自卑、敏感和自以为是的偏执都害了我。而现在呢？我自以为走出了泥潭，却发现自己陷入了更加可悲的境地。更沉重的身体，更加不堪重负的精神，难道这些就是我想要的结果吗？一个累赘的身体，一个不堪重负的灵魂，一切都离我最初的期望越来越远……

我的期望？真是可笑。从我记事开始，有几件事是完全出自自己的意志呢？专业、择校、申请，一切都是妥协的结果，掺杂着成分不明的社会价值和他人的期望。我早就习惯了，甚至从未想到要反抗，毕竟任何人都是社会动物，是社会价值构造的结果。只有两件事是可以由我自己决定的：学习成绩和体重。学习好，瘦，这就是我最最理想的特质。如果说我还有那么一点可怜的自由意志，可以为自己做点什么的话，我希望成为拥有这两种特质的人，我希望人们看到我就想起这两个标签。

多年以来，我一直朝着这两个目标努力，但总是有不少距离。我从来不是真正意义上的学霸，也不是货真价实的瘦子。真的，我曾经一度以为理想不过是个完美的幻影，平庸如我之人，永远只能停留在羡慕者和旁观者的位置。让我跨越重重阻碍，打破樊篱，成为理想中的人的，是你。是你，在我最无助的时候，拯救了我这点稀薄可怜的自尊心。你重塑了我的生命，并向我证明，追求完美并不是一句空话，只要足够努力，就有变得更好的可能。我还记得六月某一天和同学们去海边游玩的时光，那些照片里，我穿着浅蓝色削肩长裙，光脚踩在沙滩上，笑得多么开心啊。那一刻我一定感到了接近于“幸福”的意义——在离理想中的自己最近的时刻。人们会说这是可悲的虚荣心，但我不这么看。这一切都是我努力的成果。虽然不美，至少我可以接近那个美的理想：轻一点，再轻一点。为什么这一刻不能永驻呢？那是我此生能够达到的最美的形象：理想和现实最吻合的形象。

可不要小瞧人的贪念。人一旦尝到了成功的喜悦，便不肯接受挫败，不肯接受一丝一毫的不完美。盛极必衰，盈久必亏，所以我注定要受到惩罚。你的身体并不甘心做奴隶，当你为战胜了它而扬扬得意时，它早就在内部埋下了崩溃的种子。总有一天，身体会奋起反抗，摧毁一切，包括你坚定无比的意志，再坚强的人也会败下阵来。

这一切，其实我并非没有预见。一切终归是要发生的。但即使重来一次，我还是要和澄美吵架，考雅思，去法国，游学，掉体重，回家，病得神志不清，写论文，还在掉体重。这个不自知的过程里，我的心被一点点蛀空了。我尝到了跌入黑暗幽谷的滋味。在欧洲的日子，曾经最向往的漫游却成了孤寂和痛苦的源泉。我成了一个没有祖国，没有家，没有朋友的人，一个最孤独的游魂，陪在我身边的只有你，安娜。我不停地行走，独自一人走过菩提树下大街，走过植满鲜花和葡萄藤的无忧宫的花园，走过佩加蒙博物馆里的古希腊和巴比伦雕塑群，走过金色大厅的辉煌夜色，走过维也纳林间的清晨和柏林墙遗址边的日落。可是我只有自己，只有孤独，无边无际的，难以忍受的孤独。我在雾气迷蒙的列车窗上画出一切因果的图样，却明白那是徒劳的。试图打破自然规律，到头来会有什么好结果呢？让我得到一切，又失去一切的，都是你，安娜。你是命运之神最可靠的心腹，最称职的帮凶。即使如此，我依然无法恨你。当我看着那些照片，我知道那时的我虽然痛苦，却是美丽的。痛苦是美的使者，是她隐秘的代名词。

毫无悬念地，我接受了父母的干涉，包括母亲来陪读这件事。既然人人都说我病得厉害，我最好也把自己当病人看待。我交出了我的自由。如今我孤立无援，却在软禁一般的生活中尝到了可耻的心安理得的滋味。是的，囚禁使我高兴，因为我获得了作为弱者的受关注和照顾的特权；失去澄美使我高兴，因为她是那样明智，我配不上她的友谊；失去自由使我高兴，因为我已经厌倦过多的自由，宁愿把我的生活交给他人主宰。

我的神经绷得太紧了，我累了，我需要休息。

但我始终无法真正安心。当我发现自己到了 45 千克的那一天，我知道，你又回来了。那个念头还在那里，永远在那里，只要我的心脏还在跳动，便永远无法容忍这种形式的自甘堕落，哪怕是打着休养生息的名义。如果我不再瘦，不再优秀，那个曾经的理想中的自己也将支离破碎。杀死那个形象——杀死你——就如同杀死了我自己，杀死了我作为完美主义者的最后一丝骄傲。而那点点烛光般微弱的骄傲却是我存活的理由。难道要我回到那个自卑的，爬虫般的，自己都无法忍受的可怜的旧躯壳中去吗？不，我不能失去你，因为没有了你，一度获得新生的“我”也将不复存在。

我需要你，安娜。今夜我呼唤你的名字，像一个最忠贞的情人。我知道你也会忠实于我，在这个信仰混乱、物欲横流、人心叵测的世界上，你是那极少数的值得信赖的珍贵之物。我能够相信的只有自己：我的心，我的意志，我的精神。

当然我会再一次让人们失望。母亲，澄美，X 教授，还有其他人，他们或许会用“惋惜”来形容我现在的决定。我将辜负他们，特别是母亲，想到她三个月来辛辛苦苦为我煲汤、做饭，不辞辛劳所做的一切，到头来我却向她要求自己控制饮食的自由，想到这一点，我的确是个混蛋。我宁愿他们都恨我。——也许他们不会，但我为此产生的负罪感并不会减少。——但我做错了什么？我只是不想背叛自己，不想背叛你。我感激父母为我做的一切，可是我注定不会放弃控制饮食的权利，也不会任凭任何人打着健康的金字招牌来规划我的饮食、体重和人生。生命的长度并不重要。肉体或精神，总有一天都将不复存在，我只期待在有生之年，能够出自本心地活过，哪怕是以最残酷、孤独、不被人理解的、自我毁灭的方式。

昨天我去了健身房，流着泪，不停地跑了一个小时。没有人能体会我的痛苦。我已经胖了很多。对一个曾经尝过瘦和美的滋味的人来说，失去一年来辛辛苦苦减重的成果是个毁灭性的打击。“你终于胖点了”这句问候，不论带有多少善意，也像刀一样扎在我心上。不，我不能放任自流，“胖”是比死亡更可怕的词。“一定要瘦回去”——这是我发自心底的声音，我知道，你在听。我只有这样一个愿望。

是的，我彻底想通了。如今的我已不再那样软弱。即使没有爱，即使得不到任何理解，“瘦”永远是一个好的前提，在此之下我可以爱自己，或许也可以学会爱他人，爱世界。即使没有爱，我还一直有你。

一个月后我将重获自由。现在我已明了我想要的。我需要你，我要回到我过去的样子。请不要辜负我的期望，好吗？

我怀念你。但“怀念”是一个被误用的词。因为我知道，你从未真正离开过我。

永远属于你的 陶芷衡

2011 年 11 月 17 日

※

完美降临之前

I don’t care if it hurts
I wanna have control
I want a perfect body
I want a perfect soul
I want you to notice
When I’m not around
You’re so fuckin’ special
I wish I was special

——Radiohead, “*Creep*”

1

早餐：豆浆（加红枣、杏仁、芝麻等）或酸奶

午餐：青菜一份（100 克）

下午加餐：黑咖啡 / 坚果少量

晚餐：任意水果一只（香蕉除外）

总热量：400—500 大卡

现在，时间回到了 2012 年。一切都会变好——不是已经变好，就是在变好的路上。

她并不觉得这很疯狂。2012 年的饮食计划早已在她脑海中成形了，剩下的只是持之以恒、付诸实践的问题。自她回家第一天宣布自主饮食开始，母亲只是静静听着，没有反对，丢下一句“好自为之”便转身进了书房。她回到自己的房间，抚摸着新换的床单，呼吸了一口重度污染的空气，仿佛北方的雾霾也是亲切的。留给她的时间只有半年了。

她想起那些去年夏天的裙子。它们已经在行李箱里放了太久，她把它们一件件找出来，洗净、熨平、罩好，挂进衣柜里。最爱的竟还是这些小女生的颜色。她一边笑自己幼稚，一边想这些大概是对她未完成的少年梦幻的续貂之念。毕竟，她从未拥有过她想要的那种青春：趴在草坪上读书的洛丽塔、《这个杀手不太冷》里的玛蒂尔德、《龙文身的女孩》里的莉斯贝丝 · 莎兰德、

灰原哀、长门有希。这些理想型都离高中时代的她相去甚远。可是，一具不美的肉体，配得上不断追求完美的灵魂吗?

她必须回去。必须得体地、从容地变回她应有的样子。她不要求完美，甚至没有一个具体的目标可言，她只是想看一看，依靠自己的决心、毅力和来之不易的自由，能不能完成这项统一外表和内在的自我的完善工作。振作起来！她会成功的。毕竟她已经做到过一次了，不是吗?

计划的实施没有遇到任何实质性的阻碍。第一个月她就从45千克跌到了41.5千克，而且神清气爽，毫无饥饿感和低血糖等不适症状。诚然，她也有不节制的时候，比如生日那天去和朋友吃自助，她吃了沙拉、生鱼片和四球哈根达斯，全天热量就飙到了1000大卡以上，所以在那天的饮食日记里，她加上了“暴饮暴食”这个标签。——谁说成年女性一天需要1500—2000大卡？扯淡。500大卡就足够她活蹦乱跳一天了。

年后等offer的日子里，她去了某商学院的图书馆实习，路上要坐一小时公交车。母亲看在眼里，又开始不声不响地做起豆浆，只要她哪天流露出一点不想喝的意思，母亲便哀怨地看着她：“瞧瞧，就要去美国了，喝我做的豆浆的日子还有几天?”比起硬碰硬，母亲这招反倒命中了她的软肋。不久母亲又做起鲜榨果汁，代替她的水果晚餐。她后来才发现，里面放了大半瓶全脂酸奶。热量肯定不止500大卡，也许800？只要体重还在下降，她便睁一眼闭一眼了。

商学院在市中心的繁华商业区，不仅可以随便看书，吃饭也是一个人，无比舒心惬意。她一周上四天班，午、晚两顿都在外面解决。写字楼地下一层都是餐厅、咖啡厅和甜品店，正好适合她的流食计划。她时常中午一杯星冰乐，晚上一杯冻酸奶打发一天——在她新发掘的这家小店，冻酸奶的味道几乎和香港一样好。当然，用冻酸奶代餐的前提是必须明确卡路里含量。她总是要固定的分量：110 克的小杯，加 30 克新鲜杧果，总热量 140 大卡左右。这样吃下来，一天的热量比在家吃炒青菜和酸奶果汁还低。远离家庭，远离“正常人”的食物是多么美好！她对这份工作充满了爱屋及乌的感激之情。

在这一套宽容的甜品激励制度下，她的减重计划大体是顺利的。二月底她遭遇了第一个平台期，体重在 36—37 千克之间浮动了很久。想来大概有两个原因：一是母亲开始往豆浆里加鸡蛋，无形中增加了热量；二是吃冰太多减慢了新陈代谢。但当时 35 千克的初始目标已胜利在望，她信心倍增，所以也放宽了心，对平台期不作理会，照样上班看书，下班逛街，吃冰激凌、酸奶和水果，保持充足睡眠。她渐渐喜欢上一个人下晚班的日子，喜欢走在长长的地下通道时鞋跟在台阶上敲出的空洞的回响，喜欢站台上排着长队，喜欢冷风穿过身体时清冽透明的感觉，喜欢末班车驶近时一闪一闪的灯光。有时她要站上半小时才有座位，有时是一小时，但车厢里并不拥挤，人们都累了，安静地站着，温驯得像归栏的牛羊。这个时候她会转过脸来看窗外，看这条宽广华丽的街道上所有光线汇聚成的庄严明亮，看城市在夜色里显现出她变幻莫测的本来面目，没有一定之规，没有准则，只有流变不居的万家灯火。这是她的城市。

她已经开始想念北京了。不同于香港，她在离开后才会时时想起，才记得它的便利、现代化与利己主义的个人自由。而北京则是尚未离开就已开始思念，仿佛她知道接下来会发生什么，仿佛这是她最后一段可以自由自在生活的好时光。

不可能有第二段青春了。她老了，而城市仍然会这样存在下去。十年后她还将这样穿过街道，对一切新鲜事物充满好奇并为之驻足吗？——不，她不知道十年后的她在哪里。也许她会有另外的面孔、另外的名字、另外的身份。命运将她引向何方，她不能自主，唯一可以把握、可以期待的仅有此时此刻。她等待着她的结果。

一个多月后，她收到了第一封录取通知书。她跑进卧室，把信封扔到床上，脱下外套，上秤。34.7 千克。平台期终于过去了。接下来还会有第二封、第三封信。她拆出信纸，仔细地看了一遍，和新的 GRE 成绩放进同一个文件夹里，封面上贴着“My Dear America”的标签。我亲爱的、亲爱的美利坚，不真实的梦，虚无的梦。

学术、前途、政治学，一切都很重要，但她的美国梦只与自由有关。这只是她一个人的梦境，造梦者只有她自己。

2

家中阴云密布的气氛并没有因几封 offer 的到来而有所缓解。随着天气变暖，她的体重下降一天天明显起来，母亲自然又多了许多说辞，时而是忧心忡忡的念叨，时而是饭桌上的冷嘲热讽，时而是各种心灵鸡汤和极端案例的夹击。开始她还反驳几句，后来实在不想把时间浪费在毫无意义的口水战上，索性缄默不语，躲进小楼成一统，几乎不出自己房间。豆浆事件爆发不久，餐桌上她更是连一句话都懒得讲了。

除此之外，一切进展顺利。三月底最后一封 offer 到手，她也基本确定了要去的学校——位于南加州的小城，靠近 Jeremy 的家乡，以气候宜人、风光秀丽著称，治安状况也好过洛杉矶很多。收到邮件的第二天她就写了确认信。原本因之前的几封拒信而心灰意冷的她，终于振作起来，感到可以重新面对人生。她想去美国，她当然可以。置所有人的反对于度外，让他们跌破眼镜，大吃一惊，这才像是她陶芷衡做的事。她要让他们看看那些反对之辞是多么虚伪、多么不堪一击，这些把人的身体置于人的自由意志之上的借口，仅仅证明了他们的软弱。而她绝不会那样软弱。她的身体就是她的宣言：自律，养成习惯，坚持下去直到完美。难道这不是做任何事所必需的吗？

她不会放弃的。这是一场对自己的战争，没有硝烟，战场上弥漫着玫瑰色的烟雾。天气热起来了，她终于可以穿进那条牛仔裤了，也一天比一天更自信起来。下个月她准备学车、办签证，陆续打点行前装备。该做的一切她都平心静气地做了。仍旧背着“不懂事、惹家长伤心”的罪名。她又做错了什么？不过是选择了自己的生活方式而已。他们永远都无法理解，只有瘦下来，她才能掌控自己的身体、自己的人生，才能每天怀着愉快的心情入睡，而不是像去年被催肥的几个月里一样自暴自弃、自我厌恶。她不奢求任何人给予任何多余的爱。只有瘦下来，她才能爱自己。

她也自嘲地想起海子的诗，“有人减肥，有人饿死没粮”。是啊，但这就是人生，真实而残酷，人与人之间的差别远远大于人与动物的差别。在这个冷酷的世界上，她别无选择，只能为自己的原则而生存，而战斗。

她有时会觉得自己犯了罪。她背弃了世人眼里的正道，伤害了所有爱她的人，连母亲都觉得她冷酷无情，不可理喻。但若罪过是她通向完美的代价，就让她独自承担这一切吧！

她放弃了从外部世界寻求支持和认同的一切可能性，转向虚拟世界寻找同伴。

减肥伊始，她重开了荒废已久的瘦身空间，每天更新自己的饮食、体重和心情。渐渐地她也结识了一些人，分属不同派系：有健康饮食的，有中医养生的，有健身房狂人，最稀有的还是她和冬这样的极端节食者——有九十多斤月经不来嚷着要增肥的，也有六七十斤还在减肥的。一个偶然的机会，她注册了一个“pro-ana”（即 pro-anorexia，支持厌食症）主题的国外论坛，便疯狂地浏览了几乎所有的精华帖：减重的经验和技巧，如何瞒过家人、同学、医生，如何控制食欲，防止暴食，如何有效运动，以及减重期间的心理调整。她一丝不落地把这些资料保存下来。这些可比那些“健康减肥”的资料要有用得多！

她很少发言，却常常读到陌生人的自述，女孩们在吃与不吃，减重与恢复之间挣扎的故事，每一篇都有一点她自己的影子：

…………

> 我曾经是一个厌食症患者。最严重强制住院治疗过一段时间，BMI 从 14 恢复到 17 左右。现在体重 120 磅，应该算是康复了，但依然心有不甘，时时刻刻渴望减回原来的状态。我很矛盾：现在的体重给了我健康，但在我心目中，只有在 90 磅左右时，我才是美的。我吃东西仍然极端在意热量，一点点额外的增加都会使我心里不适。请问大家，我算是好了吗？还是依然是一个病人？

她破天荒地写了回帖。我们是一样的，她说。她也经历过被迫“恢复”的时期——那屈辱无比的三个月——如今又走上了节食的老路。按照大多数人的逻辑，她的行为当然不可理喻，但只有她一个人才明白。厌食症不是关于体重，而是关乎心灵。那个念头是不可动摇的，除非她死去，或者被洗脑，或者像《盗梦空间》里的富二代一样被移植意念，她绝不会放弃对这一理想的追求。瘦是一种生活方式，就像其他习惯一样，它需要被培养、被打磨、被塑造，需要驯服自己的本能，让它为自己真正的意念服务。但一旦习惯于此，她就不需要动用太多的意志力了。因为这才是她真正想要的生活，吃酸奶水果比吃山珍海味快乐得多，没有夏日里的浮躁，没有过多的欲望和执念。安娜是她的守护者、鼓舞者，是她得以平静面对每日生活挑战的最坚实的勇气之源。这几乎是一种后现代的宗教仪式，就像某位不知名的前辈模仿《圣经》，带着戏谑口吻写下的《Pro-Ana 十诫》：

> 1. 如果你不瘦，就没有吸引力；

2. 瘦比健康重要得多；

3. 你应当置装、剪发、吃泻药、忍饥挨饿，用尽一切手段使自己显得更瘦；

4. 汝不可进食而无负罪之感；

5. 汝不可吃致肥食物，而事后不自我惩罚；

6. 汝当计算热量并相应限制摄入；

7. 体重秤上的数字重要过一切；

8. 减重为善，增重为恶；

9. 你永远不可能“太瘦”；

10. 瘦与拒绝进食，是真正的意志力和成功之象征。

她读完不禁笑出声来，不愧是极具宗教精神的西方人的发明！不过制造这种荒谬的人，大概也是在为自己造神以对抗另一种荒谬。“精神是建立在物质基础上的”“健康是人的根本”这一套科学主义的陈词滥调她早就从母亲和医生那里听过多少次了。好吧，就算这一切都是真理，但是生命的质量难道就不重要了吗？她现在是如此快乐、轻盈、积极向上、热爱生活，与去年秋天在香港时判若两人。为了证实她的理想的可行性，她必须快乐地生活下去，不是几个月，而是未来的许多年！

她起身走到厨房，给自己倒了杯加冰的健怡可乐。受到这些论坛的启发，她不禁有了建立自己的线上小团体的打算，即使这是政治不正确的，但只有走过相同的路的人才能相互理解。毕竟，他们所争取的自由，是一种太奢侈、太自私的自由，一切只是为了虚幻的美的剪影。即使完美不可获得，也有更多的人会去尝试，会去走。

她想起了 Jeremy，她就要去加州了，而他还对此一无所知。她翻出两年前在美国的照片来看，那时她还有一张婴儿肥的脸，虽然被称作“tiny”却从来没有真正瘦过。即便如此，她也没有想到今天自己会到这一步。如果 Jeremy 知道了她现在的选择，他会说什么呢？他还会支持她吗？

她站起身，在屋子里走来走去。有一种冲动促使她做些什么，让把她自己的声音付诸文字，变成现实。如果她能找到和自己一样的同伴呢？如果她成立了自己的小组，第一句话该说些什么？

亲爱的 Ana 们：

欢迎来到这里。我知道你的挣扎，也知道你所经受的误解与痛苦，以下是我想告诉你的话：

1. 你的饮食习惯（吃不吃，吃多少）是一种自我选择的生活方式，与他人无关，他们没有评判你的权利；

2. 没有人能强迫你改变你的审美，也没有人能强迫你成为你不想成为的样子。

3. 控制体重不仅仅是为了外表。它是一种人生态度，有关自制力、完美主义和坚忍不拔的精神。一个超脱了自己欲望的人能看到更好更美的世界，这正是我们所期望的。

4. “我爱自己，所以我想成为我喜欢的样子。如果你爱我，也请接受我的样子吧。”

5. 请大声说：“I’m an Ana. I’m proud of it.”（我有厌食症，我为它感到自豪。）

我们可以彼此理解，彼此安慰。请记住：我们是一样的，即使不被任何人理解，你并不孤独，因为有我在这里。

3

五月底她辞去了工作，一边学车，一边为出国做准备。除了看书、上网、刷美剧的宅人生活老三样之外，她打破了传统，越来越喜爱一个人出行，跑遍了过去几年一直没有时间探索的北京的各处博物馆、书店和公园，一个人看展览、逛胡同、听音乐会、喝咖啡。她比任何时候都乐在其中，拍了不少照片，从玉渊潭最绚烂的樱花到鼓楼大街上宁静的咖啡角，再到胡同一角落寞地坐着的狸花猫。当然，最不可或缺的是她对甜品的兴趣。和在香港一样，她收集了北京所有意式冰激凌和冻酸奶的信息，不时“顺便”探访一番，以便品尝所有口味并写下点评——当然是作为体重下降的奖励。一开始她的调查对象仅限于冰激凌，后来写点评写上了瘾，对一切好情调好名声的甜品店和咖啡馆都不放过。她几乎走遍那些地方，大街上，胡同里，使馆区或隐蔽的写字楼里，她时常带着书和电脑，在某间小店里静静待上一天，从一杯咖啡开始，第二杯咖啡和水果作午餐，以冰激凌结束。她塞着蓝牙耳机，不和任何人说话，音乐和文字就是她的食物和慰藉。她不觉得累，也不觉得孤独，似乎只有离开那个充满火药味的家，她才能获得一点自由和安全感。她真心渴望那个时刻，早点离开。

收集食物信息成了她的新嗜好，包括那些她从来不吃的面包、蛋糕、巧克力等等。她从来不掩饰对面包店的热爱，在新出炉的面包的香气里徘徊，充满幸福感地挑选出最好的食物，买回家给父母作早餐。父亲总是百依百顺地吃掉她买回的糕点——黄金手撕面包、丹麦葡萄酥、法式牛角酥、芝士蛋糕、提子面包、黑森林蛋糕，并对每一样都称赞不已。她看着父亲吃，心里总是升起一种异样的满足感。

“你不尝一点？”父亲有时会问。他是个老好人，从不像母亲会逼着她吃饭。当然自豆浆事件后，他也听之任之了。

“不了，我吃我的。”她总是例行地摆摆手。

她当然不是完全的甜点免疫者。偶尔她会把早餐的果酱替换成一枚马卡龙（40大卡左右），配浓稠的酸奶吃。虽然那家手工甜点房的手艺平平，那一小枚粉红的杏仁饼仍然勾起她对巴黎的回忆。一年前的七月，坐火车离开巴黎的那天早上，她在车站的面包房买了一小盒马卡龙和一大块flan（一种酥皮底上盛上蛋奶布丁馅料的甜点），本想留到柏林再吃，一路上却被浓郁的香气勾引，忍不住中午就吃完了。香酥的挞底散发着杏仁香气，柔软的蛋奶布丁咬下去甜香浓郁，那是多么令人迷醉的巴黎的味道啊！即使她不喜欢那年夏天的阴冷，也缺少任何赏心乐事的心境，那味道仍然令她终生难忘。不管怎样，那段难熬的日子终于过去了。她再度有了好好生活下去的信心和勇气。她咬了一小块马卡龙，感到整个夏天都染上了粉红色的气息。啊，夏天！

4

她每周去一趟医院做常规检查——这是她唯一仍然听从母亲“建议”的事。这一周她自觉又轻了一些，尽管提前喝了不少水，站上体重秤的一刻仍不免紧张。

30.5 千克。连她自己都吃了一惊。

“这不可能！”她抗议道，“早上在家称还有 31 千克呢，这秤一定不准。”

医生只是笑笑。

“你看记录，上星期还有 31.5 千克，对吧？按照我们的标准，体重每周下降 1 斤就有些危险，下降 2 斤以上则是相当危险。虽说这几个月你的体重一直在降，但下降这么快还是第一次吧？”

“唔，是有原因的。”她急忙解释，“我没有比以前少吃。但这周天天练车——昨天我才考过了桩考和场地考——很辛苦，消耗肯定比过去大。或许还有脱水的因素……前天下午 38 度，我就在杆场晒得差点中暑了。而且最近忙着收拾行李，事杂，睡得也不太好。”

她并未完全说出实情。最近发现的一家进口食品超市为她提供了新的食物来源，所有她想要的几乎都能找到——有营养标签、低热量、有品质保证的进口食品。（“花高价买一种不提供任何能量的食物，真是不可思议！”）她兴冲冲地采购了大批低卡食物：无糖薄荷糖、花果茶、脱脂酸奶和奶酪、明治的低卡冰激凌（她最常吃的一种黑芝麻牛奶冰棒，每支只有 31 大卡）、Diet

Snapple，冰镇后有酸梅汤般的解暑效果。每天她从驾校回来，放下书包，第一件事便是拉开冰箱门，拿出冰镇好的杯子，给自己倒上一杯健怡可乐或 Diet Snapple，加上冰块，简直是天堂般的享受。

这些低卡食材为她的一日三餐创造了新的能量缺口。这一个月来，她只轮流吃这几样东西：早餐是用无糖黑加仑果酱拌酸奶（比老款果酱节约了 20 大卡）；中午是自制的蔬菜沙拉，生菜、莜麦菜、紫甘蓝、西红柿之类，用日式柚子汁或芝麻酱汁调味，比炒菜省下一半热量；晚餐依旧是水果或冰激凌。在一切可以节约热量的地方厉行节约，已是她根深蒂固的习惯了，就像她习惯了体重秤上不断下降的数字一样。

医生听完了她的讲述，认真地看着她："你觉得，这些低热量的食物给你带来了成就感吗？"

她点了点头。

"你说这是一种习惯。这正是我最担心的地方，因为习惯很难改变，尤其是对于你们。"

"为什么？"

"一般而言，你们在饮食方面都有保守、行为刻板的倾向。尤其是在体重下降到一定阶段后，人容易变得更加僵化而不易变通。到了这个程度，改变行为的难度就更大了。"

"可是我并没有少吃——我是指食物的数量和种类。当然，我的确用热量更低的食物代替了原来的……"

"你第一次来见我时，说你每天吃 500 大卡。现在呢？"

"350 大卡左右。"有时还不到，她想。

“根据我的记录，五个星期前你是 32.5 千克，现在整整下降了 2 千克。这个速度还是很惊人的。还记得我们第一次见面时讨论的问题吗？我没有要求你一定要增重，只是提醒你保持现有体重的必要性。我当时就告诉你，即使维持 500 大卡的日摄入量不变，一直保持 32.5 千克也是很困难的。现在问题比我想象得还要严重。”

她坐直了身体：“可我精神很好，可能只是前两天练车比较累了。”

“以我的经验看来，你现在有点落入不受控制的体重下降的阶段了。这样下去风险很大，甚至会影响到你去美国的行程。”医生看了一眼桌上的台历，“你 7 月就走？”

“7 月 25 日。”

“只有一个月了。我很担心你，因为到国外之后最初的适应期，压力不会比你学车时小。如果你不能保证增加热量摄入，又一直处于高能量支出的状态，很难保证不会出现什么风险。”

“但我觉得体重增长也很容易，”她反驳道，“如果我哪一天晚上多吃或者多喝了水，第二天体重立刻就会上升，哪怕是 0.2 千克的波动。不信您看好了，只要我这周休息过来，再多吃一点——比如每天增加 50—100 大卡——下周来的时候肯定会长体重。”

医生笑了，简直像大人哄小孩子一样：“是吗？要不我们做个实验，试行一周如何？”

话刚出口她就后悔了。她想起了出国前各种吃饭聚会一类的送别活动，立刻条件反射似的摇了摇头：“不……我只是说说，做到很难，最近几天我还要见人。”

“难道你不怕朋友们见到你，说你瘦得太过分了吗？”

她倔强地摇了摇头。瘦得过分？怎么可能。“随他们怎么想。我，不会改变主意，您知道。”

医生叹了口气，在她的病历上重重画了几个红圈。“你至少要维持现在的体重水平，不管用什么方法。下周再来见我时，我希望看到你的体重保持稳定。如果体重继续下降，我希望你通知你妈妈，或者叫她一起来。”

她摇了摇头，知道母亲对她是多么失望。“她不会来的。不管怎么说，我的体重是我自己的事，她也这样觉得——这件事只有我一个人能解决。”

“当然不是你一个人的事。”医生合上病历本，递给她，“一切只是建议而已，都是为了你的健康和学业前程打算。这也是你到这里来的原因。我想，你不希望真的经历那些风险吧？”

“嗯。”

“那就好。不要再挑战自己的极限了——否则，你就是在把自己置于危险之中。”

又是这句话。她不止一次听过，这一次的分量却尤其重。

她心情复杂地走在太阳晒得滚热的便道上，感觉像随时有可能随这股热度融化掉一样。可是她依然存在，即便是如此单薄的一副轮廓里，她依然无法抹去她存在于此时此刻的本质。那个青春期过度膨胀的身体，似乎依然存在于她瘦骨嶙峋的躯壳之中……那是永远不能抹杀的痛楚，永远无法消除的渴望。她回不去了，她没有青春了，再也不会有。她抬起手，摸一摸大臂上紧紧套着的皮革手环，确认它没有变紧。她想一直戴着它走下去。

她有些失神地钻进父亲的车子里，一言不发。

“医生怎么说？”

“没什么，她说我瘦了点。我主要是练车累的，这两天太热。”

父亲同情地点了点头：“天是热啊！好在你桩考过了，可以不用去了。回家吗？”

“不，去一趟超市吧。”

只一瞬间，她又把令人沮丧的诊断结果抛在脑后了。超市采购永远是振奋人心的——她买了 Diet Snapple，一包 Cote d'Or 的 86% 黑巧克力，4 盒无糖薄荷糖，1 盒明治的蔓越莓冰激凌，以及做沙拉的材料：香菜、苦瓜、彩椒和新鲜水果。她提着购物袋走出门时，心中生出一种难以言喻的快感。到了美国，一切重新开始，她能够改变吗？或许她的习惯会把她拖入深渊，但为了当下满载喜悦的这一刻，她情愿撇下日后不想。好日子不多了。

她帮父亲把东西放进后备厢里，坐入车内，拿过手机随意看了一眼微博。一行字映入她的眼帘：如果方向错了，停止就是进步。她真的错了吗？时间会检验一切，总有一天她会看到答案。应得的结果，应付出的代价，都会在那里等待着她。

她曾是那样坚定，不畏任何困难。如今她在害怕什么？又在犹豫什么？

5

芷衡忙着把打印机里涌出的一页页文件——学校的邮件、宿舍信息、校园地图、暑期课表、迎新会日程等——排在桌上，用别针固定好，小心地分门别类装进文件袋里。她早已阅读过电子版，又在打印出来的文本上用彩色水笔标出重要日期和注意事项。终于，一切准备就绪，她也要开始新生活了。

母亲靠在桌边看着她收拾，不觉叹了口气："别落下东西。"她转身欲走，但芷衡叫住了她。

"你一点都不为我高兴，从三月份收到 offer 以来就是这样。为什么呢？难道录取我的不是专业排名前二十的学校吗？难道这不是你我当初的期望吗？"

她一口气说了出来，竟然轻松许多。天知道她为此受了多少艰辛！从两年前的美国之行，到重考 GRE，从 3.88 的 GPA 到 A 等的毕业论文，到上个学期烦琐的申请过程、文书、推荐信……哪一件事她不是当成头等大事认真去做？她从不屑于与他人争什么，这些努力，不过是为了自己的人生准则，还有他们的期望。可是最近半年，母亲渐渐不再提"期望"二字了，只是用忧心忡忡的眼光审视她，这使得申请成功的喜悦都变得味如嚼蜡。本来她也不在乎这么一点微不足道的胜利（与控制体重的成就感相比，这真是微不足道），但难道她的努力连一点家人的认可都不值得得到吗？

"我们当然为你骄傲。不过，拿到录取通知是一回事，顺利完成学业是另一回事。即使只读硕士，你还有两年的路要走。”

“你觉得我读不下来？”

“你在美国交换时也明白，一所好学校的要求多严，压力多大。况且研究生可不比本科，除了自己的学业，还要做助教，帮教授干活，实习，找工作时还要跟美国人竞争。你这六十几斤的身体能扛得住吗？生病了谁照顾你？我们还不是为你操心？”

“怎么会呢？几个月前，你还说我会晕倒在街上，现在我不还是活蹦乱跳。”

“一时说明不了什么。就算你的身体现在习惯了低热量，你能保证它长期不出问题？花需要施肥，机器需要维修保养，何况人类如此精密的肉体！如果你到了美国，还是这样不爱惜自己的身体，长期如此，一定有大麻烦的。”

“不，不会的。”太小瞧人的意志力了，她想。

“不会？好，就算你不出事，你以为别人看不出来吗？别人跟你吃两顿饭，马上就明白怎么回事了。很快你们全系都会知道，‘看，那个有厌食症的中国女孩’……”

“别说了！”芷衡站起身来，感到这套说辞令人如芒在背，难以忍受，“我知道美国人。他们不会随便给人贴标签，也不会管你吃什么。我的一个朋友就是这样——每天中午只吃一小碟沙拉，但他过得很好，多才多艺，很受大家欢迎。这仅仅是他的生活方式而已！从来没有人干涉他，也没有人多说什么。”

“是啊，别人是不会干涉你，但你以为你能逃开背后的议论、那些恶意竞争的手段吗？这一个弱点就足以把多少机会从你面前推开！你们选导师的时候，导师也在选你。谁会要一个身体不好的学生？谁招学生不是为了找廉价劳动力，而是当林黛玉供起来？”

“好好，我说不过你。不过，难道招学生不是看能力吗？我不信我会差劲到一个导师都不想要我的程度。”

“软件再好，硬件太差有什么用？能考上你们学校的哪一个不是聪明人？聪明人之间的竞争，到最后还不是拼体力、拼综合素质。还是那句老话：身体是革命的本钱。长期没有足够的能量摄入，你的大脑也会变迟钝的。到时候你可真是拿命跟别人去拼了！非要走到那一步，你才会承认自己错了吗？”

芷衡转过头，看着母亲的脸。这张写满焦虑的面孔已不复年轻，眉间眼底生出了许多细纹，早已失去了神采飞扬的风韵。她不禁在心底长叹一声。她当然知道这是因为什么，这一年多来的辛苦奔波、寻医问药因何而起。他们把全部的心力都倾注在她身上，到头来还是没有拗过她。现在他们算是撒手不管了。可是她就能安心吗？她当然应该愧疚，应该为他们无望的牺牲而难过，但即使把所有的责任和负疚感都推到她身上也于事无补。她已选定了她的道路。她对自己和他人一样冷酷无情，因为她已尝够了被迫改变带来的痛苦，太眷恋重归自由的欢乐。我选择了安娜，她会保护我，与我同在。原谅我，妈妈！

“对不起。”她喃喃道，“别怪我。我也不想让你们担心焦急，但我没有选择。”

“有什么不能改变？如果你想改变，随时来得及。我们都在帮你——我们，所有的医生，你的朋友们——自从你生病以来，多少人帮助过你！你难道没有一点感恩之心吗？”

“我感激你们为我做的一切。”芷衡平静地说，“但我不想改变。”

“好，那就等你撞了南墙再回头吧！”

母亲走出房间，关门之前又转过身，郑重地补充了一句：“你会毁掉自己的前途的。记住我今天的话，陶芷衡。”

你会毁掉自己的前途的。她默念着母亲的话，在心底发出冷笑。

前途？好好读书，读硕读博，在大学或研究机构里从事一份体面又相对自由的工作，这是她曾经的理想，被灌输了无数次，以至于成为某种默认普世价值的“理想”。他们当然没错，永远不会错。除了读书她还能做什么？她本来就是个一无所长，厌倦社交，呆板无趣，除躲进小楼成一统之外别无他途的人。她也早已打定主意献身给这种生活了，即使专业并非她的所爱，“做研究”仍然是一切可能性中一种不太差的生活方式。她考了两次GRE，在意GPA，在意每一次考试和论文的成绩，难道不是为了所谓的“学术前途”吗？

投射在外部世界的宏大理想似乎像膨胀的宇宙里各个分离的星系一样离她远去。因为他们说，她的身体会成为她的障碍，因为她的健康，所有人都会戴着有色眼镜忧心忡忡地看她，怕她晕倒在大街上，怕她不能胜任工作。无论何种工作。走向社会总是有门槛的吧？她能逃脱那些冷眼、利剑般的言语、她所不屑一顾的别人的评价吗？总有一天她也要服从那些她眼下看不起的“社会人”的标准：挤进那道窄门，或者被社会淘汰。

但是她不信。她倔强地摇了摇头。好看的学历、体面的工作、别人的看法，同她所追求的又有什么关系？让那些伪善得金光闪闪的远大理想都从她眼前滚开吧。多么可笑，她也曾是心比天高，非学术圈不入的人。而今在她拿到了入场券时，她却对这些功名如此心灰意冷。如果可能重活一次，她更想做份普通工作，比如护林员、图书管理员或兽医。那或许会是更平淡却更有趣的一生，像幅淡淡的水粉画，没有浓墨重彩，无关这个世界波澜壮阔的宏大主题，只有更多时间，留给她不引人注目的小世界，除她之外不被任何人所看到的孤独的世界。

不，那不是任何人对她的期待，她也不曾这样期待过任何人。她早已习惯了为满足别人的期望而活，一切成功或失败，都是由这个社会的标准衡量。今后她还会努力学习，认真工作，但这已经不是她生活的全部。从何时起，这一切不再能给她带来任何成就感了？她只是在机械地完成任务。被理想的学校录取，最终在她也只是三分钟热度的喜悦罢了。那些只是外物，是她安身立命的条件，不是生命的追求，不是精神寄托。而身体，她曾经厌恶的身体如今成了她精神的支柱，她意志和力量的源泉。他们说，她在糟蹋自己的身体，可他们错了。她终于成了自己想要的样子——轻盈，优美，没有重量，仿佛随时可以跳起来够到天边的云彩，握在手里的，是绚烂的玫瑰色的自由。

如今我已找到我的道路。我将坚持下去，直到心中的完美再度降临。

※

玫瑰色的奇迹年

完美之达成，不在于有所增添，而在于无可删减。

——安东尼·德·圣-埃克苏佩里《夜航》

1

这个夏天她终于穿回了梦寐以求的玫瑰色连衣裙。不仅仅是玫瑰色，如今她拥有许多时下流行的马卡龙色或冰激凌色的粉调单品：各种深浅的粉红、浅蓝色、薄荷绿、浅紫、藕荷色、素雅的白。似乎只有在瘦下来之后她才能拥有这样的特权，不再永远是一身黑，而有权利去尝试更柔美、更女性化的色彩。她站在衣柜前，看着那些轻柔飘逸的战利品，有蕾丝、蝴蝶结、波点，有高领、彼得潘领，有百褶裙和轻盈的及膝裙，像出征前的骑士凝视自己擦亮的盔甲和武器一样。该是离去的时候了，她想。

她喜欢收拾行李。每一件物品的摆放都应有理有据，便于查找，同时又满足节省空间的需要。压箱底的是厚重的冬衣，之后是轻薄的夏衣，围巾、披肩、化妆品、小礼品次之；书、笔记本电脑和其他电子设备、文具、文件夹放在随身手提箱里内，那里装着她上大学以来的一切历史数据：两次 GRE 和雅思成绩、奖学金证明、毕业证书、录取通知书、I–20、身份证和护照复印件、家庭财产证明。另一个透明文件袋则用来装她无关紧要的小玩意儿：冰箱贴、邮票、素描本、手绘书签、友人寄来的明信片。她记得自己曾经对照着地图册，一一核对过那些陌生或熟悉的城市的名字：河内、拉萨、昆明、芝加哥、巴黎、苏黎世、柏林、维也纳。一个个清晰的黑体字，在自由流动的时间之河的水流侵蚀之下显得支离破碎，而她依稀能辨认出那些时间和空间的痕迹和背后的意义。她取出一支黑檀木书签，擎在手上，闻着那熟悉的淡淡的香气，上面刻着她曾经奉为座右铭的那句话。

By the power of the Truth, I, while living, have conquered the universe. 她念了一遍，不禁笑了，笑这种不知天高地厚的轻狂的浪漫派精神是如何指引了她近两年狂飙突进般的生活，又是如何将悲剧的火种深深埋下。在一开始就埋下了悲剧的种子。这书签是一位远比她年长的朋友送给她的——一位比她更悲观，却更富于实干精神的现实主义者。他一早便提醒她："浮士德式的理想主义可以崇敬效仿，但不必当真。否则会活得太累。"

不料这竟成了某种程度上的谶言。是的，她没有别的对手，除了她自己。

如果让精神杀死肉体也是一种胜利，那便是她的胜利。也是她的终结。

她早早钻回房间，为晚上出门见人做准备。得以不吃午饭而不受干涉，这在以往对她来说是难以想象的特权——起码，这点自由她现在是有了。她换上蓝矢车菊图案的连衣裙，愉快地站在穿衣镜前。和平常一样，她不觉得自己美，但瘦下来还是比不瘦好那么一点儿，至少让她可以轻松地穿上露肩的裙子，而不显得太笨拙可笑。那种久违的感觉又回来了：轻盈的、没有重力束缚的，每走一步都轻快得像踏着海浪。她不需要任何多余的东西。至少此刻，她对自己是满意的，她能以自己渴望的方式存在，能够爱自己。

晚间天气仍然灼热，她却毫无感觉，似乎空气里的热度一触到皮肤就融化了一样。她在地铁里度过了沉默的 30 分钟，出了站，穿过散发热气的肉体的洪流，到约定的大厦门口等Hazel——她的小组成员之一。

“所以说你那一次断食了15天？”

“没错，”名叫Hazel的女生点点头，“只喝白开水、蜂蜜普洱茶和黑咖啡，每天一粒复合维生素，照常上课逛街实习。两周一共瘦了15斤。”

芷衡钦佩地用手支着下巴，想着曾经的流食经历。虽然她只喝饮料，但毕竟高卡高糖。

“了不起，我从来没试过。不怕低血糖晕倒？”

“哦，我随身带着蜂蜜水，头晕就拿出来喝两口。当然，还带了几块黑巧克力。”

Hazel冲她笑了笑。她生得很美，在北方女生中属于少见的温婉类型，高挑纤细，有浓密的黑发，白皙的额头和给人印象深刻的眉眼。然而她却有着叛逆的摇滚女青年的个性，说话很直，连抽烟的样子都有种霸气。芷衡羡慕地想，这也是最吸引她的地方——与高中时代的她完全不同，与澄美也完全不同，毕竟这才是她最缺少的东西。

她是在自己开设的小组里认识Hazel的。开始只是聊饮食要点、营养补充剂和健身方法，熟悉之后聊到家庭问题和人际关系。Hazel即将大学毕业，面临的问题跟当年的她差不多——不喜欢自己的专业，不想出国，但母亲坚持要她学下去。当提到与家人之间的关系是如何影响到她们的饮食习惯时，二人越谈越投机。“出来坐坐吧！”Hazel邀约。

她答应了。定在三里屯碰头，去一家甜品店吃最著名的冻酸奶，再喝个小酒续摊。使馆区的夜晚繁华明亮，比白日更加辉煌，芷衡颇为惊讶地看着这一切。她极少出没于北京的夜晚，此刻不由得为这陌生的浮华而动心。这样无忧无虑的日子还能有多久呢？很快她又将抛下这一切远走他乡，在一个陌生的环境中开始紧张的学习与生活。在体重不断下降，精神不断获得满足的同时，她也开始担忧起肉体的坚韧来。有时候她几乎要动摇了，几乎怀疑自己并没有想象中的那么坚强。要不要“到此为止”，就此妥协？

不，她摇了摇头，想着自己是怎么一步步艰难地走到今天。

分享了一小杯冻酸奶之后，她们拣了一家静吧坐了下来。音乐很低调，却是有节奏的电子风。Hazel来了精神，一边打着拍子，一边告诉她哪一首是她最喜欢的乐队的作品。她点点头，默默点上一根薄荷味的细管，Hazel也凑上来蹭了一根，体贴地把酒水单递给她。她点了一杯朗姆加健怡可乐。此前她特意研究过各种含酒精饮料的热量，对此谙熟于心——1.5盎司朗姆加6.5盎司健怡，用冰块填满，不过100大卡左右，比起那些加了奶油、糖浆和甜果汁，动辄300大卡以上的花哨鸡尾酒来说，是最保守和安全的选择了。Hazel则要了不加糖浆的莫吉托。

两人坐回吧台边上，陷入了仿佛熟识已久一般的沉默。她看着对方涂着酒红色指甲的白皙手指，在烟雾缭绕间显出某种酒神般的神秘和庄严。她欣赏这样极致的女性美，却知道自己离这种美还差得远。

酒端了上来。Hazel举起杯子，抿了一口：“哎，在想什么？”

她摇摇头，脑海里像舞会刚刚散场，华丽、空洞而茫然。

“你知道我在想什么吗？——安定下来，在北京找份工作，什么都行，打死也不回去。”Hazel 慢慢吐出一口烟，“我已经无法容忍跟家里人那种充满焦虑的相处模式了。”

“是啊，我也在考虑前途问题。”她悠悠地说，“我妈总说，我这样下去到美国是撑不住的。以至于我也不能完全相信自己了。会不会有一天，我自己先放弃了呢？”

“只要别闹得太严重就行。我有个朋友，一米六七，35 公斤，已经到了进食也完全不吸收的地步——因为之前断食减肥太狠，把肠胃毁了。她对我说，真想胖起来，尽管这是人人羡慕的吃不胖的体质，但是她觉得一点都不好，不开心。过犹不及。毕竟我们做的一切都是为了美，真到了严重的地步就不好收拾了。你说呢？”

“嗯。那你觉得……我足够瘦了吗？”

她抿了一口冰凉的液体，低下头，看着自己手臂上淡蓝色的血管，那些愈加明显的骨骼和细长的肌肉线条。她想自己是对的。瘦本身并不是一种价值，甚至毫无价值可言，但它却是一种生活方式的衡量标准，是她最值得骄傲的，拼尽一切代价都要坚持的东西。这甚至与美无关，与取悦他人的虚荣无关，只与那种追求极致的执念有关。不错，她是最自私的，她想要取悦的只有自己。可她在怕什么呢？害怕这样的任性会招致报复，会毁了她？怕自己不够强大到能击垮那些险恶的话语？

“别多想，你现在就很好啦！瘦，但是精力充沛，学车、工作、准备出国，什么都不耽误。只要不走极端就没问题的！”

她心不在焉地点点头，心底却翻腾着另外一些事——很多年之前植下的那个粉红色的愿望。对于“胖”的恐惧，对“瘦”的羡慕，对“更瘦”的追求。她想起前些日子看的一部关于进食障碍治疗所的HBO纪录片，在那里病人需要每天称体重，一日三餐要在监视下定时定量吃完，加餐也要喝可怕的营养粉。她想起了英剧《皮囊》里那个苍白甜美，笑起来精灵一样的厌食症女孩凯茜，她在约会前绝食三天，只为了让自己看起来更可爱一点。什么是完美？完美真的是可以达到的吗？她已经走得这样远了，不知道要不要再走下去。目标是什么？保持32千克？30千克？甚至更低？

这个数字是没有尽头的。这些日子里她一直小心翼翼地维持平衡，在她所追求的美和公认的健康标准之间的钢丝上行走，虽然表面稳妥，下面却是深不可测的危险的深渊。母亲这样说，医生也这样说。为什么要把自己置于风险中呢？为什么放着平坦大道不走，去走那条无人尝试的荆棘之路？

因为我想。因为我有决心和勇气，把自己置于风险之中，我也一定可以全身而退。

“我不会落到那个地步的。”她决绝地摇了摇头。

“什么？”

“我绝不放任自己处于危险之中，也不会落得被送去强制治疗的地步。”与其遭受彻底失去人身自由的羞辱，颜面全无，她还不如自行了断，“是的，他们都是些神通广大的预言家。但我要证明，他们错了，我才是正确的。我热爱生活，我会好好活下去，但必须是以我自己的方式。”

Hazel 看着她，微微一笑：“好，为我们的决心干杯！”

她们碰了杯，笑成一团。她带着几分醉意，望着城市上空的月亮，皎洁、完美、神圣，但终究是可以测量的距离。她却不知离真正的自己还有多远。

2

亲爱的安娜：

在北京的日子还有五天。五天之后，我就要踏上飞往洛杉矶的航班了。

兴奋也罢，临行时的焦虑也罢，这几天我一直忙着收拾行李，到了晚上却无法安然入睡。我在反省自己。或许我真的做得过分了，又一次落得这样众叛亲离、孤立无援的境地，这都是由于我自己的罪。而我唯一的罪就是你。这是我唯一的、无法放手的执念，而这都是因为对你的爱，对美的爱，对生命本真的爱。

人们不会理解我，因为我诉说的那种爱太过冰冷，几乎是反人性的，这在他们眼中毫无意义。但对我来说，你是我生命的一部分，不是全部，但却不可或缺。

我不怪他们。如果我是他们，我也无法理解。之前的一个医生对我说过，拒绝食物和拒绝性，都是死本能胜过生本能的体现，因为生存和繁殖的欲望如此受到轻视。他还说，第一次见到我时，我的眼神让他不舒服，好像散发着某种抵触生命的气息。（真好笑，我没想到自己还有这种阴暗的哥特气质。）他们怎么可能明白？我之所以选择你，不是因为我厌弃生命，恰恰是因为我太热爱生命了，爱到对每一分一毫都要求精确、不肯放手的地步，从每种食物的卡路里，到身体的数字和尺寸，再到自己喜欢的颜色、花朵、课程表、生活方式、每一项准则。母亲总说我固执，不到黄河不死心，这是优点也是致命的弱点。我曾把这种坚韧用在学习上，如今又用在了节食上，用他们的话来说，恐怕是用错了地方。

昨天我又去看冬的日记了。她很久不更新，但偶尔会回复别人的评论。她在一条回复里自嘲地写道："家长和医生们都斗不过我，因为我智商太高，他们辩驳不了。这就是聪明反被聪明误吧。"脂砚斋评红楼梦时，说湘云是"自爱所误"，妙玉是"太高人愈妒，过洁世同嫌"。我虽然不够聪明，远远不敢跟这些最理想化、最完美的女孩子相比，但是不是我也是自爱所误？是不是因为太过追求完美，太认真地生活，才落到今天这个下场？

是的，我清楚自己的偏执，即使知道后果可能是危险的，也迟迟不愿作出一毫改变。你瞧，我每天起来第一件事就是称体重，计划一天的卡路里摄入，现在我一边打字还在喝加冰的Diet Snapple。很可笑吧？我知道众人背地里怎么想，但我全不在乎。连母亲的心都早被我伤透了（我怀着无限的歉意重述这一点，这是我一切罪孽的根源，虽然不是出自本心），还怕什么别人的眼光呢？

人人都说是为了我好。人人都说，你是我的敌人，我不该听你的话，但是我做不到。你是我的自由意志的选择，我的内核，我存在中永恒不变的一部分。从某种意义上来讲，你改变了我，也塑造了全新的我。现在的我已和高中时判若两人。

有时我也会怀念中学时跟爸妈一起去吃饭的日子。初二那年夏天“非典”爆发，学校停课，我们一家人总是去郊外远足，爬遍了北京郊外的山：香山公园、八大处、银杏塔林、红螺寺、百花山、凤凰岭……下山后总是饥肠辘辘，父亲就载上我们去一家最好的粤菜海鲜馆子，好吃的总是那老几样：半只烧鹅、卤水拼盘、清蒸多宝鱼、豉汁蒸扇贝、辣炒蛏子、蚝油芥蓝，以葡式蛋挞、水晶虾饺、小笼包、萝卜糕等系列港式茶点作为收尾。当时我一直觉得粤菜是天下最好吃的东西，若能天天吃到该是何等幸福，以至于去了香港数年，却丝毫没有腻烦过当地的菜色。我也曾是个重口味爱好者，惯于和母亲一起出去搜寻麻辣的川湘菜和浓油赤酱的上海菜：香辣蟹、水煮鱼、毛血旺、鸳鸯火锅、泡椒鱼头、红烧划水、响油鳝糊、椒盐炸河虾、四喜烤麸。我还曾经是个肉食动物。记得高中每一次大考过后，如果成绩好，总是被带去贵宾楼或香格里拉吃自助餐，高三那年的十八岁生日也是在贵宾楼度过的。我继承了母亲爱吃海鲜的基因，可以吃下几大盘生鱼片、清蒸膏蟹、雪蟹腿、炭烤牡蛎、法式焗蜗牛、奶油焗龙虾、鱼子酱、鹅肝酱，还有西冷牛扒、烤鸭、松鼠鳜鱼、烤肉，以及各色精致甜点和冰激凌。父亲总是开玩笑说，带我们两个去吃海鲜自助，永远不会亏本。啊，在现在的记忆里，青春期的我幸运地吃遍了天下美食，几乎没有不爱吃的东西……但是我快乐吗？那时我从不关注自己的外貌，更不知道什么热量——这就是为什么在那些照片里，我胖得像猪一样蠢，脸上的痘印还很明显，却依然举着食物，满嘴流油，笑得开心。你可以说这是幸福，但怎么可能呢？当我意识到真相后就没有一天不是活在自我厌恶之中。如今在脑海里回忆这些食物都颇费心思，因为我已对它们本来的色香味感到陌生，即使 BBC 的美食纪录片或《舌尖上的中国》也不能引起我的兴趣。我看着那些本应诱人的画面，无动于衷，犹如一个男同性恋看到裸露的女性身体，只有抽象的审美质感而没有大快朵颐的冲动。每当我看到食物，就想到那些照片：我青春期的伤疤，我的丑陋，我沉溺于原始本能和一时快感所付出的代价。不，我绝不想变回那样，哪怕一分钟，一秒钟！

这辈子我还有和父母坐下来好好吃一顿自助餐的机会吗？即便能吃下什么，我也再不能以同样的心境与他们同桌而坐，一起共餐了。那只能让我陷进越来越不堪的记忆里。向左走，我会背叛他们的爱与期望；向右走，我背叛了自己。

安娜，如今我与你越走越近，几乎成为一体。所有人都警告我其中的风险。可我自己或许是身处平静的漩涡中心，却毫无知觉。但我仍有一分理智在提醒我：该缓一缓了。或许我该冷静一阵儿，放松下来，重新审视你我之间的关系。那天看医生，她听了我关于自助餐的想法（我甚至写了一个 600—800 大卡的饮食计划），肯定地说：“你对食物还是有渴望的。这还好！”——但是，说实话，我没有。那不过是叶公好龙的计算罢了。对世界上的许多诱人事物，比如美食、爱情和所谓的远大前程，我都早已心如死水，无动于衷。我知道它们是美好的，但一切的背后只剩下空虚，我人生的意义已与它们无涉。

是啊，我仍然热衷于欣赏精美的甜点图片，喜欢研究一切食物的热量，仿佛收集了这些信息就等同于遍历一切。我还自嘲地自封为柏拉图式美食家，对甜点津津乐道，为父母采购面包，甚至自己下厨做无糖低卡的酸奶布丁，这一切或许是为了满足我对食物的某种渴望吧。但这几乎无关“占有”，仅仅是远远欣赏而已。如果我某天决定“要去某家甜品店吃焦糖布丁或黑樱桃冰激凌”，一定会提前查好热量，跳过午饭，空着肚子去享受那一小份甜点的奢侈。组里唯一的小男孩说，这叫作“饥饿精神”，我们都是在用同样的东西磨炼自己的意志，到了已经不能觉察的地步。而过度沉溺于任何事物都是危险的。当你离不开什么事物时，就是它已经占有了你。这样说来，你的确占有了我，而我心甘情愿地接受了。这就是我们之间的关系。

如果健康出了问题怎么办？如果在美国压力太大，抑郁复发怎么办？妈妈让我把最危险的情况都考虑清楚。也许我会就此毁掉自己的前途，但我已经不在乎了——真是可笑，这种时候还跟我谈什么前途！还有五天，我就要踏上我的征途，这是一条没有退路的单行道。我已做好了最坏的准备。如果世事难测，我会回来，或许到某个深山老林的寺庙里静静生活几年，到一个没有网络、海量信息、热量表、美食华服——一切现代文明最荼毒人、使人堕落的东西——的地方，或许这样的生活更适合我。也许有一天我能好起来，彻底地离开你，把你忘记。

可是这很难，真的很难！你看，还没有到美国，我已经在害怕与你分离的命运了。

我必须务实起来，作出微调，寻求适量改变。我答应了医生和母亲，增加热量，不让体重掉下 30 千克。尽管这微不足道，对我来说已是最积极的尝试。我不会让他们看不起我。请让我确信，我能够胜任这个角色，这个华丽而危险，带有冒犯性的走钢丝演员一样的角色。当他们都背过身去，不认我时，我可以相信的只有你。稳定的体重、稳定的情绪和稳定的人生目标，这一切都是我追求的东西，我不会因为来自任何方面的阻力而自乱阵脚，先在精神上败下阵来。一切拼到头来都是意志的较量，不是吗？

我们像许多著名的情人一样，是痴缠一辈子的孽缘，或许缘分尽了，便渐行渐远，相忘于江湖。所有人都希望看到后者，但对我来说，这是很久之后的将来的事。现在的我依然对你恋恋不舍。如果没有你，在漫长的岁月里，我该凭借什么力量去生活？我的黑暗之心，我的绝望，我的虚无主义，我那已经被唾弃的、揉成一团丢进废纸堆的理想吗？还是接受那一套世俗价值观的洗脑，努力忘掉一切，努力做一个自己讨厌的人？

一切已然明了。这一刻我仍在你的身边。我不确定自己的命运将会被如何书写，因为一切都是进行时。

你永远的朋友 陶芷衡

2012 年 7 月 19 日

3

无处不在的冷，困倦，刺目的灯光，行李箱的气味，咖啡因带来的莫名其妙的亢奋。从她进入机舱放好行李，坐到座位上的一刻起，那一切熟悉的感觉又回来了。她知道接下来将要发生的一切：依旧是因为兴奋而不眠不休的十几个小时，依旧是透入肌骨即使裹着双层毯子也不足以驱走的寒冷，依旧是尾骨擦到椅子时隐隐约约的疼痛。餐车送来了食物，所有人都陷入机械的咀嚼动作中。她几乎有些羡慕，几乎想要加入他们。她从餐盘上取下一杯酸奶，余下递给父亲，继续拧开一盏小灯写日记。她早早准备了在飞机上“能吃”的东西：低卡能量棒、浓缩蔬菜汤、黑巧克力、小袋杏仁、西梅、螺旋藻、复合维生素 B、胃药和止痛片，全部装在一个透明密封袋里。即使在倒时差的一天半里她也坚持记录饮食：早上去机场前她吃了一串葡萄，在飞机上又吃了螺旋藻片、酸奶、西梅，喝了健怡可乐。到达旅馆是第二天晚上，她已经困得睁不开眼了。

最初一个星期是最辛苦的——去学校报到、办宿舍、开银行卡、电话和网络、交学费、打扫房间、收拾行李、去宜家买家具、为暑期课做准备。在暑期课开始前，她还要随父母做简短旅行：飞往旧金山后提车南下，一路穿越以风景优美著称的加利福尼亚州一号公路，回到洛杉矶，最终抵达圣地亚哥。比起寒冷的湖区，美丽的加利福尼亚真是另一个天堂般的世界啊！一想到接下来的旅程，她几乎有点迫不及待了。

较之新的土地和旅程，更令她激动的是新发现的各种低卡食物。第一次去学校附近的普通超市就令她眼花缭乱，那么多种零卡维他命水和苏打饮料、代餐蛋白粉、低卡燕麦、WeightWatchers冰激凌——全是她梦寐以求之物。当天下午她就尝试了一家冻酸奶店，号称无糖无脂，每盎司仅25—30大卡，一杯不过100—120大卡。这当然令她欢欣鼓舞——可以放心大吃低卡甜品的日子终于到来了，她还有什么不满足的呢？第一次她小心地尝试了两个最经典的口味：巧克力和法式香草。味道真是美妙极了，比国内的酸奶冰激凌好吃又便宜得多。啊，她是多么热爱在美国的新生活啊！

她还在一天天瘦下去。如今体力活动大大增加，但摄入的热量更低了，时常每天不到300大卡，早已打破了维持体重的底线。一周后她站到新买的体重秤上，几乎吓了一跳：62磅（28.1千克）。她从未想到自己会掉到30千克以下，可这一天真的到来的时候，她兴奋又有些恍然。八成是搬家太累的缘故，她安慰自己，安顿下来吃几顿甜食自然就会回到平衡点了。父母明面上不提，从打量她的焦虑眼神里便可以看出来。*她瘦得太突兀了。*大概所有人都这样想，只有她自己浑然不觉。

新宿舍的入墙式壁橱里有一整面的穿衣镜。便于她每天早上打量自己，侧过身体，把手放在突出的肋骨和胯骨上。她用卷尺量过自己的身体：70–50–71。腰围50厘米。她依稀记得很久以前看过，似乎奥黛丽·赫本的腰围只有50厘米。她想起去年那个潮湿的、令人绝望的冬天，在电影赏析课上一遍遍看威廉·霍顿和赫本主演的《巴黎细雨时》里的场景，赫本穿着粉红色纪梵希小礼服出现在燃起灯光的铁塔前，她的腰身和肩膀的线条美得让人终生难忘。那样的美不是她可以奢望的，但此时此刻，她还是感到了一种隐秘的欣喜。她毕竟做到了！美、爱和命运，一切都无法苛求，她可以做的只是瘦一点，再瘦一点。至少现在她达到了目的。

但开学的事情进行得并不赖。回邮件、做清洁、在学校和宿舍之间不熟悉的小路上走来走去，还要准备之后的长途旅行。只有几个小小的问题，其中之一是她永远非常怕冷。初到旧金山时她只穿了一件外套和长牛仔裤，几乎被渔人码头上的海风冻坏了，以至于第二天去买了防水夹克和打底裤。时值夏日，她却早早穿上了秋装。后来，在那些曝光过度的照片里，她看见自己站在空旷的广场上，像一个虚幻的、不真实的影子。大约是从那时起，现实和虚幻的边界便开始模糊了。

一号公路一路向南，沿途是梦幻般的景色，浩瀚壮美、气势磅礴的太平洋，险峻的山脉和裸露的黑褐色礁石、海滩上懒散躺满一地晒太阳的圆滚滚的海豹，色彩缤纷的野花和苔藓，珍珠一般错落在海天一线之间的古老的城镇与村庄。所到之处总有干净的石板路，有喷泉和雕塑，有市政广场，有教堂，有市集，有赶集的人群，有阳台上摆满鲜花的小旅馆，有欢乐得不真实的节日游行，有来自世界各地、说着不同语言的旅行者。这一切把她带回了在欧洲旅行的日子，但绝大多时候她不愿多想，因为没有精力思考。海边或山间风太大的地方，她拍下两张照片，便匆匆钻回车上去。父亲支起三脚架给母亲拍照，她隔着车窗静静看着。每到一个歇脚的加油站或休息区，她都要钻下来买水：零卡的能量饮料、苏打水、现磨的黑咖啡。到餐厅吃饭时，她负责翻译菜单，点他们喜欢的菜，自己吃带来的水果，或者点一道蔬菜沙拉。母亲只是默默看着她，埋头吃着。谁也不会多说什么。毕竟，谁有这样的权利呢?

她开始习惯这一切——咖啡因，无法入眠的夜晚，清晨的寒冷和黄昏时疲倦的安宁。睡不着的时候她会从酒店床上坐起来，披上外套，在阳台上站一会儿。深邃宽广的银河从天顶铺洒下来，像无边无际的水晶珠帘，她屏住呼吸，听着夜风中似有似无的一点万物呼吸、沉睡、生长的声音。那一刻她相信自己是自由和安宁的，即使现在不是，终有一天，自由和安宁也将到来。

她开始期待那一天。无论多远。

暑期课开始了。

最初的课程没有什么难度，无非是微积分之类的高等数学和经济学——说实话她并不明白开这两门课的目的，似乎它的唯一意义便是提供人们熟悉环境、互相勾搭的机会。中午休息时她不愿意待在休息室里和大家一起吃饭，她宁愿多走一段路，去附近的咖啡馆上网或写作业，喝一杯热美式，吃早上洗好的新鲜水果。只要坐在阳光下，四点钟之前都不会太冷，但她必须带着围巾或厚外套以防不测。她来加州后几乎没怎么穿过裙子，而这应该是最温暖的季节，在25℃上下。太阳落山前，她必须早早坐上校车，返回宿舍，好避开那种无所不在的寒冷。

父母住在附近，常来看她，有时在她那里做饭。她喜欢那些短暂的温馨时光，房间里弥漫着饭菜的香味，似乎温度也上升了一点。有时母亲给她盛碗汤，如果是清汤，她会象征性地喝一口。

这时候房间里有一种奇异的安静，她听见喝汤和咀嚼的声音，落下碗筷的声音，洗碗的声音，水龙头下嗒嗒的滴水声。而她像猫一样蜷在红色的沙发椅里，裹着围巾，抱着发烫的笔记本电脑，一边吃她的水果，一边专注于眼前的信息，却又像是什么都没读进去。她习惯性地打开美食网站，搜寻本城最好的冻酸奶或意式冰激凌店，那是她唯一能够享受而不会有罪恶感的美食。更妙的是，每家连锁店的网站都提供营养数据，她的大脑在飞速运转，因为这些新信息的大量涌入而兴奋异常。满意于这种精确的甜美，她得意地打了个响指，忘记了几个小时后睡前必须经历的那种饥饿。

饥饿。那是实实在在存在着的，尽管她下意识地不予承认。那些难以入睡的夜晚和早早醒来的清晨，那种在两大杯滚烫的咖啡下肚后依然无法消退的寒冷，早上上课途中穿过林间小路时的深深的疲倦，都不能证明任何事情。临行前答应医生的 800 大卡怕是做不到，现在她连 500 大卡都保不住，在只吃水果和冻酸奶的日子里，300 大卡怕是最多。她依然有随身带着小袋的黑巧克力和杏仁的习惯，预感会低血糖时拿出一点，慢慢放到嘴里，感觉心跳平稳下来。可即使这二三十大卡她也要在心里计较一阵子：万一晚上可以出门吃冰激凌呢？是不是要把这点卡路里省下来？

她对热量的锱铢必较已经到了如此变态的程度。某次路过公路上的便利店，她从冷柜里匆匆抓了一瓶 A&W 根汁汽水上车，喝了好几口才发现不是低卡版，顿时心慌意乱——莫名多摄入的热量该怎么办？到了酒店，她第一件事便是拿出食物秤，对照营养标签，同时动用了许久不用的初中物理知识进行了如下计算：

整瓶饮料热量：290kcal

整瓶饮料体积：591ml

剩余饮料（含瓶）重量：579g

同等体积的水（含瓶）重量：550g

饮料密度：1.0527g/ml

整瓶饮料（含瓶）重量：1.0527g/ml × 591ml=622g

喝掉的重量：622g-579g=43g

喝掉的热量：43g/622g × 290kcal=20kcal

计算结果总算让她放下心来。看，不过区区 20 大卡而已！她一边笑自己的大惊失色，一边自警这类事不可有第二次。

也有那些因精打细算而感到幸福的时刻。某个周末到海边玩，她去了霜家心仪已久的冻酸奶店，不小心打多了，称重有 6 盎司左右（一般她都控制在 4—5 盎司）。然而她还是一个人坐到窗边，对着夕阳下平静的海岸，慢慢地吃掉了满满一杯。店里很热闹，到处都是穿着热裤和小吊带的年轻女孩，露着被日光晒黑的皮肤，肆无忌惮地说笑着，她们的冻酸奶上撒满了巧克力碎、M&M 豆、麦片碎和缤纷的糖果。她的杯子里只有最平凡、最纯粹的 180 大卡。她卷起长袖卫衣的袖子，看着自己苍白手臂上凸起的青筋，下意识地坐直了身体。她感到冷，但她正体验着一天中最幸福的时刻——那种冰凉的、入口即化的甜蜜，血糖骤然上升的快感，一切不确定性都在这一确定的数值前销声匿迹的愉悦。她望着海边缓缓落下的玫瑰色的夕阳，感到自己终究尝到了生命的甜美，尽管如此短暂……

那一天的总摄入也是 290 大卡，她却仍在日记里注明“暴食日”。她享受了定额之外的东西。因其稀有，每一点额外的享受都显得莫可名状的珍贵。这是一个永无止境的循环。深受折磨之际，她却也感到了最大的幸福。是她在欺骗自己吗？不，她终于得到了她梦寐以求的东西，那个轻盈的、不真实的、最接近完美的玫瑰色的幻影。

她没有做梦。这是她亲手创造的奇迹：一个人的奇迹年。

4

最后一个周末，他们一道去了拉斯维加斯。在大多数人的观念里，去赌城当然不仅是为了赌，更是为了吃自助，看秀，享受资本主义花花世界的纸醉金迷。她兴冲冲地准备行装，带着课本和要交的经济学作业，更重要的是她的漂亮裙子和计划中的食物：速溶热巧、紫菜汤、薄荷糖、维生素。内华达比加利福尼亚要热得多，她可以穿着单薄的纱裙和针织衫走在阳光下。汽车一路行驶在岩石裸露的群山和荒野之间时，她躺在被阳光晒得滚烫的后座上，抱着热水杯和 iPad，谋划着这几天的卡路里分配。那里有不少著名的甜品店，赌场酒店的自助餐厅更是有着种类多到眼花缭乱的精美甜点和冰激凌。豁出去了，她想，可以把热量省下来好好吃几次甜食了。不论如何，她已经足够瘦了。她不是贪得无厌的人。她对自己的体重已经很满意，保持现状就好。

那晚她走在拉斯维加斯大道熙熙攘攘的人流里，看到了美国化的埃菲尔铁塔、狮身人面像和泰姬陵，扮成绿巨人、蜘蛛侠、唐老鸭或兔女郎模样的街头人偶，涂着满脸油彩、插着羽毛的表演者，满面笑容醉醺醺涌过街头的游客……这里是成年人的乐园，永无止境的夏日狂欢之所。烟花在霓虹流动的街头上空腾起，令她想起拉娜·德雷的 *National Anthem*（《国歌》）：盛大，浮华，富丽，不羁的美国梦。到达这个国家以来，她从未如此切身地体验到那种激动人心的美好氛围，从未呼吸过如此真实而甜美的空气——“甜美”的意义是字面上的，这座城市的浮华之美就飘荡在甜食、香料和女孩们的衣香鬓影里。置身其间，你不可能不被这华美的幻象感染，以至于明知它与真实的巨大区别，仍然会允许自己沉迷其中。在这幻觉的天堂里，做梦是可以被允许的吧？一两次放纵是可以被允许的吧？

这氛围打开了她的感官，刺激了她因为饥饿而分外敏感的神经。她很兴奋，但同时也很疲倦。这一晚走的路太长了。

次日她早早醒来，站上了洗手间的电子秤。还是 60 磅。她走进厨房，烧好热水，冲了一碗热气腾腾的紫菜味噌汤，这 30 大卡足够她感到温暖了。她换上水蓝色裙子和米色罩衫，对着镜子，把手指放在突出的锁骨和膝盖骨上。“你太瘦了……该多吃点了。”不断有人这样说。她摇摇头，转过脸去。你可以多吃点了。这个声音像是第一次从她心底升起来。幻觉还是真实？难道说，仅仅是因为置身此地，她便有了放纵的资格吗？就这两天而已。她在心底对自己重复着，在隐隐的不安中，仿佛获得了某种许可。

晚上她要求去百乐宫酒店的 Jean-Philippe Patisserie 转一转。这间法式甜品店拥有世界上最大的巧克力喷泉，几乎是一个美轮美奂的甜品博物馆。除了流光溢彩的巧克力瀑布，隔着玻璃橱窗，可以看到你所能想象的最为精美的翻糖蛋糕和艺术品一般璀璨的甜点：艳丽的水果挞、缤纷的马卡龙、歌剧院蛋糕、闪电泡芙、蛋白柠檬挞、提拉米苏、拿破仑蛋糕、黑巧克力和白巧克力慕斯、一整面墙的手工巧克力和巧克力装饰的水果和鲜花，以及数十种口味色彩绚烂的意式冰激凌。对于甜品爱好者兼选择困难症患者而言，这里简直是令人呼吸困难的人间天堂。她故作镇定，站在镶有烫金吉尼斯纪录证书的巧克力喷泉旁拍了照，绕着甜品柜和可丽饼制作台徘徊了好久，在一番漫长的心理斗争后，最终选择了一杯意式冰激凌，石板街（Rocky road）和椰子两个口味。

冰激凌盛在透明的水晶杯里端了上来。仅仅第一口，她便又感到那种生命力量重被点燃的奇妙欢乐——血糖上升时的甜，冷，之后是回甘的甜。她还没有忘记点评口味：石板街甜得过于厚重，倒是椰子味十分惊艳，能吃出椰丝的质感和纯真华丽的回味，仿佛在沙漠中吹到了蔚蓝的海风一般。她用银色小勺一点点挖着冰激凌，沉醉于这奢侈的享受之中，几乎忘记了时间。柏拉图式美食家的信条之一：食物如同艺术品。吃美貌的甜品是为了快乐，而不是为了活着——这当然是彻头彻尾的颓废派，唯美主义，不切实际的任性。她随时可以跳出来，自我批判一番，但仍会理直气壮地如此行事。

母亲走回来，在她旁边坐下："还是吃得这么慢啊。"

"是啊，不过这是我这两天吃最多的一次了。"

"你吃了什么？只有水果和冰激凌……"

"今天已经超过 400 大卡了。"

"400 大卡？"母亲从鼻孔里哼了一声，"恐怕只是别人一顿饭或零食的量吧。你将来还要跟这些身强体壮的美国人去竞争……"

芷衡不理她，慢慢把最后的冰激凌挖干净。一种莫名的烦躁忽然从心底升上来，她感到疲倦，感到被严重地轻视了。不就是吃吗？有什么了不起？

"明天我跟你们去吃自助餐。"她肯定地说，"认真的。"

她感觉自己赚到了，但似乎又不是。在饰满鲜花和水晶灯、如同万国美食博览会一样琳琅满目的酒店自助餐厅里，她头一次破天荒地拿了这么多碟——几乎全是甜品。除了少量水果和咖啡，短短的两小时内，她总共吃掉了如下食物：1 份巧克力慕斯、2 份薄荷青柠莫吉托慕斯、半杯覆盆子慕斯、2 份核桃派、1 份苹果金宝馅饼、1 杯焦糖布丁、1 份核桃焦糖布朗尼，以及共 9 球 7 种口味的意式冰激凌：椰子、咖啡、开心果、海盐焦糖、香草、黑樱桃和杧果。最好吃的开心果和黑樱桃她甚至要了双份。如此频繁往返于甜品柜台之间，以至于最后再见到盛冰激凌的姑娘，她都有些不好意思了。"谢谢，这真是太美味了！"对方听到她的称赞，歪着头甜甜一笑，又挖上满满一勺。

这就是所谓的计划内暴食吗？尽管所有甜点都是超小份，吃到最后，她已经开始感到恶心了。她坐在那里，感到浑身发冷，便起身去盛了一碗味噌汤，一边慢慢喝一边开始计算热量——无论吃多吃少，她从来不放弃的是计算。最后的计算结果出来了：1964大卡。接近于所谓的“2000大卡是一个正常人需要的热量”。好了，如今你们满意了吧？“你”满意了吧？

回到酒店，她吞了半打消化药，直挺挺地躺在床上，听着心脏加速跳动、血液流动的声音。除了生理上的不适，她如今完完全全地体会到了悔恨和自我厌恶的含义。明明都吃到胃疼还不停地吃，为什么？仅仅为了在家长面前逞强，或是追逐某种极端体验？或者说，只有当她吃甜点吃到恶心时，才能战胜对它的永不熄灭的渴望？

她很害怕。即使是“计划内暴食”也打开了另一扇门，门后是两个不同的声音在说话。其中一个说，你可以用一种折中的、更健康的态度对待食物；另一个却说，看，你可以偶尔暴饮暴食一次，余下时间里什么也不吃。怕什么呢？你总会瘦回去的。那种自暴自弃、自我毁灭的快感，她不是也尝到了吗？——不，不能这样下去。她要回到节制的轨道上，即使是饥饿带来的寒冷、晕眩、无力，都不能与此刻的悔恨与痛苦相比。食物不是什么好东西，尤其是过度的食物。她回想着减肥论坛上的种种失败案例，不少节食过度的人不知不觉就变成了暴食倾向，因为一次越界永远无法回到从前的轨道上来。她当时还嘲笑过这种事：这都是因为意志不够坚定造成的。这种事绝不会出现在她陶芷衡身上。可是今天，她不是也一样在不限量的甜食面前，差点失去了自制吗？如果这种事再出现一次会怎么样呢？她站起身，因排山倒海而来的恐惧而颤抖。那将是她最不愿看到、最不敢想象的事。

在拉斯维加斯的最后一晚，他们返回百乐宫，看了一次太阳马戏团的表演。开场前他们和旁边一对中年情侣聊了一会儿，对方也是南加州人，听说她入读的学校和专业时，当着父母的面对她赞不绝口："Your daughter is perfect!"（你女儿真完美！）她也跟着假笑，笑得尴尬。

完美？别开玩笑了。那是不可能的。在内心深处，我知道我已经辜负了所有人，包括我自己的期待。我只是个差劲的、不称职的完美主义者，尽管永远期待更好，却对"好"的限度和标准一无所知。即使一直这样坚持下去，即使得到了最终想要的东西，我也不会幸福。因为我很清楚，追逐极致的结局便是毁灭。

"不要奢望完美，你永远也不可能达到。"萨尔瓦多·达利如此说过。我想他是对的。也许我该重新审视自己的生活了。完美不是最稳定的存在状态，平衡才是。这是我下一步将要学习的东西。这条路还很长，但我必须走。

再次路过 Jean-Philippe 时，她瞥了一眼巨大的巧克力瀑布，近乎冷漠地无动于衷。

5

那个时刻总是要来的。虽然不愿承认，但她知道自己很累了。该放手了。

暑课结业那天，系里举行了面向新生的酒会。她穿了一条蕾丝滚边的珍珠色长裙，在一众袒胸露背的女孩子里穿得最多，但在太阳下山后的凉爽的夏夜空气里，仍然难以解释地冷得发抖。无心于社交的她发现了敞开式大厅一角燃着的壁炉，欣喜地溜了过去。火光映着繁星点点的夏夜，那不真实的温暖让她想起三年前初到美国时，在图书馆一角的壁炉边读书的时刻。那时她是多么坦然、快乐，对一切事物充满好奇心和探索的激情，寻求着"自我"却从未被它的概念束缚……但，从何时开始，她的目光不再向外延伸，而是被限定于内心的狭小天地的惊风骇浪之间？难道人生的一切意义，仅仅是体重秤上那个变幻不定的数字吗？还是说从某一时刻起，她已经对自己的人生失去了真正的掌控？

她想着今天从起床到下午六点之间的日程，来到加州后每一天生活的缩影。上课，下课，打印资料，去图书馆预习，去系办公室拿小测验的成绩单，返回时从洗手间的镜子上瞥见自己的影像：她的头发长长了，脸色那么苍白，深陷的黑眼圈连眼镜框也无法完全遮住。她已记不得上一次一觉睡到天亮是什么时候了。几个女孩说笑着进来时，她迅速捡起书包，飞快地逃离了自己和他人的视线。

正视这一切吧，她对自己说，现在的你一点也不美。家长说得没错，现在的她是那样干瘪、憔悴，像枯萎的花朵一样提前沾染了死亡和冬天的气味。每天 8—10 小时的学习，背着沉重的电脑包赶班车，走长长的上坡路，在偌大的校园里奔波——吃的东西却不到 400 大卡，睡眠不足 6 小时，在教室里冻得手脚冰冷，只有捧着滚烫的咖啡和热水杯才能坚持下去——这究竟，是为了什么？她为何要虐待自己到如此地步？

不为什么，仅仅是习惯而已。习惯，那可怕的，如同缠颈的蟒蛇一样的习惯，现在成了缚住她，使她难以呼吸的桎梏了。但她并不想变成一个自虐狂。即使腓特烈大帝这样披着世俗君主外衣的苦行僧，也有他的使命的吧。但她的使命是什么？她的苦行又是通向了何等的虚空呢？

还能回去吗？回到密歇根那间小图书馆里温暖宜人的夜晚？这要看她是否愿意与那时的自己交换了，以一个数字交换另一个数字。不，那是不可能的，她苦笑着摇了摇头。或许可以微调，但她的原则就像铁打一般，无法改变。规则就是规则。

父亲来了电话。他们知道她在冷餐会上不会吃任何东西，特意接她去城里吃冰激凌。这家店她第一次去，卖冰激凌的姑娘亲切可爱，让她试吃了好几个口味。最终她选了三种：招牌的 Pappalecco（一种巧克力、榛子酱和杏仁酒的混合口味）、野莓和牛奶奶油巧克力碎。每一种味道都出人意料地甜美可人。蓦然间她感到自己被什么东西“点亮”了：被遗忘的、对生活本身的爱。度过了又冷又累的一天之后，吃到这样美好的甜品真是幸福啊！她受了什么诅咒，为什么不能随心所欲地吃喜欢的食物？为什么要为了一点点热量斤斤计较，折磨自己，到了一整天饿得快要晕倒的地步？

临走时她买了这家店的巧克力牛角、苹果派和柠檬挞，决定从下周起试着不再计较热量，吃自己真正想吃的东西。又能长多少体重呢？她豁出去了。这放纵如此来之不易，哪怕只有一个星期也好。

父母离开那天，最后的午餐是在老城区一家法式小餐馆吃的，她破天荒地点了道甜可丽饼，盛在有古早花纹的平底碟子里，以草莓、榛子巧克力酱、奶油和香草冰激凌装饰。可丽饼端上来时她闻到了熟悉的香气：带着奶香的饼皮的柔软、草莓的清甜、榛子巧克力的浓郁和冰激凌的甜美融合得有如一曲乐章。为什么她仍怀有对这美妙食物的记忆呢？是上一次在欧洲街头留下的吗？不，她不记得自己在旅行中除了牛奶、咖啡和冰激凌外还吃过别的东西。印象里的味觉一点点复活，而她正站在这个回忆列车相继驶来的交叉口上。她需要一些时间，更多时间去联想，去回忆，去遗忘。

那顿饭她吃得非常好，非常满足。父母看着她慢慢吃完了自己的一份，难得地露出了笑容。“以后每顿饭能这么吃就好喽！”如今他们可以安心地离开了吧？这可不是表演，她想。但下一个念头便是：今天超过 1200 大卡了。是不是有点过分？她低下头，看了看自己的手臂和腿，仿佛它们会在一瞬间膨胀、变粗，变得不堪入目。什么随便吃的谎言，忘了它吧。那都是令你发胖堕落的陷阱。她咬了咬嘴唇，决定忘记冰箱里的巧克力牛角、苹果派、柠檬挞，明天干净利落地回归原计划：300 大卡。

※

失格者

I am afraid to own a Body —
I am afraid to own a Soul —
Profound — precarious Property —
Possession, not optional —

Double Estate — entailed at pleasure
Upon an unsuspecting Heir —
Duke in a moment of Deathlessness
And God, for a Frontier.

——Emily Dickinson, "*I am afraid to own a Body —*"

1

醒来时她感到自己在颤抖。不是由于寒冷、饥饿、焦虑，那些通常使她惊醒的原因。她究竟在哪儿？环顾四周，严严实实拉好的百叶帘外透出一丝微光，房间整洁，散发着新家具的气味，看不出一丝混乱的痕迹，但她的头脑却如同混战后的焦土。她抱着被子坐起来，感觉到身体内部令人不安的撕裂般的疼痛，努力回想着昨晚的情形。

她记起的第一个画面是自己在厨房做煎蛋饼。中午，十二点半左右。她早上吃过东西，但仍然非常饿——这很正常，她总是非常饿。她裹着厚外套在被子里看书，却想起了那天吃到的可丽饼的味道——香滑的榛子巧克力酱被涂在柔滑的饼皮上，送进嘴里的味道。天堂般的时刻。此刻她多么想再尝到那种滋味啊。她真想出门，但周末没有校车，就算她能走到车站，大多数公交车也停了。被突如其来的对巧克力酱的渴望折磨得发疯之际，她突然想到，为什么不自己做呢？

没有现成的罐装巧克力酱，就用之前买的金莎巧克力隔水加热融化代替，煎好鸡蛋饼，浇上酱，再撒上巧克力粉——

她盯着锅里渐渐变得金黄的鸡蛋饼，正准备翻面时，忽然感到了震动。

又一次震动。她清楚地看到厨房秤上的数字急速变化起来。*赶紧把火关掉*，她想，却像傻子一样愣在那里。

直到震动停止，她匆匆关掉火，把鸡蛋饼盛到碟子里，浇上巧克力酱——真可笑啊，这种时候还想着吃？无可救药。然而她真的那样做了。鸡蛋饼是热的，要趁热吃，不能浪费。她一边用叉子卷着蘸好巧克力的鸡蛋饼送进嘴里，一边胡乱吃着，一边哭了出来。或许下一秒，这座楼会倒塌，她就会这样死去，这却是在她刚刚重新发现对食物、对生命的强烈渴望之时。为什么会是这样讽刺的结局？啊，如果她有选择，一定不会这么辛苦地活着吧……

她的思路在一片混乱中静止下来。她把碟子扔进洗碗池，起身给父母留给她的紧急联系人——他们住在洛杉矶的朋友拨了电话。

“地震？”对方以不可思议的平静口吻答道，“不，我们这里一点感觉都没有。或许只是很轻微的地震，没关系的！”

她压下心口的重重不安，挂上电话，环视房间——什么都没有发生。但方才那一刻的平静中突如其来地涌出的恐惧，犹如敞开的天顶倾泻而下的洪水一般，仍然令她的心狂跳不止。仅仅是一瞬间。也许下一刻，这空旷的房间就将被夷为平地，她刚刚发现的新世界，她为之努力多年的梦想，连同她自己都将不复存在。

她把手按在肋骨突出的胸口上，听着不规则的心跳声，大声嘲笑着自己。*原来你也是这样怕死，这样贪恋生命，留恋阳光下的生活以及食物的美味。怎么会这样呢？你不是自以为看透了生死吗？原来你也不过是一个贪生怕死的俗人啊。*

她无力地坐在地上，不知过了多久。天渐渐暗下来了，风声呜咽着，诡秘的凄凉和寒冷又开始主宰这空空荡荡的房间的命运。她不知道自己在期待什么。她被困在这座空房子里，等死一般绝望地看着天花板。这就是她多年努力换来的处境？多么自由，却又是……多么孤独啊！

死寂之中，某种不知名的力量牵动着她的神经，指引着她机械地站起来，走到厨房，完全不知出于何种目的地拉开冰箱门。出现在眼前的是她那天从冰激凌店带回的三块甜点：苹果派、柠檬挞和巧克力牛角。冷冻室里还有家庭装的意式冰激凌和日本超市买回的麻薯冰激凌。若是以前，她会常常拉开冰箱门，看上一眼，再毫不犹豫地走开。但今天她为何如此慌张？她猛地摔上冰箱门，却无法摆脱脑内的念头：就吃一口好了，一样一口。她查过卡路里表的。一角苹果派就是350大卡。吃过了巧克力鸡蛋饼，今天的卡路里配额已经差不多了，但是……

“死里逃生啊。就算是庆贺一下吧。”

第一次，甚至没有来得及称重量——她不假思索地用叉子叉了一角碟子里的食物，放进嘴里。冰冰凉凉的，甘甜的水果馅料混合着黄油香气浓厚的酥皮在嘴里化开。甜，非常甜，却不腻，芳香醉人——这便是，幸福的味道，生命的味道吧。

等她回过神来，盘子里已经空空如也。她打了个激灵，猛醒过来。你做了什么？350大卡。这曾经是你一天的卡路里摄入量啊。但还是不够。还是感到冷，饿，深不见底的饥饿。还有孤独。怎么可以这样？你这个蠢货，打算把冰箱里那些食物都吃掉吗？你会付出代价的。明天就能看到体重秤是怎么报复你的了——

她慌忙返回房间，站到秤上。看，真的重了吧。

头脑里有什么东西嗡的一声炸开了。她不顾一切地冲回厨房，打开橱柜，开始寻找一切关于她是个蠢货的证据。之前被压抑的念头像洪水一样不可抑制地涌了出来。*去吃你想吃的吧，蠢货。反正已经输了，失败了，那就失败到底好了——你这个愚蠢的、肥胖的、没有自制力的家伙。*

她找出两小包巧克力糖衣杏仁，几乎是一口一个地解决掉。居然不觉得甜——这样的甜度她以前是受不了的。但此刻她还想要，想要更多。母亲临走前给她留了几袋琥珀核桃，在壁橱顶层。她搬了把椅子，颤抖着伸手去够，拿到了，顾不得看包装上的热量表就撕开了袋子。她抓起一把放进嘴里，仅存的理智提醒着她：一口就好，尝个滋味而已。但那金黄色的脂肪的香气和糖分涌入血液的愉悦压倒了一切，胜过了她十分虚弱的抗争的意志。她不停地抓起果仁塞进嘴里，最开始是一颗颗，后来是一把接一把。如果她的意识能够跳出身体从房间上方观察自己，她一定能看到自己塞满高热量食物的脸颊多么扭曲，表情是多么狰狞可怖，即使已经感到饱胀也无法停下——机械的咀嚼动作、吞咽的快感，以及她自己的形象，一个被贪欲冲垮理性的扭曲的形象——

袋子空了。她忽然停下，看着自己油腻的手指和袋子底部仅剩的最后一点核桃仁的残渣，有什么东西哽在喉间，比迟钝的胃部神经感到的恶心更加难以忍受。

*既然做了蠢事，那就做到底吧。*半干的牛角包被扔掉了半个，柠檬挞却进了她的肚子。作为收尾，她用手指蘸着锅里残存的巧克力，舔得一干二净——此时此刻，在外人眼里，该是多么滑稽又可悲的场景啊。

她胡乱洗了洗手，抱着头蹲坐在地上。胃部灼热的感觉涌上来，一种无法用思想屏蔽的感觉，冲击着她的神经。她想哭，又想笑。她想自己一定是疯了。

这是你应得的。那个声音恶狠狠地嘲弄着她。但为什么会是这样？为什么她最终也落得如此愚蠢、如此悲惨的下场？你早该知道自己会有今天。她摇摇晃晃地，机械地站了起来，拉开冰箱门，打开一罐零度可乐，大口大口地喝下去。

她在马桶前跪了许久，最终也没有吐出来，只好放弃。她想去冲澡，却又完全不想触碰自己的身体。这些她平时敬而远之的，高脂高糖的危险食物忽然就成了她身体的一部分。她饥饿的身体会把它们全部吸收掉的。2000 或 3000 大卡。突然升高的血糖令人失去清醒，晕头转向，还有水肿。她在拉斯维加斯时就经历过这样可怕的时刻——在一次性摄入过多的糖分和盐分之后，第二天小腿肿得只能穿阔腿裤出门。那一次还仅仅是计划内暴食而已。

今天，她有史以来第一次完全失去了控制。从某一时刻起——从地震的晃动传来时，或是她第一次打开冰箱门时，或是她打开橱柜开始翻找时——她的身体就已不属于她了。理智在一瞬间灰飞烟灭，剩下的只有可怕的本能，如埋在地下的泰坦忽然暴起一般的、丑陋的、人的本性。

她把手放在像孕妇一样隆起的腹部，想象着食物被消化后的状态，想象明天早上体重秤上的数字。哭吧！那个声音说，看看你的样子，大哭一场。可是她才不想哭呢。她想放声大笑，尽情嘲笑自己的丑陋，人性的丑陋。简直是一场噩梦——但，生活本来就比噩梦更可怕吧？

她吞了很多消化药和泻药，洗过澡，爬上床去。晕眩，冷汗，疾速加快的心跳，胃部带着压迫感的疼痛。身体发热，变得沉重，表现出对刚刚大量涌入的高热量食物的抗拒。她侧躺在黑暗里，隐隐感到这仅仅是一系列恐怖剧的开端。

2

她从未想过一个人的角色可以转换得如此迅速：一夜之间，她从一个日摄入 300 大卡的严酷节食者变成了吃货——并不是带有可爱褒义色彩的“吃货”，而是毫无节制的、可悲的食物迷恋者。她徘徊在五光十色的超市柜台前，惊恐地发现之前那些“观赏专用”的美食忽然散发出了致命的吸引力。她疯狂地渴望它们，渴望那些高脂高糖的禁忌食物：巧克力、糖衣坚果、奶油浓汤配面包、榛子巧克力酱、杏仁黄油、甜点柜里刺绣般精美的奶油蛋糕和水果派。她不停地穿梭于附近几大超市的熟食柜台，不停地寻找新的、更美味的零食，就像赌徒寻求更高的赌注、更疯狂的刺激一样。她从未感到过“饱”，身体对饥饱已经失去了判断力。有时她会在一晚上吃掉价值五六十美元的食物：热食柜台的浓汤和薄脆饼干、蔬菜沙拉、咖喱鸡沙拉、两三块切角蛋糕。她甚至已经不再计算卡路里了，而是心安理得地吃下去——有什么意义呢？计算的结果也只能证明她是个失败者。

但她全然不能理解这件事的发生。无论是理智还是情感上，都无法接受。或许可以用“长期节食必然导致暴食”来解释，但这不是她一向唾弃的观点吗？许多人节食，失败，再节食，再失败，以暴饮暴食告终，从此泄了气，四处宣扬节食无用论——这曾经是她眼里最可笑的事情。无法坚持下去，明明是决心和意志力的问题，何必给自己找借口呢。她陶芷衡可不是那样的人。直到现在，她自己也成了他们中的一员——只是，她可以谅解他人的软弱，对自己却只有无尽的自我唾弃。

够了。别再用“想要增重几斤”的幌子欺骗自己了。她明明知道自己在干什么，也无法心安理得地吃下去。这就是毫无原则的、赤裸裸的自我放纵。如果说放纵是长期压抑的反弹，此前几个月，她每天吃三五百大卡也悠然自得，从未感到被剥夺了什么。欲望不存在时，谈何压抑？但是，一旦欲望的大门被打开，就再也无法关上。

像是爱丽丝掉下了兔子洞，她一脚踏入了关于欲望的奇幻世界。她第一次了解到，在人的种种欲望中，饥饿是最为深不见底的。她也是第一次惊恐地发现，无论瘦到何种极限的身体都可能蕴藏着极致的疯狂：即使一天内吃到 2000 大卡、2500 大卡、3000 大卡，她仍然不能感到满足。这种无休止的贪欲吓坏了她，不仅因为飞速长胖的可能性，更因为它所揭露的恐怖事实：你终究是你所厌恶的本能的奴隶。你没有自由，也不会有。

这种耻辱是致命的。

她的暴食是这样一种见不得光的行为。她瞒着所有人，包括最不好瞒的室友（学医的西班牙裔女生），独自去超市采购，把垃圾食品成批地锁在房间里，为的只是暴食的事实不为外人所知。白天她还是吃她的蔬菜沙拉、水果和酸奶，但夜晚来临时，她便轻手轻脚，不出声地吃着低卡能量棒、小包装的巧克力，不时惦记着冰箱里的其他储备：家庭装冰激凌和大桶的巧克力榛子酱。每次测试前夕，她总是打着“脑力劳动需要营养”的旗号，肆无忌惮地大吃特吃，甚至创下过一次性挖空半罐巧克力酱的记录。

食物是朋友，不是敌人。如果是从前，听到这句话时她总是一笑置之，当作一句政治正确的废话。的确，食物可以是朋友。只有在不被吃掉的时候，它才是美好的。她不是早已习惯了“柏拉图式美食家”的角色了吗？为什么一定要“占有”，一定要成为一个贪得无厌的索求者？

她没有资格。她已经很胖了。

又一个周末的清晨，她再次站在穿衣镜前，观察自己的身体。那粗壮的腿形，看上去是多么滑稽，多么庸俗，多么丑陋啊……惩罚来得如此之快，这是她应得的。

两星期来她第一次称体重：67 磅（30.4 千克）。长胖了 3 千克。够了，你还要这样不知羞耻、没完没了地吃下去吗？一切都会毁于一旦的。

适可而止吧，你这混蛋。

她试图扳回战局。为了防止暴食，她扔掉了壁橱里所有大批买来的“垃圾食品”。不是没有一丝丝的愧疚心，她知道那些食物本该是好的，不该浪费——如果她能把持住自己的话，一天吃一点点也没关系。可惜她不能。错只错在它们太过诱人，很容易再一夜消失，而此时的她又脆弱得可耻，丧失了任何防御能力。最好的方法就是眼不见为净。

此外便是搜集网上的戒暴经验。她带着深深的耻辱感认真研究了一番，结合自身情况，制定了一套规则贴在墙上：

1. 喝足够的水、无糖茶（绿茶和花草茶）和黑咖啡：不要把“渴”当作饿；

2. 不饿着进超市，不囤积大包装的食物（蛋糕、板装巧克力、巧克力榛子酱、杏仁黄油），不外带甜点（一定在当时吃完）；

3. 规律的生活习惯：早睡早起，饭后漱口，11点上床，睡前不吃东西；

4. 吃东西不站在厨房里，而是切成小份端到餐桌前/屋里吃；

5. 睡够7小时：睡眠不足导致食欲增加，还会降低代谢；

6. 集中精力学习，少想食物；

7. 可以转移注意力的方式：音乐、书、电影、购物、整理杂物、pro-ana论坛、散步等简单运动；

8. 尽量不以食物作为惩罚或奖励自己的手段；

9. 食物选择：多吃粗制碳水化合物及蔬菜水果，粗纤维食品能使血糖稳定，从而减少对高糖分食品的欲望；

10. 适量吃蛋白粉，补充维生素B族、叶酸、钙、镁等；

11. 穿束腰裙子和紧身牛仔裤，时刻提醒自己长胖的后果。

考虑到自己薄如窗户纸一捅就破的定力，她叹了口气，最后加上了“如果一定要暴”的若干限定条件：

12. 如果一定要“暴”，应限定于以下情况：

12.1 有获得奖励的资格（考试成绩好、达到某一阶段性目标）；

12.2 确定只吃某一（类）食物，不会作出无限制的暴食行为；

12.3 日热量摄入不超过 1200 大卡；

13. 如果一定要暴，应依序选择以下食物种类：

13.1 巧克力酱 / 杏仁酱：配粗麦面包或 crackers 吃，不超过规定热量；

13.2 巧克力：一次不超 20g；

13.3 冰激凌 / 冻酸奶：意式冰激凌不超中杯，最好 2—3 种口味搭配；冻酸奶不超过 8 盎司；美式冰激凌尽量 1 球；

13.4 现烤可丽饼：作为较为郑重的奖励，搭配的冰激凌不超过 2 球；

13.5 一般切块甜点：水果挞 > 奶油类 > 慕斯类 > 重芝士类，饼底 / 蛋糕体不必吃，以黄油 / 奶油部分为主，一天最多两块；

…………

看看，多宽松的标准啊。即使如此，也不是每一条都能做到。如果可以的话，她也不会是现在这副狼狈不堪的模样了。

3

生理上的变化她并不是毫无察觉。自从不情愿地“恢复”饮食以来——不论是不可控的暴食，还是强迫症般地尝试新的甜食——除却那些吃到胃疼的极端日子，身体状况竟有了好转。怕冷的情况改善了不少，也有了大步赶路的精力。最奇妙的一点是，当她坐在校车的硬质皮椅上时，尾骨不再被座位硌得发疼了。毫无疑问，这是新长出的一层脂肪带来的好处。以上的小小舒适，也完全来源于近期快速新增的，在旁人眼里无足称道，却令她如坐针毡的几斤体重。晚上洗澡时，她忍不住伸出手去触碰尾骨的位置，一直到脊椎的上半段，仿佛要数出有几段骨节才能安心。

怎么可能安心呢。她努力按照规定生活，尽量吃健康的糖类，大量摄入茶和咖啡因，控制热量在每日 800—1200 大卡，并逐步降低这个数字。但没过几天，对食物的贪欲总会席卷她，那种黑暗的、不可控制的力量仍会不时爆发出来，令她冲进超市采购，暴食，吃到恶心，对着剩下的食物忏悔和哭泣直至深夜。这一切有什么意义呢？为了向她证明理性无法战胜本能，之前的努力都是错误？还是说这只是上帝的一个滑稽实验，而她不过是个无谓的牺牲品？

她贪心吗？一点也不。她只是想回到从前，回到某个更令人满意的数字：65磅，甚至60磅。即使寒冷、疲倦、疼痛都无所谓，她只是想瘦回去，想比现在更瘦，而不是相反。任何一点的体重增加都是不可容忍的。

习惯。习惯是最强大的力量。一旦习惯于一个瘦骨嶙峋的身体，你就不会再思念“正常”的身体了。你只想坐在阳光下看到自己皮肤下的青蓝色的血管，只想更清楚地感知全身骨骼的轮廓，一旦那明晰的轮廓开始模糊、塌缩，开始被新长出来的脂肪覆盖——这样惨痛的经历不是没有过——你就要开始严重地怀疑自己了。肯定是做错了什么。你偏离了你应有的行为模式，而身体是最忠实的镜子。这些就是你吃下那些垃圾食品的活生生的证据。怎么，还想否认？

这要命的死循环。她需要食物，但只是适量的食物。可是什么叫作“适量”？那日过后，她的身上似乎发生了某种翻天覆地的变化，她永远回不到原来纯洁的，只吃水果和冻酸奶的300大卡的日子了。取而代之的是更多种类的高热量食物，越来越多的“污染”吸引着她。她安慰自己的理由是：不能只吃300大卡，那样她会怕冷，缺少精力学习、工作、背着10斤重的电脑和教材在校园里奔波，她不能瘦到让所有人一眼所见的“病态”。但她也不允许自己吃得太多，吃“太好吃”的食物，那样，她会控制不住地暴食，第二天会浮肿、无心学习、自暴自弃。她依然需要某个有弹性的饮食计划，却不能保证自己在公众场合时吃的东西完全符合计划。为此她害怕学院里的社交，逃避一切可能出现食物的场合。她需要忘记食物，但她最不能置之不理的就是食物。

尽管她不断引用论坛上的“警句”自省，用“世界如此美好，何必沉迷吃饭”之类的话语自嘲，仍然无法对背后的荒谬视而不见。她一度引以为傲的，坚不可摧的信念，已以可见的速度溶解、分崩离析。是啊，她明明可以像以前一样，学习、散步、读书、听音乐、看电影、整理房间、逛街、化妆打扮、心无旁骛地参加社交活动。有这么多事可做，为什么偏偏要执念于“吃”？

要是能像植物一样靠光合作用活着就好了。或者充电活着就好了。摄入的能量既不会多，也不会少，精确到够用为止。

时至今日，她却仍然无法处理好自我和本能之间的关系。身体是最初的他者。食物是最初的敌人，也像是令人爱恨交织的恋人。

但是，无论多么棘手，多么令人咬牙切齿，她的精神仍然依赖肉体，也就是依赖食物。她毕竟不像植物或机器人那么幸运。

没有欲望的世界多么美好。对她来说，却只是求不得的乌有乡。

4

暑期课于9月15日结束。她拿到了一门A、一门A+的成绩，也顺利适应了秋季学期更加忙碌的学业。不过，她要改掉熬夜的习惯，因为大多数课都在早上八点半左右，至少要在六点半起床，才能赶上七点半那一班校车。如果稍微迟了一步，就只有再等上十五分钟，以迟到者的身份狼狈地出现在教室里。第一次迟到时，她惊慌地发现自己是唯一的一个——这里的人不仅聪明、刻苦，还比她有自制力。她承认自己受到了不止一次的打击。

学业之余，她对甜品的迷恋并没有就此结束。不如说一切只是刚刚开始，而她对欲望的刻意管理和驯化只是再一次地凸显了它的强大。不止一次，她感觉到自己又将一时冲动而败下阵来，应对的策略便是跑去买一杯热拿铁或热巧克力。这多出的 160—200 大卡，也已足够她扛过下午的课程，而不至于产生太强烈的暴食冲动。

积攒了一定经验之后，她终于明白，防暴的第一要素便是适时适度地满足自己的欲望。只是，她再也不是“柏拉图式美食家”了，而成了这座城市孤独的美食探索者。每天下课之后，她不再飞速跑进宿舍或图书馆，而是冲向巴士站，前往某家精心选中的甜品店。

在这些孤独而奇异的短暂旅程中，她探索了这座城市最繁华的街区、最美丽的海滩，这些景色却是通过一家又一家甜品店、咖啡厅、超市柜台联系起来的。深夜时分，她刷着 Yelp 和美食博客上那些精致的甜品图片，只不过这一次不止于欣赏。通过出行，她也是第一次惊奇地发现南加州的城市带是如此广阔而发散，市区和郊区之间没有明显的边界，更像是一个个以高速公路网紧密相连的市镇群。

不到两个月的时间里，她便将城内最出名的甜品店研究了个遍，重点研究对象仍然是意式冰激凌、冻酸奶和法式可丽饼。她现在不清楚地知道最好吃的三家意式冰激凌店在哪里：市中心那家最擅长帕帕雷珂（pappalecco）和提拉米苏等经典口味；太平洋海滩上的另一家则提供各种原创的奶油基底和巧克力混合口味；第三家店则以新鲜多样的水果雪芭著称。另一家位于老城区的巧克力专门店，产品有几十款之多，从传统的黑巧克力、白巧克力、牛奶巧克力、榛子巧克力、提拉米苏，到不常见的玛雅辣椒巧克力、杏仁酒巧克力、橙皮巧克力、马斯卡彭、奶油巧克力碎（straciatella）和榛子巧克力奶油，她都贪婪而毫不掩饰地尝了个遍，最喜欢的还是橙皮、奶油巧克力碎和榛子巧克力奶油这几种。更令人惊喜的是，包括这家在内的几家店也提供现制可丽饼这一“简朴的奢侈品”。在那时的芷衡眼中，一份甜可丽饼配上鲜奶油、意式冰激凌和咖啡是最好的食物，是值得她偶尔违背卡路里的戒律，为学习和减重方面的小小进步奖励自己的最理想方式。当一份摆盘并不精美却分量十足的法式可丽饼放到眼前，微微融化的奶油和冰激凌在上面流动——那便是她一天乃至一周内的高光时刻，所有因为节省卡路里配额而导致的饥饿、寒冷、乘车的疲倦，都会在享用这份甜食的 30 分钟内化为乌有。

忙得没有时间出门的时候，晚上她就吃超市里买来的“开架”冰激凌和酸奶度日。为了不在超市采购的问题上疲于奔命，她不敢再买大体量、高热量的甜品，以免冒因为情绪波动，一不小心多吃下 2000 大卡的风险。常规可储存的甜食中，她只选择低卡路里、包装精致的类型。目前经她考证，冰激凌里口味／热量“味价比”最高的是一个叫 HaloTop 的牌子（240kcal/pint），其次是 SkinnyCow 的低卡雪糕（每根雪糕 100—150 大卡）。然而更少见和好吃的，是亚洲超市里专有的麻薯冰激凌，像汤圆一样，薄薄的糯米皮里包着冰激凌馅料，初尝便惊叹不已。而且每只麻薯团子只有80—100大卡，万一“不小心”吃掉了一盒6只，也不过是480—600大卡而已。这些低卡甜品，以及希腊酸奶、低卡热巧、无糖的杏仁奶、咖啡、绿茶和花草茶、低卡能量棒、味噌汤、Splenda代糖和零卡维生素水——这些便是她唯一能够在家囤积的食物。至于高热量的甜食，她给自己的规定是只吃“现场制作”，绝不在家储存，以免重蹈覆辙。

在像溺水者一般疯狂挣扎、寻求平衡之后，转眼到了十月份，她觉得自己的情况稍微稳定了下来。在那些永远是阳光灿烂的周末，她经常乘车出城，或前往某个热闹非凡的农夫市集，或一路径直坐到海边。靠近南方，这里的海岸线并未变得温柔很多，而是陡直地切到太平洋的边缘。悬崖上的海豹群闪闪发光如铁灰色幕布上的珍珠。随便在海滨公园坐下来，四周是毫不令人惊奇的岁月静好的电影场景：一望无涯的天与海，阳光下碧绿的草坪，叽叽喳喳的海鸥，席地而坐的野餐的家庭，露出健美肌肉的玩滑板的年轻男孩和晒日光浴的年轻女孩，奔跑的孩子和小狗。一切看上去都完美无缺。

这大概就是最典型的美式中产阶级生活了吧。找一份忙碌而收入稳定的工作，贷款买房，结婚，生孩子或养两条狗，平时做义工，上教堂，参加合唱团一类的社区活动，周末和家人一起在海边享受日光浴，长假去欧洲或亚非拉旅游，感叹大自然的神奇或为当地淳朴的民风流下热泪……就像中国中产阶级的典型理想是找到高收入工作、在大城市定居、买房、结婚生子、把孩子弄进重点学校并重复这一循环，如果还能为自己买到一块风水上好的墓地，那便是圆满了。人生轨迹如此的相像，或许是现代性高度发展之后的必然。

她望着大海，想象着把五年后、十年后的自己放进这幅图景的样子，无论在哪个国家，她很清楚，只要她向正确的方向努力，做她该做的事，一切都会按设定好的程序一样到来的。她将会是一个好纳税人、好公民，甚至可能成为一个好妻子、好母亲……但她究竟是谁呢？她一直在思考的这个问题，如今看来着实无足轻重。在这个社会上生存，只要有相匹配的外表、身份、物质生活就够了。但是一个人能被自己的国籍、体重、宠物的品种、早餐麦片的品牌或者一天摄入的卡路里含量定义吗？人的一生中要经历无数事件，其中复杂而幽微的意义，可以仅仅用几个标签概括吗？

太难了，芷衡想。或许大家都在寻找最适合自己的标签，背面写着自己真实的欲望，正面写着“幸福”。她走过了这么多自相矛盾、意味深长的路，以至于任何标签都像是一种偷懒的简化，一种对过去的不负责任。她厌倦了这一切，于是想撕掉所有的标签，所有的属性，成为一个完全空白的人。

可不能这样啊。有个声音说，你会被社会拒绝的！——可是，这样做的不正是她自己吗？明明是她先拒绝了社会而已。

她沿着曲折的海边小径走了很长一段路，直到有些累了，便在长椅上坐了下来。天色微暗下来，海面上升起了薄薄的浅蓝色雾气，虽然有风，天上的云却仿佛静止了一样。时间也静止了。她的思绪依然混乱。她不过是芸芸众生中的一分子，无穷无尽的因果链中微不足道的一环。无论如何运用书本上的理论也好，头头是道地分析国际形势也好，她并不可能预测自己今后将要面对的命运。

她裹紧了披肩，决定暂停对那些不着边际的问题的思考。天冷了下来，她同时感到有些饿了。她犹豫起来，毕竟两小时前她刚刚吃完可丽饼大餐，已经用光了今天的卡路里配额。路边就有咖啡馆。她明明知道，只要走进去就能打消这份饥饿感。但是，以什么理由吃呢？她的运动量并不够，况且今天她也没怎么学习。——她这个散漫的家伙，有什么资格吃呢？

每一次扪心自问都是无比消耗精力的。在被食物唤醒的本能面前，她不止一次感到冰冷彻骨的恐惧——似乎它的存在不仅是为了证明她意志的薄弱，还证明了她对自己的仇恨。如果身体和精神如此势不两立，哪一个才是真正的她？哪一种声音，哪一条道路才代表了她存在的真实？

这样的你，有什么资格幻想“社会化”啊。你不过是个失格者罢了。

她痛苦地、默认般地，面朝着幽蓝的海闭上了眼睛。

5

亲爱的安娜：

已经多久没给你写信了？自从到了美国，这还是第一次。学业繁忙固然是一个理由，但我知道，真正的原因是我始终不敢面对的。在经历了巨大的幸福、巨大的恐惧、痛苦和羞辱之后，现在的我依然处于迷茫之中。有些时候我想把你忘记，把过去的自己彻底否定掉，却又不知道该否定哪一个。否定了你之后，我又是什么呢？我曾发誓忠实于我的信念，忠实于你。

我变了许多。或许并没有。或许现在苏醒过来的才是我的本质，而之前那个努力要做到最好的我，事事不肯放松的我，实际上只是一个不切实际的、失败的完美主义者罢了。

昨天收拾房间时，找出了从欧洲旅行时带回来的冰箱贴和明信片。仅仅是凝视了一会儿腓特烈大帝在无忧宫演奏长笛的画面，我便觉得自己重新获得了力量。

在那些最黑暗绝望的时刻，这位伟大的专制君主，斯多葛主义者的典范，一半是天才政治家和军事家、一半是哲学王和长笛演奏者的怪人总能让我清醒过来，认真思考自己的目的。

曾经的我不是这样浅薄。曾经我的理想仅仅是寻求知识和“遍历世界”，仅仅是执着于理性、美和自由。对于美好的、珍贵的事物，我曾经充满真正的爱——我可以为了寻找一幅画而走遍四分之三的大都会博物馆；可以在成绩并不重要的交换时期，为了写一篇“有意思”的文章而在图书馆待到半夜两点；可以独自在欧洲旅行，看着地图走遍柏林和维也纳的大街小巷。对那时的我而言，食物和卡路里算得了什么呢？不是有更多东西值得爱吗？知识，艺术，自然，一切美的代言者——

但我却把这一切都忘记了。只有两个数字最重要：成绩和体重。或许将来还会加上金钱、美貌、社会阶层——我也会像他们一样，固守这套标准，一直到死。

我当然知道人生不仅仅是被GPA、零号身材和银行存款所定义的，它还包括许多东西，像是散发幽暗气息的尼罗河花园香水，虎斑猫光滑的皮毛，大草原上猎豹疾速奔跑的姿态，雨后森林里的寂静，勃拉姆斯的《德意志交响曲》，黄昏下无忧宫花园里的墓碑。还有那么多那么远的地方：神秘的南美洲，博尔赫斯笔下布宜诺斯艾利斯的街道，那灿烂的老虎的金黄……啊，我愧对了那句名言。我还没有穷尽想要探索的世界。即便世界是不可能穷尽的，我却早早地，在二十三岁的年纪，把太多时间浪费在了微不足道的事物上：体重，热量，食物的种类。人生何时变得这样狭隘，这样无趣了？我本可以拥有更开阔美好的生活啊。

忘记历史就意味着再次犯错的可能。试图否认这一点，更是恶上之恶。

活在当下吧。这并非不负责任，也并非随心所欲不加节制。如果套用这两天学到的理论，这是指根据当前自己的意愿和所拥有的信息，作出最有利于自己的理性选择。但是，信息不对称和判断失误的情况永远存在。经济学家们的理性人假设也远非无懈可击。同样的理由可以得出完全相反的结论。例如：

a. 为了“活在当下”，我选择了食物（以及更多的欲望）；

b. 为了“活在当下”，我选择了你。

哪一项才是正确的？放纵还是节制？肤浅的快乐和真实的幸福？

我曾以为自己已经完全理解了你。但如今看来，我懂得太少，关于你的美丽、诱惑和危险，我所知的远远不够。用低热量把自己逼到极限，威胁到健康和生命固然不好，但反过来，暴饮暴食，或者“并未暴饮暴食”而是沉溺于由食物构成的浮华世界里，难道是件好事吗？这完全值得怀疑。我已在食物上花了太多时间、金钱，还有用于悔恨和自我贬斥的精力。就算初衷是“保证体力和营养”，我也不由得怀疑起这个夏天以前的我，为什么在节制饮食、随心所欲不逾矩的状况下如此开心。后来，我疯狂地跑遍了整座城市，吃遍了想要得到的一切美食，却仍然没有获得满足。一时享受之后带来的空虚、罪恶感与自我谴责，那真是我想要的吗？

就像一个朋友在信里写过的：你缺少的不是食物，不是华丽的幻象，而是爱。

可是，这样的我并不爱自己啊。虽然说着爱一切抽象概念这样的话语，却不知道如何爱自己，更不用说爱别人——这样的我，又如何从别处获得爱呢？

如果爱真的是那样容易得到的东西，我大概，当初也不会选择你了吧。

那一晚我从海边回到家，冷得发抖。我径直冲进自己的房间，站到秤上，也许瘦了一点，也许没有变化。我很久没有称过体重了。看来我的计划是对的。只要不暴食，吃到基础代谢以内（1200 大卡以下）都没关系。只要我意志坚定，远离诱惑，专心学习，忘记暴食险恶的圈套，我总归是安全的。

所谓的平衡之道。多可笑啊，但我明白这是妥协。我回不到 60 磅了。那样的念头依然存在，即使他们说我那时瘦得可怜，我仍然想回去。即使是那些冻得发抖的时刻，我也不能忘记那些美妙的烟花绽放的夏夜，在人流如织的威尼斯人酒店广场，仰望被霓虹点燃的拉斯维加斯夜空的时刻。伴着交响曲冉冉升起的喷泉，藤蔓植物和玫瑰装饰的金色大厅，陌生人群的絮语、微笑、狂喜，微凉的空气里的玫瑰、蜜糖和奶油的香甜。在广场上与奇装异服的街头艺术家们合影时，那时仅仅 60 磅的我，不是笑得很美、很幸福吗？难道这幸福还不够真实？

那是我一生中最甜美的记忆，胜过任何美景，任何爱情。因为这一切都属于我自己，仅仅属于我自己。什么都没有改变，什么也不会被遗忘。

请把你的力量给我，安娜。

再过两周就是万圣节舞会了。让我做一个瘦女孩吧。

你的朋友 陶芷衡

2012 年 10 月 13 日

※ Dark Paradise

死亡，

是一种艺术，和其他事一样。

我尤善如此。

我如此做，感到死如地狱。

我如此做，感到真实。

我猜你会说我是听了召唤。

——希尔维娅·普拉斯《拉撒路夫人》

1

“根据通行的标准，成年女性的 BMI 低于 17.5 即意味着严重的健康风险。而你的 BMI 是 12.3。因此我们强烈建议你入院治疗。”

“不，我不需要。”

面对两位校医，她坐得笔直，在背后攥紧了冷汗涔涔的双手。

“我们如此建议是有充分的考虑的……至于治疗费用，你的学生保险会涵盖绝大部分。”

“谢谢您的关心。但是，我希望坚持我的意愿。目前无论就身体状况，还是学业完成的情况来看，都没有进行强制治疗的必要性。作为成年人，我也有权拒绝强制治疗的建议。”

“那么很遗憾，我们必须就此决定通知你的学院和家长了……”

身材高大的那一位医生推了推眼镜，语气平平淡淡，却暗藏威胁。那种态度简直令人心头火起。

“请便。”她耸耸肩膀。

从下午四点半到晚上十一点，这一套审讯般的流程终于结束了。她筋疲力尽地回到宿舍，倒在床上，手中只有一纸空洞的诊断书——最终还是没能逃过那个“确诊”的标记。像是耻辱的金色星星。

这又能怪谁呢？说到底是她自己搞砸了这一切。

她不该在周六下午去亚洲街的日本超市——去那边要转两次

车，出行本就不便，周末车次也更少。更不该，在转车站等第二趟车的时候，莫名感到一阵心悸。

如果不是因为那一瞬间的眩晕，如果不是因为她在慌乱中摔破了膝盖，如果不是……

世界就在那短短的两三分钟里完全暗下来了。

她用地震包里的药品简单地处理了伤口，拖到周一才去了校医院。不料第一道程序便是称身高体重。护士和全科医生见到她的指标，大惊失色，于是便发生了“被要求强制住院治疗”的插曲。

“只是膝盖擦伤而已，我没事。”她坚决拒绝，“天然体重过轻在东方人中相当常见。你们再这样下去就是搞种族歧视了。作为成年人，我有权力要求离开。”

这种套路她可在电视节目里见得多了。幸亏她事先对这些程序做了研究：强制治疗那一套只能用来对付未成年人。只要保持冷静，坚持程序正义，拒绝到底，最后的结局都是被放走。

可风波还没有过去。过了两天，她果然被系秘叫去“谈心”。系秘之前与她聊过天，态度倒是“宽容”得很，并不直接戳她的伤疤，只是问道：是否一切都是她自己的决定。

“是的。”之前晕倒的小插曲她甚至没有告诉家里。

“那么，你也要为你的决定负责。如果真的到了没有办法坚持下来的程度，休学治疗也是可以的。我们有很多这样的例子……”

“但我目前状态很好。谢谢您的关心。”

“真的吗？”系秘神情和蔼地望着她。她有一瞬间万分羞愧，仿佛被看透了那样一种属性：推迟的青春期，迟到的、不再可爱的叛逆期，在其他人都已经成为大人的时候，她却还如此“令人担心”。

但今天她特意化了妆，涂了色调明亮的口红。她挺直腰杆，微笑着补充道：“万一真的有什么问题，我也不会给学院添麻烦的。请不要把我当作特例对待。”

系秘女士关切的神色显得凝重了起来：“学院的要求很严格，我也知道你不会在学业上令人失望的。刚才那番话，只是希望你能注意身体，也多和同学们亲近——研究生院的生活不仅是书本。芷衡，我希望你能作为一个成年人去生活！也许有一天，等到你毕业，会发现自己真正长大了。”

芷衡吃惊地望着她。果然，她被看穿了。她那成年人的外壳下藏着的青春期的绝望和倔强，在这些早熟的美国人看来，大概过于幼稚可笑。她大体可以如此剖析自己，但并不能立竿见影地解决任何问题。会有那样一天吗，那所谓的“毕业”真的会如约到来吗？

她不禁就这句话产生了一点点感激。即使明知道对方的关爱大部分是出于程序性的礼貌。

“抱歉，是我太幼稚了，给学院、给您都添了麻烦。”

“不，我的工作就是这样！”系秘女士仍是那副和蔼的笑，“当你觉得孤独，想要找人聊天的时候，请多多来‘麻烦’。——此外，我这里也有不少巧克力可吃！”

“好的，我答应您。”

她推开门，深吸一口气，走了出去。

2

过了两周左右，她收到了冷月寄自欧洲的明信片。遵循惯例，她将所有的明信片小心地用透明玻璃纸包起，再放入一个用于储存不规则尺寸文档的文件夹内。那里埋葬着她高中以来全部的青春：明信片一旦落地，便像蝴蝶标本一样，以永生的形式死去，被葬进完美无缺的玻璃棺材里。

死亡是一门艺术。但她现在还不能献身于此。这件艺术品还没有被完成。她还有责任，重大的、独一无二的、无法推卸的责任。

Everytime I close my eyes
It’s like a dark paradise
No one compares to you
I’m scared that you
won’t be waiting on the other side

一人独处时，芷衡喜欢把音乐开到最大，把蓝牙音箱扔到床的另一边，让拉娜·德雷迷幻而寒冷的声音隔着空间和时间远远地透过来。这张旧版的 CD 本是她购物时得到的赠品——那时她刚出道不久，远称不上流行，却阴错阳差成了她最喜欢的专辑。那些歌咏着六七十年代、遥远的美国梦和夏日风情的靡靡之音，奇妙地将她在北京的最后一个月和来到美国的最初一个月联系在了一起。在拉斯维加斯度过的四日三晚，那令人激动的、仿佛回响在空气里的华彩乐章，和离开北京前她穿着浅色连衣裙和平底鞋，在烈日下钻进胡同咖啡馆消磨时光的日子，被音节和色彩捏成了同一种美妙的夏日记忆。那时她感到如此轻盈，生活如此美好皎洁，而不可知的未来又是如此充满希望。

——后来她就来到了这里。

在死气沉沉的房间里日复一日地写着论文时，逝去不久的夏天有时会浮现在眼前。这个奇迹之年的夏天并不令人感伤，它是轻浮、华美、绚烂的，泡沫一样斑斓而不真实。身处其中时，她并未感到任何一丝来自日光与大地的温暖。

她起身开了窗，想透一透气，让冷空气使困顿的大脑兴奋起来。南加州的冬天终于来了，虽然没有北京滴水成冰的酷寒或香港的湿冷，对本地人也是相当难以忍受。这对于芷衡不是问题。她早就习惯了寒冷，习惯了全副武装地穿着毛衣、戴着露指手套在电脑前打字，靠一杯热茶温暖僵硬的手指。她的季节感已十分淡漠了。

趁着屋里换空气的工夫，她走到阳台上点了一根烟。此刻是周末，室友已经回家了，这让她松了一口气，但这并不能掩盖她看着天色开始黑下来时，所感受到的刻骨的孤独。她又是一个人了。她终于自由了。这不正是她想要的吗？

夜空多么辽远，连最近的那颗星星也在数十光年之外。

医院事件令她的警觉度大大提高了，经过查证资料，她发现在恢复期内大量摄入卡路里，更容易增加心脏的负担。至此为止，经历了相当一段的艰难挣扎，她终于基本控制住了暴食倾向。但“保持体重”却并不比减重本身轻松。经过多次试验，她发现在现有的低体重低代谢和高强度工作下，每日摄入 500—1200 大卡最为合适；吃太少会容易暴食，吃太多又会有长胖的风险。她制定了一个有弹性的饮食方案，试验一周之后，发现体重不变，这才安下心来，慢慢恢复了在食物面前的冷静和自制。渴望甜食的时候，她还是会跑去喜欢的店铺，吃冰激凌、冻酸奶和昂贵的手工巧克力。而碳水化合物却是让人无法自制的可怕魔鬼——如果饥饿的时候进了面包店，她就完了。“像驾驭一匹脱缰的烈马那样，虽然很难，但总得死死地勒住缰绳才行。”

在 2012 年的末尾，她过着孤独而自洽的生活，天气好的时候也喜欢一个人出门散步，买菜，逛街。在他人惊羡的目光里试穿最小号的衣服。那天刚刚解决掉一门统计学考试，她去了商场，在最喜欢的店里试穿了一件芥末黄的毛衣外套，搭配自己湖蓝的连衣裙。走出试衣间时，她再度为那种强烈的对比度感到震惊——那是她一直想穿而不敢穿的颜色，现在却变成了某种她可以驾驭的东西。店员发出一连串“You are so tiny!”（你好瘦啊！）之类的赞美，她却像没有听见一样。她朝穿衣镜里回头看去，看着自己修长的小腿，那是高中时的她从来都不敢奢望的东西，她不能保证自己永远会拥有的东西。至少她此时是快乐的，真实地快乐着的呀！失去了“瘦”，她还剩下什么呢？

永远不忘记最初的信念。永远不忘记那年冬天，站在健身房里的体重秤上许下的誓言。永远不忘记那些冷遇，被自己的标准羞辱的时刻。永远不忘记那些看似轻松，却是艰辛和汗水换来的日子。永远不忘记你那不切实际的梦想，它给了你一切，在这条路上你只能一直走下去，永不回头，变得更加坚强也更加孤独。如果代价是无尽的孤独，你愿意承受吗？

我愿意。这一刻她终于明白：所有代价都是值得的。

她最终买下了那件没有打折却有最小码的毛衣外套。穿上它走出商店，走过空旷的街道和广场时，连清冷的空气中都泛起了一丝温暖的、属于秋日的金黄色涟漪。秋天已经过半，冬季就要来临，这刻骨铭心的孤独也不会长久。

3

秋日的温暖时光毕竟有限。一入 11 月，各种大小考试和死线如降温预警一般纷至沓来。这给了芷衡更多宅在图书馆里学习的理由。她偏爱位于校园中央的主图书馆，一座负有盛名的六角形未来主义建筑，即使位于山坡和丛林下方，仍然闪耀着令人无法移开视线的魅力。它是这所学校，乃至这座城市的象征。她偏爱的还有它的内部结构，是那样玲珑而富于对称感，沿着八层的阶梯走下去时有令人眩晕的效果。七层和八层是安静自习区，她习惯在课后抱着电脑冲过去，拣一个临窗的座位，安逸、温暖，一抬头就能看到校园里的景色，乃至天海交融的湛蓝明媚。阳光，大海，透明的空气，优秀的导师和同学，足够优质的课程，上好的图书馆资源……

走到了抛物线的顶点，她却全然失去了乐趣。

看到冬季的选课目录，她不禁吃了一惊：必修课里会计学都赫然在列。第一学期已然有不少经济类，作为基础尚可理解。*为什么还要学会计学？如果要学商科我根本没必要来美国！*她重重地摔下手里的书。不，她不该抱怨的——她没有资格。接受一切不合情理的东西才是她的性格。她不明白，如今的自己为何会有这么多的怨气，想要把责任推给环境，推给课程表，推给每一样妨碍了她的人或事。

有时她觉得自己像是变了一个人，体重虽然控制住了，却无法控制自己的情绪。和母亲通电话的时候时常吵起来。母亲刻薄地说，她一年多没有月经了，所以脾气才像个更年期女人一样。似乎母亲和那个被抛在身后的家，是她唯一的坏情绪出口。一旦放下电话，她就得重新面对一切：纷繁的日程，她不喜欢的编程作业（北美的社会科学界对量化研究的依赖到了令人发指的程度），毫无头绪的课程，即将截止的报名表格，隔墙传来的室友无厘头的叫喊。

有一次她和同学连线写小组作业，写到四点才结束，合上电脑却无法入睡。她爬起来，披上外套，像鬼魂一样溜下楼抽烟。缀满晶莹露珠的草地，发白的天空里悬着的清冷的、象牙一样的月亮，摘下眼镜时，镜片上全是雾气，白茫茫地从她青色的手指尖钻出来。她把那双手举到眼前看了看。那是双老人一样难看的手，枯干、苍白，爬满了凸出的青色血管，尽管涂着蓝色的指甲油，却显得愈加没有血色。而她却要用它们写字、拎包、做扫除、拧开冰冷的零度可乐瓶子。这双手是她亏欠得最多的东西，她想。这一切究竟是为了什么呢？

她不知道，甚至没有兴趣知道。问题变得太过复杂了。她需要时间，很多很多的时间。

只有庸人才喜爱定义“正常”并津津乐道于此——一个多么神奇的字眼，给予他们某种虚假的安全感，帮助他们以标准化的方式理解这个世界。但这正是那些伟大的头脑所鄙弃的。我将为何而生？作为从众者、平庸者之中的一员？还是为了更崇高的使命，更美好的目标而奋进，像过去一样？我并不比任何人优越，却仍然渴望做那深陷污泥中仰望星辰的人。是她给予我力量、尊严、意志力和心灵的宁静。是她从绝望的荒原里救我出来。是她，让我在经历一切痛苦磨难之后，成为更好的人。是她让我的生活变得特别，变得值得一过。这有什么错吗？

选择已经作出，我将信守我的诺言，直到最后一刻。

基于我的自由意志，我选择了自己的锁链，自己的十字架。我选择了自己的命运。这是我能想到的、能做的最好的事。忘记那些善意或非善意的，实用主义、市侩主义和成功学编织的谎言吧，它们让我恶心。

我将与她共存，为她而活，并对在她的爱中死去，直到死亡将我们分离。

她平静地在日记本上写着。一行行细长的笔迹不断地涌现，不断有新的思绪抛下。笔迹闪着幽幽的微光，像划过长夜的流星。

她心知肚明，这并不算是“答案”，不过是加入了太多个人感情的倾诉或独白。但她喜欢这样的倾诉。在这个缺乏理性的、疯狂的世界上，一切仍是以信仰始，以信仰终。如果说她需要一点点信仰，一点点非理性的力量的话，不过是因为——自诩为理性主义者的陶芷衡，也只是一个挣扎在逻辑怪圈里、想要努力自圆其说的、而且比大多数人还要笨拙的普通人罢了。

4

寒假只有三周，但她还是回了家。只是当她站上家里的体重秤时，发现比在学校时还重些，沮丧之感也随即袭上心头——是宿舍的秤不准，还是期末后庆祝性的大吃大喝遭了报应？她说不出原因，但觉心头堵得厉害。

注意力不被学业分散，人很容易走到失控的边界上。为了避免一次性接触大量食物，在美国时不论多不方便，她都尽量避免大宗购物，除酸奶和水果等“安全食品”之外绝不囤积零食。而今，她惊恐地发现家里处处都是诱惑。以前毫不入眼的零食，如今都成了散发致命吸引力的东西，更别提国内商场一家连着一家的小吃和甜品店了。逛街时她对衣服饰品已全无兴趣，注意力全扑在食物上，仿佛有填不满的饥饿，心理上的更胜于生理上的。

真没出息啊，有个声音轻蔑地说。

或许是蛋白质减肥法的反弹。考试的两周内她几乎只吃蛋白粉、蔬菜、水果和少量鱼类，虽然瘦得很快，缺点也很明显：她又对碳水化合物产生了疯狂的渴望。这种强烈的副作用一直持续到假期。不止一次，她在正餐后又吃了过量的零食：一大袋花生糖，两整板巧克力，杏仁酥，龙须糖，以前她根本不爱吃的各种甜腻的零食。父母见状，也只会鼓励她再多吃一点。她不敢也不愿去想暴食次日那些充满耻辱感的清晨，不敢称体重，不敢照镜子，不敢出门，连窄腿的牛仔裤或连裤袜都不敢穿——她知道那时自己的小腿会肿起来，眼睑也会浮肿，因为吃了过量的泻药，脸色会像死人一样灰白。

如果“节食”是她自己的选择，“暴食”则完全由不得她了。最可怕的是：她没能学会催吐。只是一味地吃，贪婪地下咽，像要把自己撑死一样。这样下去是不行的，她仿佛听见那些嘲笑：瞧，这就是本来的你啊。你也有这一天的，你引以为傲的意志力也有用光的时候。食物是不是很美味呢？反正今天已经吃了，要不要再来点别的？

再次踏上电子秤时，上面的数字是 34 千克。这个数字在她看来如晴天霹雳：仅仅一周就长了三斤之多。之前的努力灰飞烟灭。

如此浑浑噩噩数日后的下午，她接到了冷月的短信。对方收到了明信片，也终于读了她补记的日记。如今他知道了一切。她莫名地想着，被羞耻和不安的感情充满了。“回北京了吗？我想见你。”他直截了当地问。她匆匆答应了，背靠着墙，脚踩在暖洋洋的木质地板上，却莫名地冷得发抖。

缺少的不是食物，不是华丽的表象，而是爱。一开始就有人点醒她，只是她执迷不悟罢了。

这并不是自我毁灭的本能，只是“想变得更好”的本能，却在努力抗争之中走到了过于极端的地步。即使减到了理想体重，仍然贪婪地想瘦一点，再瘦一点。她还记得最初的目标吗？想要看到体重秤上的数字不断减少，明天比今天更轻，就像年轻永远比年长更好。仿佛那样做就能永远留住青春，留住梦境，留住世间所有的美好事物一样。可到头来，幸福的瞬间仅仅是一闪而过，越灿烂越不可能长久：60 磅的数字，她的粉色连衣裙，巴黎地铁里的冷冽气息，穿过广场护栏寻找彼此身影的春日，故宫花园的白昼，拉斯维加斯夏夜的烟火。

现在发言权在他们手里了。他们尽可以围攻她：她是个蠢货，狂热的理想主义者，飞蛾扑火般追求一个不可能的目标，将自己燃烧殆尽。可是，如果一切皆错，为什么她依然留恋那时的选择，那些短暂的幸福的瞬间？她从未压抑过、从未否认过自己的心情。只要是真实存在过的，便不能被抹去。

她想和冷月好好谈谈。啊，如果他能理解如今的她该多好！她已经丧失了最后一点尊严。对那个冲动失控的自我，她已失去了耐性。她不敢承认那就是自己。

5

她从书架上拿了两本书带给冷月：苏珊 · 鲍尔多的《不能承受之重：女性主义、西方文化与身体》，探讨进食障碍与文化之间关系的社会学著作；以及保罗·乔尔达诺的获奖小说《质数的孤独》。

最难以理解的是她自己。即使她已大量读过这些阐释进食障碍的心理学、社会学、人类学理论，仍然无法完全解释降临在她身上的小概率事件。她本人就是理论与现实之间分野的活生生的明证。没有任何一种模型是完美适用的。文化因素？当今的中国尚未达到西方社会那种物质极大丰富的程度。媒体影响？她对娱乐新闻几乎完全漠然，也不是某个骨感明星的崇拜者。在家庭中争夺控制权？可能有那么一点关系，但初衷不还是出自她自己吗？她几乎忘记了一切是怎么开始的，并不认为这是父母的责任。如果谁有责任，那也是她自己的，她的选择——她选择了这艰难的、不被看好的命运。

总而言之，一些人减肥，失败，之后便放弃。只有少数人会从减肥走入进食障碍这道窄门。最开始它仅仅是一些习惯，奇怪的细节，有些锱铢必较的强迫症，渐渐却成了一套意识形态，有了它自己的体系，自己的生命力。此前她之所以减得如此顺利，无非是靠了这套自动化的模式。该吃什么，该做什么，一切都被安排得井井有条，每天都是一样的往复。从那时起，吃饭早已成了一项数学作业，除了必要的营养素和卡路里数值，一切都不再重要。

只有数字和镜子是真实的。只有它们不会欺骗你。

她站在地铁入口，远远望见冷月站在扶梯上。他还是那副样子：厚实的深色大衣，手插在口袋里，俨然一位“只要脚下的交通工具还在前进，我就不停止思考”的上进学术青年。

她走了过去，对方抬起眼睛，像是从一片无序的混沌中认出一串有意义的数字。

“你一点也没变。”冷月终于说。

“没变”是指和什么时候相比？现在的她在冷月眼里——或是路人眼里究竟是何种形象，她并不知道，也不太想确切知道。比起去年夏天最瘦的时候，她自觉已胖了不少——即使数字只是个零头。不论如何谨慎地穿着遮掩身材的黑色毛衣，用化妆来提升气色，直觉告诉她，这一套试图掩饰自身病态的努力是徒劳的。不论她在自己心目中是“胖”还是“瘦”，在旁人眼中无非是个可怜的家伙罢了。

真令人失望。她在心底叹了口气。

“一会儿去吃什么？”冷月温和的声音打断了她的浮想。

最终选了一家日式咖喱专门店。她点了什锦咖喱套餐，却没有什么胃口。连续几个晚上一直缠着她的恼人的饥饿感竟忽然消失了。她默默地坐着，漫不经心地喝着可尔必思，看着冷月安安静静地吃东西。她感到他们之间有一道透明的墙，只有开口发声才能将之打破，但此前许多分钟里累积下来的迷人的沉默也便随之消逝了。

“你都不怎么吃吗？”墙被打破了。

“啊，我早上起得太晚了，还一点都不饿。”

冷月皱了皱眉：“我说你啊，是不是对体重的想法还是太敏感了？明明已经这么瘦了。”

这是他第一次把这个“敏感话题”提到明面上来。她并没有受到冒犯的意味，只是备感矛盾——明明想好好地、认真地就此为自己辩解一番，内心深处却仍不住地有羞耻感翻涌上来。

“喂，明明这半年在美国胖了好多。”

“那是你之前太瘦了吧。夏天那些照片看起来，简直到了让人担心的地步了。”

“人和人是不一样的。”她解释道，“所谓‘体像障碍’具体是怎么一回事，我其实并不理解，但人人都有值得为之钻牛角尖的事情。”

“这就是你钻牛角尖的事情？值得吗？”

“即使懂得所有道理，也未必愿意放弃自己努力得到的东西啊。”

她注视着自己搭在桌面上的双手。回家几天养得白嫩了些，手背上的伤和凸起的青筋依然清晰可见。她把手缩回袖管，笑了笑，装作随意地移开了话题。

饭吃完了。冷月执意要买单，于是芷衡提出来请咖啡和甜品。临近春节假期，商场里大大小小的餐厅和咖啡厅都人满为患。终于找到一家没喝过的咖啡角坐下来，她毫不犹豫地点了一杯美式，冷月则点了双份意式浓缩。

这家伙竟然也只喝黑咖啡，她默默地在心底记上一笔。

“所以，你毕业后打算去哪里？留在欧洲还是回来？”她总是岔到这些大而无当的话题上去。

“现在还难说呢。没有什么最理想的去处——大概我也要引用昆德拉那句‘有别的地球仪吗？’。”

是啊，或许并没有别的去处。或许并没有什么永无乡、梦幻岛，也没有什么奇迹之年。纵使选择了相反的选项，也不能决定脚下的世界线如何展开。一切真的只是她的幻觉吗？咖啡端了上来，她随手撕开白砂糖包，倒在碟子里，晶莹洁白的糖粒像流沙一样漫开。她将它们吹平，铺好，取了支羽毛一样轻的搅拌棒，往糖海里浅浅地、有一下没一下地划着。

“人类真是可笑。小时候我以为，”她头也不抬，继续划弄那摊白糖，“只要认定一个目标，有所规划，坚定不移地走下去，就能得到幸福、成功、安宁。可在过去的一年多，我却并没能感觉到幸福。大概是天生缺少感受幸福的能力吧。”

“你想多了，愿望满足了就会无聊，不满足又会心生怨恨。”

“叔本华先生永远阴魂不散。”她笑了笑，“你应该继续说：人活着不是为了追求什么幸福，能最大限度避免痛苦就好了。可惜啊，即使明白这些道理，也还是……”

方才那番陈述半真半假，并非完全出于她的本意。事实上，如果幸福真实存在的话，去年夏天她已经经历过了，“奇迹之年”绝非虚妄。但他是不可能真正理解的，再聪明的人也只能理解自身经验和兴趣范围内的事物。

如果承认了那一刻自己所感受到的幸福，就是加倍坦承了此刻的失败。这样令人羞耻的、可怕的事情，她目前还做不到——或许永远都做不到。

“别想太多了。你需要休息，此外给自己多一点时间思考，有反复也不要紧。”冷月用安慰的语调说。

她抬眼望着对方，感到“感谢”是一个大而空洞的、多余的词。此刻她又想起了澄美，想到在起伏动荡的大学时代，她们曾经那样交换过彼此的世界，拥有过彼此的热血、黑暗和内心深处的神秘。说起来，她该感谢的人太多，最痛恨的却是自己：要是他们一辈子都不知道她的阴暗面就好了。但她非要这样将真实的自己暴露出来，让最好的朋友们看见这一切，还要装得若无其事。哪怕耻辱的刀在割着心脏，滴着鲜红的血。

这样就安全了。这样他们就会保持距离，不会像她和澄美一样伤害彼此。

“谢谢你。”

他们默默喝完了冷掉的咖啡。

逆着人流往回走时，她觉得自己又成了一只随波逐流的小船，在焦虑和惊恐的风口浪尖上游走。回到家，她第一件事就是打开橱柜，拆开一包包零食，又一次开始了……她多么希望能在某个点上停下来啊，但她没有。她已然承受不了这样复杂的思绪和强烈汹涌的感情，暴食成了她麻痹自己的唯一方式。为何要一次又一次地重复这愚蠢可悲的错误呢？她并不知道。饥饿感涌了上来，新一轮疯狂反扑即将开始。理智被击穿，淹没，葬身于汹涌波涛中，千尺悬崖之下。

※

至此无归

可是，查拉图斯特拉啊，我已跟在你身后奔波得极久了，虽然我躲在你后面，但我却是你的最好的影子：凡是你坐过的地方，我也坐过。

我跟你走过最远、最冷的世界，就像自愿在冬天积雪的屋顶上走着的幽灵。

我力求跟你一起走进任何最糟最远的禁区：如果我有什么长处的话，那就是我对任何禁令都不害怕。

——弗雷德里希·尼采

《查拉图斯特拉如是说》第四部，“影子”

1

手机闹铃第四次响起，她第四次伸出手去。确定的是，即使现在起床，以最快速度赶到教室，她也错过了那堂课。

管它呢，反正是起不来罢了。

她缩在被子里翻了个身，一丝凉意从被角渗进来，这冰凉的刺激猛地点醒了她：今天没有课。是周日，也是大年初一。

她撑着手臂坐起来，看了一眼床头水杯里昨夜喝剩的水，感觉自己在发低烧——某种程度上，她也分不清发低烧和日常状态的区别。这种近于脑体分离的感觉她再熟悉不过了：没有什么力气，走路像踩在棉花糖上，轻轻软软地，头脑却异常清醒。

她抱着头蹲下去，重重地，仿佛许多年的过去都压在太阳穴上。这么多年了，她始终还是一个彻头彻尾的失败者。

这还是她第一次这样过年。她还不知道Stata大作业怎么做，期限就在下周一。要不要写信去问别的同学呢？此刻她发现不参加小组学习是完全失算了。现在要她朝任何人伸手寻求帮助，该怎么开口呢？

——当你意识到一件事的严峻程度时，往往已经晚了。

此刻是大年初一。她知道其他中国学生必定不会像她那样凄惨。他们会聚在一起包饺子，玩游戏，聊八卦，一起将作业题研究得清清楚楚。她呢，却无声地把自己隔绝在外。说到底，是她自己将自己隔绝在外的。“食物是情感交流的一种象征。”她未尝不知道，自从逃避共餐的第一天起，她也屏蔽了一系列建立联系的机会。以吃喝玩乐构筑革命友谊是人类的共性，但她被自己放逐在这共有的世界之外了，放逐于人类的共同体之外。

他人的玩笑话也能反映出这种残酷的真实。某日放学后，她在车站偶遇熟人，寒暄间对方突然抛出一句："这里大多数中国留学生都觉得蛮累，我看你倒很轻松啊！"语气如此直率，长满青春痘的圆脸上的表情如此坚定，令她一时震惊到无言以对，见到车来了便仓皇溜走。坐在车上缓过神来，她才感到一阵愤怒：她很闲吗？她明明已经这样辛苦了，不仅要应付学业、生活琐事，还要时刻与食物斗争。城市这样大，她有时却会赌气坐一小时公交去喝一杯爱喝的奶茶。而他们对此一无所知，好像她只是有着脆弱外表的花瓶。更可恨的是，她甚至不知道那人的名字。他是谁，对她了解多少，凭什么这样评价她？就算她不扎堆跟人打游戏、唱 K、写作业、混中国学生圈子，她就成了一个可以被随意臆测的对象了吗？

电话中提到此事，母亲摆出一副事后诸葛亮的态度。

"我早就告诉你了。没有社交圈就没有话语权……你是什么人并不重要，别人认为你是什么人才重要。"

令人泄气的是，这似乎并没有错。

一切究竟是如何开始的呢？

她上了台阶，在天桥中间漫无目的地走着。因为怀揣着这样的问题，步子显得有些滞重。从宿舍走到这里有一英里半，20分钟左右。马路右边是一家大型购物中心，有服装店、家具店、餐饮店、电影院和儿童游乐场。马路左边是居民区，另一家较高级的英国超市、一些开了有些年头的餐厅和商店。本地居民以中老年人居多，但她也时常见到穿着 Lululemon 的瑜伽服或 Anthropologie 的碎花裙的年轻白人女性，推着婴儿车、带着孩子或独自一人，拿着大杯咖啡、无糖姜汁汽水、一盒素食比萨或有机蔬菜沙拉，坐在超市旁边的门廊下明亮的阳光里。

她掉转头，走下了右边的楼梯，想先去商店里转一圈。

店铺一角摆着一排瓶瓶罐罐，这是卖香氛的柜台。对于室内香，美国人似乎格外偏爱过重的甜香调，特别是所谓的“美食调”：香草味、肉桂味、姜饼味、巧克力味、曲奇饼干味、枫糖味、蛋奶酒味、提拉米苏味。大半年过去了，在甜点铺和冰激凌店中，她的鼻子和味蕾灵巧地记住了如何辨认这些香味，她甚至也学会如何读出那些意大利语和西班牙语词根的名字。不同的甜食似乎会染上不同季节和不同情绪的底色。

笑容满面的女售货员在分发香氛试纸，也给了她一张。一缕熟悉的香气飘了过来。黄油朗姆，甘草糖，还是都不是？她机械地站着，忘记了该做些什么。记忆像电视屏幕上的雪花般洒落下来。

那是四年前在密歇根交换时的记忆。她还记得国际学生们一起去买万圣节服装，还有临行前那场俗丽却温暖人心的派对。在众多的派对上，女孩子们用得最多的就是这种香调的香水。她们穿着一些平价品牌的服饰，但年轻和美丽可以使任何廉价服装都显得光彩照人。她同时记起了自己在狂热学习之余，是如何羡慕着她们的美貌和活力，微微晒黑的匀称的长腿。然而她那时的衣服也还有一半是母亲给买的，带着童装式的土气。那时她也 20

岁了，穿得却像12岁——却不是无忧无虑，长袜子皮皮一样的12岁了。

其后是夜间从图书馆回到宿舍，其间要翻越校园中央那座小小的山坡的情景。整个校园也是那么的小，以至于她可以在脑中重现那种一览无余的感觉，简单得如同从天桥向下俯望。深秋的夜晚，草地还是绿茵茵的，没有蝉鸣，也没有多少古典的秋意。可当时她的心中涌动着大海般的激情，好像自己的命运已经和这片土地连为一体。不止一瞬间，她以为自己爱上了这个海对面的国家。

如今她睁开眼，发现这致命的激情几乎被耗尽了。就连对"美"的追求，作为成年女性去生活、去掌控命运的追求，也已经渐渐退去，成为海潮回音一样微弱的呜咽。

一切究竟是如何开始的呢？

独来独往的生活习惯，在香港并不是大问题。在这里就不是了。不过，是她自己没有把"真正的心思"放在学习上，不是吗？迟到、拖延、不好好参与小组学习，是她自己纵容了自己的恶习，进而逐渐毁掉了一贯的好学生形象。怎么可以这样？她从心底问自己，一遍又一遍。这还是曾经那个上进的陶芷衡吗？

这些行为自然有百害而无一利。她明明如此清楚其中的危害，还是听之任之，没有下定改过的决心。连接意志和行动之间的链条断裂了。她像一个电池出现故障的机器人，虽然部件依然完好，却一天比一天更加迟缓、笨重、老化下去。她的意志力，她最引以为傲的东西，如今在一天天死去，她却只能眼睁睁地看着，别无办法。

她很清楚一切是什么造成的。食物。食物是一切恶之根源。

尽管咬牙切齿，她终究是戒不掉这必要的罪恶。她要学习，她需要能量，但这不等同于强迫性地想着食物，或者强迫性地对某种食物念念不忘。有时她分不清自己究竟是“馋”，还是真正的饥饿。她和食物之间的关系始终没有正常化。

这种不正常以某种形式固定了下来。工作日她会一丝不苟地控制热量和食物种类，吃新鲜水果、麦片、酸奶，顶多是学校里的冻酸奶。周六则成了 cheat day，完全不计较热量的疯狂吃喝。除了附近的几个大型超市和熟悉的甜品店，她还养成了周六一早去农夫集市的习惯，早早起床，在车站等上二三十分钟，让公交车把她带到色彩缤纷的海滨集市去。这是比学校周边的传统富人区、亚洲街和小意大利区更吸引人的地方，人们拥有更平等主义的热情和更友善的微笑，令她感到舒适自在。当然，她的重点仍然是食物，那些平日里不敢染指的高热量食物：大块的美式流心软曲奇，乡村苹果派，切成小方块的凝脂般的大理石芝士蛋糕，令人心旷神怡的甜香的烤松饼，蜂蜜、枫糖或黄油浸渍的坚果，新鲜的牛油果酱，琳琅满目的手工巧克力。不失谨慎地采购之后，她坐在一旁的凉亭里，先拧开一瓶冰好的零度可乐，大口喝上几口，安定心神，再扑向那堆食物，在进食的过程中因为新鲜感、兴奋和血糖上升而感到目眩。有时她会一次性吃下半打曲奇饼干（一块大概有手掌大，热量不会少于 300 大卡），一把枫糖杏仁，两枚松露巧克力，还有接下来在咖啡厅里的香橙摩卡和水果挞。不计算，不去想卡路里，只在这一天里自我放纵，像自己鄙弃的饕餮之徒一般。似乎吃下这些甜得发腻的食物，内心的空洞就能被填满，心境和生活就能重新变得甜美宜人。

欲望。人的欲望是个无底洞，如果仅依靠食物一类的外物填补，最终还是会崩塌，消解，自我毁灭。在相互矛盾的信仰和欲望之间活着，带着恶的念头，却称颂善与美的理想——这难道不是一切痛苦的根源吗？

其后的周日便是自责、忏悔、重新回到节制轨道上的努力。她会大量饮水，喝葡萄柚汁、大麦青汁和苹果醋，吞服泻药，疯狂锻炼和做家务。暴食过后的身体是多么多么丑陋啊。因为水肿，脚有时会挤不进鞋子，穿着黑色打底裤的腿在镜子里像庞然巨柱。渐渐习惯了这一切的她开始安然地观察自己，不知有几分是真实，几分是她脑中的幻想。她查阅过资料了，仅仅是水分而已，可是这仍然是她犯罪的下场。只要吃下那些食物，她就会变成这个样子。节制？那是不可能的。只要吃了第一口被禁止的美食，就会有第二口、第三口，直至吃下全部。放纵和节制一样，一旦开始就没有尽头。

她已在这条路上走得太远了。

2

一场战斗终于接近了尾声。

她推着购物车朝排着长队的收款台走去，感到筋疲力尽。此前她已经在超市的一排排货架间转了许久，穿过长长的通道，看着货架上那些经过过度包装的、琳琅满目的食物，在半明半暗的灯光下散发出险恶而诱惑的气息。这场景让她想到图书馆，想到几年前的自己是如何站在高高的书架前，仰望着一套篇幅令人肃然起敬的《剑桥中国史》或《布莱克韦尔政治学百科全书》。那些虔诚到荒谬的时刻早该像冰川时代的雪线一样消失无踪，此刻却毫无预兆地重现，令她心烦意乱，甚至无法集中精力阅读包装上的卡路里标签。她直起身，朝冷冻区走去，仿佛冷柜的低温可以令人冷静下来。

她又一次来到了一排摆放整齐的冰激凌跟前。那个区域她再熟悉不过了。

那里有她最爱的一款日式麻薯冰激凌——抹茶味、红豆味、黑芝麻味，运气好时还能遇见樱花味和芒果味。她拿了一盒出来，已经预见接下来可能发生的一切混乱、麻烦和浪费。她打算只吃两个。两个麻薯冰激凌，170 大卡，足够了。可是，她真的有资格吃那该死的 170 大卡吗？她已经很胖了。

她在冷冻柜前犹豫了好一会儿。制冷器嗡嗡地运转着，人工制造的寒气钻进她的眼睛，把她的意识冻结在一片苍白的虚无里。她望着冰激凌外盒上的彩色商标，刺眼的图样仿佛在不断放大，有了声音，嘲笑着她的软弱、她的不自量力，劝诱她改变主意。今天你还没有吃过什么东西。采购的全是计划内的健康食品。就算多吃了一盒冰激凌又怎样呢？

她打开冰柜门，换了一盒新的麻薯冰激凌扔进购物车。

八点四十五分，她结完账走到休息区，和平常一样取了餐具和纸巾，准备坐下来喝一碗温热的红菜汤。一个笑容温和的金发女孩走过来，用同样温和的语调对她说：“对不起，我们快关门了。”

“现在？”她疑惑地抬头。应该是十点关门才对。

“啊，今天是 × × × 日。”女生带着万年不变的标准化笑容，说了一个不熟悉的假日名，令她意识到自己是何等地缺乏时间概念：“我们提前一小时下班。很抱歉，你没有看到门上的通知吗？”

下班时间第一确是资本主义社会的铁律。她耸耸肩，无奈地站起来，开始思考该到何处喝完这碗该死的汤，以及解决那些该死的冰激凌球的问题。女孩似乎看出了她的尴尬，略带歉意地一笑：“没关系的，我想你可以在这里把这碗汤喝完——”

“啊？——谢谢，不用了。”

她像被识破一样慌张地收拾好摊开的餐具，抄起袋子，离开了超市。下面该到哪里去呢？她又冷又饿，刚才的犹豫不决耗尽了她的体力。她需要补充能量。走到家显然是来不及的。转过街角，她不觉走进了路边的街心公园，那里有几把空置的木制长椅。

似乎是流浪汉进食的场所——但此刻，她也顾不了那么多了。

放下购物袋，拿出并不保温的可回收汤杯，掀起盖子；方才热腾腾的汤已经半凉了。她喝了两口又放下，绝望地叹了口气，拿出了那盒冰激凌，盯着上面的诱人图案，却失去了进食的欲望。她感到冷——吃下冰激凌只会变得更冷。或许这种想法只是暂时的。只要她吃了第一口，就会吃掉全部，乃至袋子里的麦片，能量棒，黑巧克力……

她绝望地用双手捧住了脸。不能让这种事发生。她对自己说，趁我意识清醒的时候，走开！都走开！让这一切都消失掉！

“哈！我看到了什么？一个女孩半夜对着冰激凌而不是酒瓶痛哭？这是真的吗？”

她惊愕地抬起头，与不速之客的眼光相碰了。

对方头戴一顶奇丑的棒球帽，体形矮而结实，看上去有四五十岁。事实上芷衡甚至不大看得清他的脸，但不知为何，她从对方的表情和话语里嗅出了友善的意味。

是个陌生人。陌生人有陌生人的危险，但想到自己没有在熟人面前出丑，她反而并不觉得危险了。

“请原谅，”对方继续说，“但我刚才在超市里看到了你，站在一排冰激凌前发愣。你是不是不太舒服？”

她没有放松戒备：“我想您可能认错人了。”

“是吗？”棒球帽咧嘴一笑。他有一口雪白的牙齿，像许多保养良好的本地中产阶级一样。她默然想到了自己并不好看的牙。

“您还弄错了两点，先生。其一，现在还不是半夜。其二，我也没有对着冰激凌哭泣。这可不是什么行为艺术现场。”

棒球帽大大咧咧地在长椅另一端坐下来，和她隔着 1.5 米左右的距离。见她没有立刻逃开的意思，他像观察笼子里的某种珍稀动物似的，看了看她和她鼓鼓囊囊的购物袋。

“就算我错了，你为什么坐在这里呢？应该立刻回家才是。就算天冷，你的冰激凌也会化掉的。”

她真想逃走。话题看起来并不像是朝任何有利的方向发展，但要不丢脸地立刻溜掉也不容易。

对方似乎在研究她的表情。唯一可以确定的是，那并不含有任何调情或恶意的成分，更多的只是好奇。

“你看起来很悲伤。出什么事了吗？这盒冰激凌欺负你了？”

芷衡差一点被逗笑，但她知道什么都不能说，说出来也不可能被理解的。尤其是男性。不，他们不能理解任何事情。

“啊，只是超市提前关门了。我在这里坐一会儿。”

“对了，今天是那个 ××× 节嘛。你呢，没去参加派对？”

“没有。”

“这可是奇怪啦。”棒球帽挤了挤眼，笑容令他的帽子显得顺眼了一点。“你这个年纪的漂亮女孩，应该男朋友大把才是。要不要回头把我侄子介绍给你？”

“……我快要分手了。”

她吓了一跳，不知道这样的话怎么就自动冒了出来。下意识的自我防卫？但这种和陌生人的胡扯真的有意义吗？能解决任何问题吗？

“就算是一段关系的尾声吧。”她摇了摇头，试图不去想盒子里冰激凌融化的样子。“她……”

她想都没想就用了“她”这个词。对方竟然也没有表露出震惊，只给了她一个鼓励的“说下去也不要紧”的眼神。毕竟是南加州啊。

“我们在一起三年了。”她吐出一口气，几乎是流畅地胡诌了下去，“曾经有过很多非常美好的，超乎想象的时刻。可是如今……”

如今一切都完了。一切都走到了今天。即使不是以这种形式发生，也会以另一种形式降临。形式并不重要，只有内核是恒久不变的。她知道自己此时此刻的讲述并非完全是无稽之谈。

棒球帽半是同情半是理解地叹了口气。出于礼貌的缘故，她伸手拆开包装，取出一支冰激凌递给对方，暂时代替了香烟。

“你知道，到了我这个年纪，早已过了相信‘感情能解决一切问题’的阶段。可对于你们来说，只要还有爱，一段关系应该总有挽救的可能。年轻人总有更多的机会来挽回——只要他们想挽回。”

她苦笑了一声。这种与系秘女士相似的口气，让她不得不怀疑对方也是做着类似的工作。

“或许如此。但这种爱太沉重了。她的期望太高，太不切实际，我怕我是不可能做到了。”

她停顿了一下，继续说道：

“当然，在她的激励下，我也做了许多事情。她让我变得更优秀，更有自信，我为了她抛弃了‘不够好’的自己。但这是不可能长久的。我不可能永远百分之百满足她的期望。让她失望的结果，就是对自己的加倍厌弃。我配不上她。”

棒球帽笑了：“看来，你依然留恋着她啊。”

不，不止“留恋”这么简单。三年来，她围绕着“她”构建了自己的全部生命：一种天真的、完美主义的理想，一个不可能完全实现的谎言。只有达到那个标准的她才是值得被爱的。要更好的成绩，要如饥似渴地读书，游历世界，要更瘦更美，要变得独立、完整、强大。这的确是一个被激发出的野心所成就的新的自我，和从前那个不拘小节，不计较食物，装作不在意外表和分数的她判若两人。然而荒谬之处在于，为什么她明明不认同这个世界的规则，却又如此努力地想要超越？是为了证明自己的标准更严苛，眼光更优越？证明自己没有一般人贪图享乐的弱点？不，一切都是谎言，弥天大谎。无论她在公开场合对食物如何不屑一顾，私下里的她还是一次又一次地失败了。在那些最耻辱、最黑暗的时刻，她可是毫无自制力可言。

是她自己令人失望了啊。

“听起来你女朋友像个控制狂。”棒球帽敲了敲空荡荡的冰激凌盒子，“而你，则像个冒充者综合征受害者，总是觉得自己不够好，配不上应得的名誉。”

“……您听起来倒是像个心理分析师。”

“不，并非专业。——我想说的是，如果是这样带有控制关系的爱，也未免太奇怪了。就算你的父母也不会这样对你，是不是？还是说这其中有文化的差异——如果我说错了，请别见怪——亚洲家庭都多少会这样？”

“大概是吧。”不遵循政治正确的标准并未让她反感，“我父母会要求些别的。——事实上，我曾经将听从她的意见当作反叛父母的一种方式。是不是很讽刺？”

“喏，很正常，我当年也干过类似的事。直到你发现自己又成了另一个人的奴隶，才觉得不对劲了，是不是？”

她默默点头。心底的一个声音却开始反驳：错，大错特错。否定了安娜就是否定了自己。你忘了吗？她才是你真正想要成为的人。她就是你。你怎么可能是你自己的奴隶呢？

一切都坍塌了。这说不定只是个谎言罢了。

“也许我没有资格评论。但任何一种感情都不该以人的自由为代价。无论亲情、爱情、友情，都不可以。如果这种控制欲过强的关系让你痛苦，离开也未尝不是选择。”

理性上固然如此。她也明白，向陌生人寻求建议的话——不论是这位好心的路人，还是专业的精神分析师，能提供的都是理性分析。但她缺少的不是理性，而是能将她当头棒喝般敲醒的一种非理性，一种强大的决断——就像她最开始时投入安娜的怀抱时所下的那种决断一样。

“我明白的。”她叹了口气，“只是，她在我生命里的分量已经太重了。”

她是不同寻常的。她把我变成了另一个人，而这个“我”才是我想要的。离开了她，我已经不知道该如何开始生活，如何依然生活有序，神志清明地面对第二天早上的太阳。

“那么，之前的你是怎样生活的呢？那时的‘你’难道不是你自己吗？难道没有过快乐的时刻吗？”

“当然有。但是它们太远，太远了……”她垂下头去。

我还是更爱这个被她重塑过的自我啊。

“我觉得她一定是个艺术家。而且还是很出色的艺术家。”

“何以见得？”

“她自以为‘塑造’了你这件优秀的作品。或许这是为你好，但她错在一点：你不是她的所有物。你是人，是拥有自由意志的个体，她没有权利按照她的愿望安排你的生活。这不是人类应有的权利。”

“我知道。她伤害我很深，但我仍然感谢她。”

“那么，就把感激埋在心里，掉头走开吧，否则你会继续被伤害。”棒球帽笑了笑，在月光下露出一口白牙，拍拍手站起身来。“要不要开车送你回家？你的冰激凌都化完了。”

她默默点了点头。过去的半小时里，她破天荒地没有想任何关于食物的事。

“任何形式的爱都可能是合理的。”车停在宿舍楼下的停车场时，棒球帽说，“不过，当痛苦已成定局，无法逆转时，放弃它或许需要更大的勇气。你说呢？”

她无法否认。

她站在门口，朝这位陌生人挥手道别，之后转身上楼，开门，径直把冰激凌盒子扔进冷冻室，关上冰箱。

3

亲爱的安娜：

今天我明白了一件事：像我这样的人，永远得不到世俗意义上的幸福。

你一定会嘲笑我吧。这个概念本身就太过模糊。如何定义

“世俗”和“幸福”，已经够哲学家们忙上一阵的了。尼采曾经写过：人并不追求幸福，只有英国人才那样。这完全就是冲着那个时代的中产阶级价值观开炮嘛。那一代的德国哲学家对英美小资产阶级的实用主义和婆婆妈妈的议会政治充满不屑，但在我看来，此语却不无酸葡萄意味。尼采疯掉之后，不还是需要他所鄙弃的家庭和女性的照料吗？这才是真正的讽刺。

人在基本需求得到满足之后，内心萌发出的渴望大概都相差无几。这些虚无缥缈的东西包括“尊重”“话语权”“存在感”，以及这传说中的“幸福”。

人类也是最虚伪的动物。无论表现得多么追求个性、愤世嫉俗，内心仍会惶惶于自己不能符合这社会的标准，生怕哪一天被踢出主流价值观的容忍范围。所以“存在感”要秀，“幸福”要晒，不能在人前表现出来的东西，就等于不存在。如果一种价值小众到了被大多数人所不能理解的地步，它在大多数人眼里的意义也约等于零。

只有极少数人同时具有承担这种孤独的天赋和自知之明。卡夫卡的阴郁是因为害怕人类，尼采的疯狂是因为同情人类，而不是对人类的鄙弃。他们是值得尊敬的，但无论如何不是我等凡人效仿的好榜样。

因此，我完全理解父母及一般“正常人”的逻辑。付出这样高的代价——时间、精力和个人能量——追求的却是一个几乎不可能实现，即便实现也不会被常人理解的目标。在这条路上，你几乎得不到任何支持。你会很孤独，即使死去，也不会得到任何同情。他们只会叹息一番：“那个可怜的小傻瓜。她是自我的。”

是不是很可笑呢？跟随你的时间久了，我也早就发现了其中的悖谬。比如说，所谓的边际效用递减。小时候考好一次试，去一次海洋馆，吃一次自助餐，看一场喜欢的音乐剧，都要激动半天。而现在呢？在理想的学校，学着最热门的专业，和最优秀的一批老师和同学分享知识和技能。但痛苦无时无处不在，我无法切断感受它的神经，就像小美人鱼踩着看不见的刀尖行走、跳舞，却依然要面带微笑。如果我抱怨，他们会说：你要得太多了，你太不知足。

但他们不明白。我说我胖，是因为我的确觉得自己胖。我说我一无所知，是因为我的确一无所知。我学不好会计学和宏观经济，我眼高手低，怀着太多不切实际的期望来到这里，曾有的穷尽智识世界的理想如今看来已是那样遥远。我甚至经营不好眼前苟且的生活，更没有时间推开窗朝未来张望。我辜负了这个世界给予我的一切优越条件。世界固然广阔、美好，如同清晨带着露水的花朵，但除了每日任务清单上的作业、锻炼、饮食计划和实习申请之外，一切都与我毫无关系。

“我”与世界之间的连线断裂了。即使换了环境，到了大洋彼岸，到头来还是活在自己小小的牢笼里。

更残酷的是，这个牢笼是我亲手打造的，本意却是为了自由。争取自由的一切行动，到头来都是为了给自己戴上锁链。多么可笑啊。

“人生而自由，却无往不在枷锁之中。”我曾经以为，真正的自由在于选择，在于那些你有所执念，无法摆脱的东西。自由和爱情一样，要得到就必须付出代价。现在看来是我太天真了。我高估了我的意志，我舍弃“人性”的能力，以及这件事的可行性。我已经太累了。

怎么能不累呢？当你意识到你那点稀薄得可怜的自尊仅仅建立在保持好成绩和保持极端的瘦这两大基础上，而二者又会不可避免地发生冲突时，精神危机很容易爆发。我只是一直在推迟那个极端的爆发点的来临罢了。目前面临的威胁是更大的学业压力，更少的睡眠，更富有诱惑力的高热量食物，以及由于压力和缺乏睡眠带来的更多的对食物的渴望。像当年一样维持完美的平衡当然是最好的，但危险的悬崖就在前面不远处。我必须谨小慎微地控制方向，不可以失手。既然选了别人没有选的路，就必须做别人做不到的事。

当然，我没有做到。我失败了太多次，一败涂地，其惨烈程度足以让我对人性丧失信心，也对自己的道德底线丧失信心。

为什么我不能坦然接受它？我不止一次问自己。如果这个问题我可以解答，就不会有你什么事了。不过是食物，以及人对食物的欲望罢了。这是再平常不过的事，就像他们说的，人在饥饿时才会整天沉溺于对食物的幻想之中。暴食是因为饥饿，也是因为缺乏爱。爱？我自认为早已放弃了对这一虚无缥缈之物的追求。对爱的记忆——亲情、友情、爱情——都稀薄得就像早已忘却的食物味道一样。我是如此习惯了孤独。在一个人的生活里，我追求的东西都是可以量化的：GPA、体重、时间表。我当然知道用数字替代人的价值是一种无情的异化，但这就是标准，唯一可见的、不可替代的标准。

别人觉得我的标准过高，我却觉得自己没有标准。我只对重视的事物用心，并不奢望完美，只希望看到“更好”的结果。问题是，什么叫作“更好”？“最好”起码有个标准，“更好”却是无穷无尽的。

如今我还在慢慢学着理解自己的命运。我将终身背着我的十字架，就像别人也背负着他们的。若一定要选择的话，我选择为美而生活。不是肤浅的美貌，不是美食、醇酒、爱情，不是金钱、性和权力，甚至不是信仰——

我没有信仰。我甚至并不信仰你，安娜。因为我的决心，我的意志，已经开始崩塌瓦解。

如果一定要相信什么，之于我，那就是诺瓦利斯笔下的那朵蓝花。

你的朋友 陶芷衡

2013 年 2 月 25 日

※ Nichts, Nichts, gar Nichts*

我为美而死，但是还未曾，
在我的墓里安息，
又有个为真理而死的人
躺在我的隔壁。
他悄悄地问我为何而死?
“为了美。”我说。

* 德语音乐剧《伊丽莎白》曲目之一，意为“虚无，虚无，全是虚无”。

“而我为真理，二者本一体；
我们是两个兄弟。”

于是像亲人在夜里相遇，
我们便隔墙谈天，
直到青苔爬上了唇际，
将我们的名字遮掩。

——艾米莉·狄金森《我为美死去》

1

“我决定回去了。”

打开信箱，两张明信片静静地躺在那里，似乎已有万年之久。小心翼翼地取出它们，吹去灰尘，迫不及待地读毕，夹在笔记本里，上楼，折回房间，倒回床上，抱起电脑，开始一封封给朋友们回邮件，只为这短短的一句话。

无须解释。结局早被相关的人预言过无数次，现在的行为不过是对已知事物的愚蠢重复。

实验宣告失败，她的使命也已完成。她要回去了。

关上一扇门，顺便杀死不切实际的野心，杀死希望，杀死祈祷，杀死所有美妙的梦想与诗意。剩下的还有什么呢？“我想，触碰过太阳是重要的事……”不，她摇摇头，安妮 · 塞克斯顿错了，触碰太阳的选项是为成功者预备的，失败者并没有选择可言。丑陋、毁灭和虚无才是她的归宿。

大幕已经落下，退场的时间到了。

星期一。她走进系办公室，尽可能简明地向系秘说明了来意。理由是家人病重，自己的情绪和学业也受到影响。系秘保持着永恒不变的优雅微笑，待她说完才开口：“当然，我们可以办这个手续。一年内你都可以回来。”

“一年——也就是三个学期？”

“是的。你可以选择休学一学期、两学期或一学年。”

她的脸蓦然烧起来。“休学”这个直白的字眼，仿佛火炭坠在她的心上。这从未有过的羞辱，如今她必须一一经历了。这也是她的决定，她要喝下这杯苦酒。如果继续留在这里，连一丝生的希望都得不到。

二十分钟后，她拿着一纸盖好公章的证明走出另一扇门。在这个见证命运的时刻，天本应阴沉得可怕才是。可是四月底的天空晴好湛蓝，云彩细腻如金银丝线织成的波斯地毯，远处银色的六角形图书馆在天顶下方闪耀着粉雕玉琢的光辉。整个校园被碧绿的植物和初绽的火红色野花环绕，新生命蓬勃的气息随风吹拂，令人迷醉。

如今她却要走了，多么明媚生动的讽刺。

母亲在电话里听完了她的决定，竟然很平静，只淡淡问了一句：“订好机票了吗？”

飞机降落在首都机场时是愚人节的清晨。灰蒙蒙的舷窗外是沉默如海的城市，与两年前结束在欧洲的流浪之旅时所见的情景别无不同。可惜我已心如铁石，再也不能和你一样。她默念着《伊丽莎白》里咒语般的台词，闭上眼睛，努力不去想那些加倍支离破碎的记忆，破碎的梦，破碎的晨祷与悼词。

如果有颗心，必须是耐用品。

又回到她熟悉的日常生活中来。可一切都在不知不觉间发生着迅猛的改变。有时她去家附近的大型商场随便转转，发现整个卖场的格局都变了：新的商铺在进驻，旧的也在悄悄撤离。街上的女孩子们，那么多的年轻面孔，穿着时尚，妆容精致，笑意甜美。

“你年轻吗？不要紧，过两年就老了。”（《金锁记》）她却还在苦痛中浪费着自己的青春。未曾成长，多年辛苦争取来的自由，最终还是在自己手中埋葬。

最可悲的莫过于此。

SSRI 类药物的作用像北京的雾霾一样，会渐渐融入你的生活。一开始它们只是让你神经放松，慢下来，迟钝下来，半夜醒来时不再感觉到压在胸口的窒息感和尖锐刻骨的疼痛。再后来你渐渐失去了一切感觉，似乎喜怒哀乐都不复存在。每日的生活像罩在云雾之中，连这轻飘飘的感觉也没有任何真实可言。芷衡只是透过这团雾气望着周围的事物，等待雾气消散——或是自我的弥散，颠倒位置的主体和客体，想象与真实。

其实她早已了然：即使雾气散去，真实仍是一无所有。虚无，虚无，绝对的虚无，足以使任何自以为拥有自由意志的人窒息。

她在朦胧中也知道自己涨了体重，但失去了时间和空间、白天和黑夜的概念之后，对于数字她也不再有多少关注的兴趣了。

2

在家收拾旧物时，她找回了 2012 年用过的日程本。印象派主题的每月一画。每次翻开新一个月份，她都恍惚觉得自己的生活也漂浮在这淡雅绚烂的河流里。

在那场独自穿越西欧的旅行的晨雾里，她早已将一切看得明明白白。她以为可以像七年战争中的腓特烈一样，独力承担起这本不属于她的命运。可是她错了，她并没有那样的意志和才能。更重要的是，那样高贵的悲剧性命运并不是为她这样的凡俗之辈准备的。

在这出独幕剧里，她不过是个拙劣可笑的模仿者，一厢情愿地扮演着自己命运的定义者和支配者。直到有一天，意义坍塌了，连最朴素的幸福也不复存在。

这是何等难以承受的沉重啊。

本子几乎被工整细密的每日事项和饮食记录填满了，只余最后几页留白。她翻到最后，觉得有必要写上一点什么：

…………

那个下午，我在塞纳河边坐了很久，哀悼我不得不作出的选择。我既是被迫的，又是心甘情愿的。这里没有单向度的自由意志可言，只有对巨大而随机的命运发生器的肯定和顺服。我知道我没有别的选择，不是因为别的选择真的不存在，而是因为选择没有意义。性格就是命运，是命运将我推向了那个只眼可见的未来。

在巨大无常的偶然性面前，个体的命运不值一提。

知道无论怎样选择都是这个结果，也便释然了。

如果存在另一个平行宇宙，另一个我如今应该在塞纳河岸漫步，学习政治哲学、艺术史、拉丁文。

但那毕竟不是我的“此在”。另一个我究竟过着怎样的生活，是不是也追逐过理想又遭遇过幻灭，我对此一无所知，更多的是不愿承认——因为她并不是我，她只是我的幻想延伸出去的“彼在”。

幻想永远披着玫瑰色的轻纱，站在霞光灿烂的湖水中，诱惑着我们。但一旦离得太近，就只能筋疲力尽地目睹晚霞的消散。

人们不会理解这些。他们会问：现在不是很好吗？去美国不也是你的愿望吗？生活在广阔无垠、充满可能性的自由国度里，这不是你一直以来都盼望的吗？

是的。但不知为何，当我得到了自由的同时，也失去了它。

坦然面对自己身体的自由，迈入成人世界的自由，不断扩充智识生活的边界的自由，我将这一切全然无视了，眼里只剩下某个单向的目标，可能是排名，是体重，是任何一目了然的名词或数字。我把自己的生活简化到了这种可悲的程度，所以一旦失去这个标准，就仿佛失去了生命的意义，失去了存留于世的理由。

企图建立一种信仰的狂妄，换来的只是整个世界的崩塌。

“那么，现在的你还好吗？”他们关切地问。

我很好。我回答。我还活着，而且将活下去，但从未感到过一丝精神上的满足。或许永远都不会满足。或许满足从来都不是我所能追求的。

唯有想象另一个世界中的自己幸福——不断追求，永不满足的幸福。

3

多年以后，她才得以看清自己一切所思所行背后的隐藏轨迹，黑暗之中的潜在动机——那是对死亡的本能渴望。表面上她和他人一样，为不可预知的未来奔波忙碌，生活在“计划”“前途”“梦想”等一连串虚幻的词语之中。事实上她并没有什么真正的梦想可言。因为完美主义——因为从小听过太多的批评和否定，太过害怕失败，所以抢先于他人前一步扼杀掉自己的梦想。谁说她没有在缓慢地杀死自己呢？那一步她早就迈出来了。从转向自己内心的第一天起，从面向安娜的一刻起，她就抓住了勒紧自己脖颈的绳索。

人生的虚无早就被她看得一清二楚，如海水般澄澈透明。十二岁以后的生活便不再是生活，而是苦刑，人生就是《传道书》里所说的，虚空的虚空，一切都是虚空。

短暂的胜利并不使她快乐，因为那和她真正渴望的自我实现毫无关系。失败也不能使她痛苦，某种意义上，那似乎正是她隐隐渴望的——杀死自己，或者让另一种更为悲惨的现实来代她执行。

如果说主动放弃生命会被视作懦弱的可耻行径，那么悄无声息地杀死自己的肉体和灵魂呢?

将这可悲的、永远得不到救赎的自我，封闭在一个永不长大的躯壳之中，背朝世界转过身，似乎这样就一劳永逸地抹杀掉了自己。人们可以归罪于命运，却不能归罪于这样的“我”。

是的，她正是这样做的。在主流社会的规则背后，她悄悄开启了一盘自己的游戏。这是她第一次完全掌控游戏规则，并从中获得了某种自我、某种玄秘的精神力量的启示。更重要的是，她离自己渴望成为的形象越来越近了。

但这游戏也有缺点——它可以致命。

对一个没有自我、没有故乡的精神流浪者而言，珍惜一具有局限性的肉体又有什么用呢?即使表面上是追寻完美，在内心深处她也明白：人世间没有完美可言。那个优美与崇高筑就的昨日世界，那个与苍白与虚无战斗的现代世界，将二者联结为一的，她小小的浪漫主义梦想——这就是她曾爱过的一切啊。但这一切是值得崇敬的吗?她的追求是值得认真对待的吗?一切不过是虚空而已。

现代世界有太多过剩的东西了：夸张的色彩，嘈杂的声音，沉重的肉体，污浊的空气，贪婪无止境的欲望。只有灵魂是轻的，空荡荡的，像抓不住的氢气球直直向上升去。她像一个踮着脚尖想要抓住气球升上天空的孩子，想要消逝在云朵里，或者安静地躺在天鹅绒般的雪中。这是她幻想中最美好的结局。

一无所有，无所畏惧，然后自由。

※

归途

整体即部分；远行即归途。

——厄休拉·勒古恩《一无所有》

1

她做了一个梦。一个多重场景、没有边界，也没有目的的梦。

她朝一个大厅的入口走去。门口有人在查“入场信”，她不记得自己有这种东西，便回头寻找和自己一起来的人——信似乎是在这位同伴的口袋里，但他们已被人流冲散了。她正考虑掉头回去的时候，门内走出几个穿着黑西装、表情严肃的人。

她感到羞愧——因为自己没有入场信，也没有打扮。一个穿西服的人大步流星走到她面前，郑重地将一个信封交给她。

他说：“赶紧进去吧，葬礼要开始了。”

“葬礼？”

她茫然地跨进了那扇门。光线过于明亮了，甚至令人睁不开眼。厅前的舞台上摆放着各种装置：有金色花纹的管风琴，主持人用的话筒，还有一具棺材。

里面的人群却并不都是黑色装束，他们的话题也逃不开一般社交聚会的范畴——房价、股市、工作发展、婚姻状况，甚至有人煞有介事地交换起名片来。这样的情景，与婚礼或一般交谊会也没有多少区别。

她穿过人群，路过很多熟悉或不熟悉的面孔，心怀疑问：死者究竟是谁？

或许是个有名的人吧。但人们的交谈似乎并不围绕着这一点进行，也没有人提到死者的名字，没有眼泪，没有悲伤，只有平静的淡漠。既然如此，他们为什么会来参加呢？

她鼓起勇气抓住了一个路过的人：“请问，要开始了吗？”

“哦，一会儿是遗体告别仪式。结束了就没事啦。”那人的语气倒很稀松平常。

“可是，我还不知道这是谁的追悼会呢。”

“是Y的。”他很快地、含混不清地说，“是自杀的。”

对方没有解释便转身走开了。她愣愣地站着，没有继续追问，莫名地感到羞耻，好像不经意间窥到了不属于她的秘密。

大厅里的钟敲了一下，一下，又一下。人群忽然安静下来，重新朝舞台的方向涌去，像忽然翻转的沙漏里的深色流沙一样。

灵堂前的管风琴下方装饰着Y的肖像。是高中毕业照的样子，梳着马尾，头发侧分过去，笑得自信甜美。

她凝视了那张照片一会儿，她机械地穿过人群，走上台去。棺材上半铺着一条波光粼粼的银色薄纱，脚下撒满了白色和蓝紫色的绣球花。

她呆住了，看着台下的人。他们笑意盈盈地起立向她鼓掌。

门在哪里？她回头望望，大厅的门砰的一声被风关上。不，门的痕迹早已消失得一干二净，仿佛从来就不曾有过门。

“你是下一个。”有人对她说。

她俯下身时，在Y的遗体上看见了自己的面孔。

芷衡醒过来。她闭着眼，将手覆在湿漉漉的额头上，平静地躺了一会儿。她不记得自己这样出过汗，即使是在夏天最热的时候。而眼下的北京已近秋天。

下午三点。机械地在一片空白中坐起，看着阴晴不定的灰蒙蒙的天幕，她想起了 2012 年北京难得一见的蓝天，鼓楼大街、什刹海、雍和宫、五道营、故宫、景山、玉渊潭、奥体公园。想到许许多多更久远的，更富于诗意的时刻——夕阳西下时，穿过人流熙攘的天安门广场，余光里的纪念碑仿佛与协和广场上的方尖碑重叠在一起，看着有人从广场另一侧微笑着朝她走来。那一刻开始，一切都静止了：时间、空间、触觉，乃至回忆本身，都落入无边无际的沉寂之中。

她已经足够幸运了。见证过美的时光，看见过美的风景，爱过值得爱的事物和人。即使未能永远拥有这一切又如何呢？她看过世界，爱过世界，就算这爱已经所剩无几，她仍执拗地想要抓住什么，没有选择死去。

死去的是谁呢？是崇拜着完美形体幻象的少女陶芷衡吗？是永远将一切不顺归因于“不努力”的保守主义者陶芷衡吗？是在历史和现实之间反复叩问意义，因为虚无而感到痛苦的年轻知识分子陶芷衡吗？是敢于与死神立下契约的叛逆者陶芷衡吗？——她不知道，也不敢谈论。

死亡不是一扇门，而是许多扇。像剥洋葱一样，她蜕去了一层冗余的外壳，爬出来的却不是蝴蝶，而是丑陋的毛毛虫，或者某种似虫非虫的东西。人是一种中间物，一道桥梁。变成蝴蝶又怎么样呢？如果过分美丽，一样逃不掉被做成标本钉在墙上展示的噩运。

“忍辱偷生，也好。”她轻声嘲笑着自己——是善意的嘲笑。

活下去的代价是尽可能放弃完美主义的执念。虽然明白了一切道理，但是从量变到质变，她还需要时间——很多，很多的时间——也许也不会有什么改变。也许不会有蝴蝶飞出来，但她已不再是那个硬生生把自己钉在墙上展览的陶芷衡了。

她站在自己的城市上方，平视着金色的天际线，摇了摇头，感到一种 kitschy（刻奇）的悲伤，最终却一滴眼泪都没有流。

2

再次申请签证的手续并不比上一次简单。她耐心地填好一张张表格，把材料递了上去。联系了学校，系里也批准了她的复学申请。

整整九个月后，她回到了西海岸。这是 2014 年开始的第三天。

四年后，她故地重游，回到了香港，跳上了从长乐街回酒店的小巴车。阴冷的风持续吹着，她倚窗而坐，想着今日的这一切——全始于六七年前的那一封信。当时她做了一个决定，一个影响她一生的决定，一个两次斩断了她的翅膀，使生命陷入黑夜，与痛苦和绝望纠缠，却并非毫无意义的决定。

或许直到今日，这痛苦的羁绊仍未结束。但她毕竟要挣扎着站起来，学会告别，学会长大。

那么，是时候告别了吧。

亲爱的安娜：

数分钟之前，我还久久呆坐在电脑前，任思绪像缺油的发动机一样空转着，迟疑着不肯写下第一行字。这或许是给你的最后一封信了。

是的，我终于有胆量说出这句话了：我要离开你。

这并非我此前所讳言的背叛。“背叛”是有关权力和效忠的政治词语，而之于我，从头至尾都是自由选择。改变的是我的想法，本无愚忠，谈何背叛？

承认理性的局限，自身的不完美，现实的残酷以及个人的无能为力，这都是必要的，却还远远不够。我想，最大的转变是，应该放弃对一种完美的全能体系的寻觅了。承认这种失败并不算什么，因为极少有人找到过。但我没有放弃。

我仍会寻找下去——只是，不再是向你寻求了。

我曾不止一次提到那个奇迹般的时刻，当我对一切外界事物丧失信心的时候，我找到了你。是你让我知道，身体可以是个人意志和偏好的载体，可以是愤怒和反抗的表达。在世界对我关闭了每一扇门之后，我还可以转向内在世界。如果我可以控制我的身体，我的灵魂便是自由的。

但这样的自由是多么虚幻，多么脆弱啊。

这些年来自我封闭的生活中，学习和体重之外的一切信息都不曾进入我关心的视野。在别人的生活随着时代的信息流狂飙突进之时，我却乘着彩色热气球在云上飘浮。从某种意义上讲，我被吓坏了。我是个胆小懦弱的家伙，不愿以“正常”的方式进入真实的成人生活，下面的世界虽热闹，却也惨烈得难以置信。它不适合我，不属于我。我宁愿留在完美却不真实的玫瑰色的云层之上，那是童年时代不曾得到的幸福。

可是，世间并无永无岛，彼得·潘和温迪也必须长大。

我承认我错了。用一种偏执替代了另一种偏执。沉溺于世俗利益、感官享乐之类固然可厌，但仅仅为了逃离世俗而压抑自我，以至于到了反人性的地步，不是另一种执念吗？这场游戏将会无穷无尽地进行下去，永远不会令人满意。这些年来，除了毁掉自己原本健康的身体，除了无止境的悔恨、自责、自我厌恶之外，我又得到了什么呢？

是时候结束这种黑白分明的二元论了。我的理性知道，没有人会永远留住童年和青春。我们都将衰老，死去，本是来自尘土，仍要归于尘土。生命一旦结束，容纳个体经验的此世也随之消逝。肉体不过是灵魂的容器，但没有它，灵魂也将无所附丽。

因此我想要活下去。

我曾经像那些感伤的浪漫主义者一样，认为艺术化的死较之生更有价值，“对生命的爱就是对死亡的爱”。如今看来，这句话的含义太过沉重，不宜被如此浅薄地曲解。如果不能生而自由，一死了之就能自由吗？生之虚无可以用死之虚无来替代吗？不过是另一种逃避罢了。

作为一个不可知论者，我还不大能确定死后世界的模样。但我知道，活着才可以言说，思考，给你写信，才能坐在这里讨论关于死亡的话题，这便是生的意义。

死去的伊卡洛斯变成了星星，死去的奥菲利娅变成了诗歌，死去的罗密欧和朱丽叶变成了传奇，但书写他们和咏唱他们的，是无数活生生的人类个体。世界不仅需要死的奇迹，也需要生的奇迹。

停滞就是死亡。我选择了前行、思考、生命和自由。这条路上将不再有边界。

我输掉了战争，但从未后悔最初的选择。是你第一次让我看到了玫瑰色的世界，尝到了美与自由的甘甜。之后的苦难岁月里，你之于我的意义也依然存在，但并不是你塑造了“更好的我”，而是我自己的选择——以这样一种扭曲的、自毁的形式，完成了一种不被世俗承认的意义的证明。即使这只是转瞬即逝的梦幻，一切终将归于虚无，我仍为自己的成就与罪孽感到骄傲——不是为了你，而是为我自己。

我将永远怀念你。然后尽我所能把你忘记。

你的朋友 陶芷衡

不远的未来，某一天

※

后记

谁能说我的光明就比你的黑暗美好呢？我有什么资格说呢？

——丹尼尔·凯斯《献给阿尔吉侬的花束》

《亲爱的安娜》（以下简称《安娜》）初稿动笔于 2012 年，完成于 2013 年，开始在豆瓣阅读上连载则是 2014 年 6 月的事了。小说完结后的这几年，我陆续收到一些读者的私信，其中不乏并无类似经历（少数提及抑郁史，但进食障碍并不多见），却仍然能够感受到强烈共鸣者。值得注意的是，虽然故事的时间线略微靠前（主人公陶芷衡的设定是 1990 年出生，2008 年参加高考，正值全国高考人数到达峰值之年），《安娜》所吸引的读者却以 95 后为主。据一位 00 后读者评价，这个故事“不仅不过时，甚至有点前卫”。然而，因其题材的小众和私人化，我一直对正式出版不抱希望，直至等来今年这个幸运的转折点。

我和我的故事是幸运的。这一次，我得以重新审视它在我人生中的位置，得出了狂妄不失当年的结论：这一部之后，我大概要么永不再写，要么只会写出全然不同的东西。与前两部长篇稚嫩的技术流模仿不同，《安娜》是倾注了太多个人心血，可称为惨烈的、不可重复的人生试验的产物。可能 30 岁之后的我再难写出这样暴烈的，蛮横地充斥着不顾一切的自我意识的文字，连历时数月的修改都意味着巨大的精神消耗。但同时，在私人的领域之外，这也是一部写给 2010 年代的时代志和个人意识萌芽史，个人的患病史（痊愈史 / 后痊愈史）成为了对某种社会变化的失衡的隐喻。以女性身体呈现的反抗和现代性的病态早已不是西方社会的专利，也潜移默化地影响了今天的我们。小说本身可能是私人化的，其社会意义却不容忽视。尤其是，当某种疾病的流行程度与它在公共领域中的存在感远远不成正比时，文学的呈现便提供了另一种审视的维度。

当下中国社会对于心理疾病和心境障碍的公共讨论，近几年的确呈现出突飞猛进的趋势，但大众认知仍停留于对“抑郁症”等名词的刻板印象，对死亡率更高的进食障碍（ED，不限于神经性厌食症这一分支）的关注较少，曝光率也远远不够。在欧美国家早已存在 NEDA（美国进食障碍帮助协会）一类的支持性组织和进食障碍宣传周等活动，相关学术研究、非虚构和虚构类作品也已汗牛充栋的情况下，国内这方面几乎还是一片空白。作为第一部严肃对待进食障碍这一主题的纯文学作品，《安娜》的出版将成为填补这部分空白的一块拼图。

然而，《安娜》又不仅仅是“一个女孩患上厌食症的心路历程”，更是一个关于个体追寻自由，拥抱自我的故事，一场个人英雄主义的精神冒险。它是美的，决绝的，也是残酷和惨烈的。主人公陶芷衡所代表的也不仅仅是“进食障碍”这一标签群体，而是 85—95 后这一代中最天真敏感的个体从青春期迈向成年时进行的革命性抗争，这一抗争又被烙上了性格气质、家庭背景、性别、社会文化的多重印记：在青春期对“美”的渴求被压抑的反抗，对迟迟未能获得真正的自由权利（择校、选专业等）的失控感的反抗，对成年女性身份的不安和不确定感的反抗，对体制和学术理想幻灭的反抗……这一系列反抗打着某种自我欺骗的“积极自由”的旗号，最终却异变成了对作为肉身的自我的攻击。

在小说前半部，主人公一度沉迷于斯多葛派学说和德国浪漫派哲学中“死亡”和“自我消解”（annihilation of the self, Selbsttodtung）等意象，因为“真正的哲学行动就是杀死自我；

这是一切哲学的实际开端"，"谁不把生命看成一个自我毁灭的幻影，谁就仍然被生命所困"（诺瓦利斯《新断片》）。这些极端的浪漫主义隐喻，对极端敏感，渴求美和自由，对学术和体制一度抱有热情，却在一再受挫后迷失方向的主人公而言，无疑具有巨大的吸引力。但当她试图用自己的肉身实践这一诗意的反抗时，悲剧必然会发生，其结局也是可以预见的，以至于她最终仍会骄傲地说出"我输掉了战争，但从未后悔最初的选择"。然而，这种天真幼稚的断言，不仅忽略了疾病到来时暴风骤雨般的灾难性和不可控性，也毁掉了她作为"人"本可拥有的真实美好的阳光下的生活。

另一方面，在社会学和文化史的天平上，厌食症的主题也与"对消瘦女性美的浪漫化想象"和"以自律展示权力"（去女性化）两种相反观念纠缠在一起。西方早先的研究侧重于传统的精神肉体二元论，比如苏珊·桑塔格在《疾病的隐喻》中探讨肺结核和癌症的对比，指出前者（因患者消瘦、苍白、多愁善感的艺术家形象）常被美化为一种优雅的疾病，后者则是呆板、精神压抑的中产阶级象征，"（癌症）显示不出任何精神性，而是令人痛惜地显示身体不过就是身体罢了。"* 这种二元论延续至今，影响了现代人对胖和瘦截然相反的观感："瘦"被认为是自控力、理智和"高级"的表现，"胖"则意味着失控、屈服于本能和自我堕落。这种简单粗暴的二分法，无疑是很多年轻人（女性居多）走向进食障碍深渊的最初推动力。因自传体作品《荒废》（*Wasted*）

---

* 苏珊·桑塔格，《疾病的隐喻》（程巍 译），上海译文出版社，2014：27–28 页。

而获普利策奖的作家玛雅·霍恩巴赫认为，进食障碍作为一种对文化观念的逻辑化阐释也是有“等级”的：暴食催吐意味着感情用事、过多的欲望和混乱，而厌食症则意味着超脱肉体和感情的斯多葛式自制，更为“高级”；她自己从暴食向厌食的转变即是为了迎合这一标准。她批判了这种扭曲的标签化叙事，指出任何类型的进食障碍都是致命的，都不过是在制造一种权力的幻象的同时，残酷地剥夺了患者的生命力；“（进食障碍是）一种对文化标准的反讽，但最终受到嘲笑的只有你自己。”*

社会学家苏珊·鲍尔多在另一部普利策奖获奖作品《不能承受之重》中，提出了三种针对神经性厌食症的文化分析范式：二元论轴（柏拉图－奥古斯丁式的精神／意志战胜肉体／本能，“瘦”作为自控的典范）；性属－权力轴（青少年患者害怕成为“性成熟的，有生育能力的女人”，渴望保持瘦削的中性化形象作为潜在的女性主义抗议）；以及控制轴（缺少真正的权力和自由，而从饥饿和重塑身体中寻求控制感和成就感）。** 写完这个故事时我重新读到这句话，大吃一惊，因为它几乎就是本书主人公的一幅侧面画像：

> 年轻的厌食症患者通常认为她无法控制自己的生活和饥饿。她是一个完美主义者，而且永远无法以符合她的严

---

* Marya Hornbacher, *Wasted: A Memoir of Anorexia and Bulimia*, New York, NY: Harper Perennial (1999): 6–7; 93–95.

** 苏珊·鲍尔多，《不能承受之重：女性主义、西方文化与身体》（綦亮 赵育春译），江苏人民出版社，2009：165–180 页。

> 格要求的方式完成她给自己定的任务。她受对立和矛盾的期待和要求的折磨，想在学生生活的所有方面都出色，而在成为一名成年人的过程中，又不知道该在何处发挥自己的能力，该把精力放在什么地方。典型的情况是，父母对她有很高的期待，希望她能有一番作为（外形上也不能差），但却替她做了许多重要决定。……

或许有人会说，这些理论仅仅描述了西方国家青少年的心理状况，并不适用于当今中国。而我认为恰恰相反，这一问题不仅存在，甚至在中国（以及许多经济增长迅速的发展中国家）比发达国家更为复杂和严重。有以下事实和数据为证：

事实 1　2007—2008 年，全国高考考生人数达到历史最高峰（2008 年为 1050 万人），竞争最为激烈（那时高考还是“千军万马过独木桥”，其它选择如高中考 SAT 申请出国等相对较少）。

事实 2　在主人公（85—90 后）的中学时代，即使是一线城市的重点中学，学生的审美和创造力也仍受到压抑；“爱打扮”在当时被认为是“差生行为”，毫无个性的好学生则受到鼓励（相较之下现在的中学则更加西化，推崇个性；笔者就在十年后的母校见过穿汉服和 Lolita 洋装参加戏剧节的后辈）。

事实 3　“教师家庭的子女心理疾病发病率较高”假说*（《安娜》主人公设定为成长在保守的城市中产家庭，母亲为大学老师）。

* 徐凯文：为什么教师家庭孩子心理健康问题高发？，搜狐网，2007，https://www.sohu.com/a/127218477_508597

事实 4 “中国进食障碍率增加，发病人数已赶超西方国家”（2016 年《洛杉矶时报》，译文被众多中文媒体转述）*；事实上，越来越多的中外学者和媒体开始关注这一原本被以为中国“并不存在”的“西方病”。**

除了查考以上信息，本书的写作也受到其它非虚构作品的启发。比如霍恩巴赫的《荒废》也同样提及社会和文化因素的影响，如九十年代美国的经济繁荣如何影响了人们急功近利、追求完美形象的心态，以及当代女性为追求“去性别化”的干练感而一味追求瘦削身材的心理，如此种种，和当下中国可谓有不少异曲同工之处。

作为作者，我“不无狂妄”地相信，《安娜》的价值不仅限于一部私小说，其影响也并不局限于文学的场域。虽然，将疾病作为标签进行渲染或浪漫化，或是僵硬地将其作为一种社会病理现象来讨论，并不是本书的写作初衷。我一直赞成米兰·昆德拉的观点，即“小说是道德评判悬置的疆域”（《小说的艺术》）；小说家的任务是讲故事，而非评判，更多社会意义上的引申是其它学术著作的任务。但，如果这个故事能有助于消解大众对于心

---

* “China once struggled to feed its people. Now it’s seeing a rise in eating disorders”, *Los Angeles Times*, August 29, 2016, https://www.latimes.com/world/asia/la-fg-china-eating-disorders-snap-story.html

** Jung, Jaehee; Forbes, Gordon B. (Dec 2007). "Body Dissatisfaction And Disordered Eating Among College Women In China, South Korea, And The United States: Contrasting Predictions From Sociocultural And Feminist Theories". Psychology of Women Quarterly. 31 (4): 381-393.

理疾病的误解，为经历过挣扎（不仅限于进食障碍，也包括更广义的精神危机）的青年带来安慰和希望，它的意义便不仅仅是私人的和文学的了。如果说我对它还怀有什么文学之外的野心，那便是希望让我们的上一代人和下一代人透过时代的夹缝看清彼此，尤其是在“自由”和“不自由”的边界如此模糊、如此脆弱的时刻。读者们纷繁多样的回响，便是我最大的收获。

本书的出版是一个奇迹，是许多人努力的结晶。感谢我的版权经纪人刘诗瑶和行距文化的慧眼发掘。感谢我的编辑直子对这个故事的举荐、修改，以及在文案设计方面所做的富有创意、艰苦无比的工作。感谢郝景芳老师、文珍老师、梁永安教授、李雪霓教授的真诚推荐。感谢 Kate_Linden 为本书的早期版本写下的两篇长评，它们提供了崭新的、耐人寻味的学术视角。感谢设计师董茹嘉精心手绘的封面，以及我可爱的读者周千千为每一章节所作的内页设计。感谢我的朋友韩笑、唐韵雅、李欣意、Annah_Shekinah、郑碚、苗菁、贺琳芮、张祎琳、马宇娇、宋子宁、阮予辰（排名不分先后），你们是这个故事的第一批读者和见证人，也是它得以完成的理由。感谢我的父母，过世的小狗丁丁、小猫辛巴，以及一直陪伴我的橘猫家宝和美短 Lucky。

希望大家喜欢这本情感浓度和个人风格过于强烈的书。对命运和文学的魔法，对朋友们的爱和盛情，对“天荒地变心虽折，若比伤春意未多”的 2020 年，我始终感激。

卢然

2020 年 10 月 16 日于北京

图书在版编目（CIP）数据

亲爱的安娜 / 卢然 著 . — 北京：东方出版社，2020.11
ISBN 978-7-5207-1690-1

Ⅰ. ①亲…　Ⅱ. ①卢…　Ⅲ. ①长篇小说 — 中国 — 当代　Ⅳ. ① I247.5

中国版本图书馆 CIP 数据核字（2020）第 179425 号

本书中文简体版由北京行距文化传媒有限公司授权东方出版社在中国大陆地区（不包括香港、澳门、台湾）独家出版发行。

亲爱的安娜
（QIN'AI DE ANNA）

作　　者：卢　然
出版统筹：吴玉萍
策　　划：直　子
责任编辑：杨袁媛
责任审校：金学勇
书籍设计：董茹嘉
插图设计：周千千
出　　版：东方出版社
发　　行：人民东方出版传媒有限公司
地　　址：北京市西城区北三环中路 6 号
邮　　编：100120
印　　刷：北京楠萍印刷有限公司
版　　次：2020 年 11 月第 1 版
印　　次：2020 年 11 月第 1 次印刷
开　　本：787 毫米 × 1092 毫米　1/32
印　　张：11.5
字　　数：230 千字
书　　号：ISBN 978-7-5207-1690-1
定　　价：59.00 元
发行电话：（010）85924663　85924644　85924641